世界英雄
史诗译丛

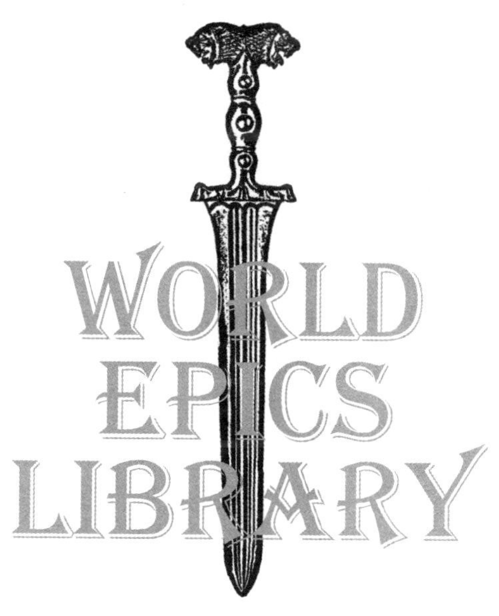

埃达

佚名 著　石琴娥 斯文 译

译林出版社

目　　录

中译本前言

(冰岛驻中国大使)**奥拉夫·埃吉尔松**

1971年初春,冰岛首都雷克雅未克的港口出现了也许是世界历史上未有过的一幕:冰岛政府全体内阁成员率领成千上万各界人士在这里集合,热烈欢迎丹麦军舰公羊星座号护送的两部古老的文学手抄稿本从哥本哈根回归。虽然不是一点没有压力,但它们终被礼数周到地送回到本乡故土物归原主了。这是1944年6月17日冰岛重新成为共和国的结果,从而完全割断了它同丹麦几乎长达六个世纪的宪法所规定的一切关系。

这两部分别在13世纪末和14世纪抄写在小牛皮上的手稿本是《雷吉乌斯经典》[①]和《弗莱特岛记》[②],它们是冰岛保存的卷帙浩繁的古代经典中的珍品。冰岛的手稿

① 雷吉乌斯经典为拉丁语,意为《王者之书》,成篇于约1270年,是冰岛古手稿本中最重要的一部著作,其中汇集了大部分的埃达诗篇。此经典为时任冰岛大主教的丹麦教士布吕恩约尔弗·斯汶森发现后,于1643年将此书送往哥本哈根呈献给丹麦国王克里斯钦四世(1588—1648)。1945年后,冰岛共和国政府多次向丹麦索讨这部古手稿本,1971年丹麦将它归还冰岛。——译者

② 弗莱特岛为冰岛西海岸布雷达岬湾的一个岛屿,因发现古手稿本而出名,在该岛上发现的手稿本遂被命名为《弗莱特岛记》。这部稿本成编于十三世纪末期。该书的主要内容包括挪威国王萨迦、编年史、年代记等。稿本篇帙浩繁,抄写得精致工整。这部手稿本于1662年被送到哥本哈根交给丹麦王家图书馆收藏。1945年后冰岛向丹麦索讨古手稿本,《弗莱特岛记》名列榜首。经丹麦最高法院判定,丹麦政府内阁会议1971年决议将该书连同《雷吉岛斯经典》一起归还冰岛。——译者。

本大部分以冰岛语(有时亦称为古挪威语)抄写,虽则那时有学问的人主要使用拉丁语作为他们的表达手段,结果证明这对于保护民族语言和特性是无比重要的。这也有助于使得手稿本的内容,亦即《埃达》和《萨迦》,长久地受到公众喜好,因为能识字看书在他们中间是十分广泛的。在冰岛,不少著作是在修道院里写成,然而更出人意外的是这个国家各地的农庄上也在写书,后者的情况可以举出《弗莱特岛记》为例。这部著作是冰岛手稿本中篇幅最长的(共450页,需要用不少于113张小牛皮)。冰岛最主要的著作者斯诺里·斯图拉松(1179—1241)是个未任神职的世俗学者,他的文学成就有诗歌、神话和历史的煌煌巨著。中世纪冰岛文学遗产被公认为世界文学的一个重要部分。

由石琴娥女士翻译、译林出版社出版的这部著作标志着诗体《埃达》亦即神话与英雄史诗汇编,首次以汉语亮相问世。本书中包括的《瓦洛斯帕》(女占卜者的预言),学者们一直把它列为斯堪的纳维亚诗歌中无法超越的最卓绝者。它的主题完全是北欧较早时代里所盛行的思想,诸如世界的创造、异教神祇的出现以及他们如何生活的故事、失败和罪恶造成世界毁灭,可是在诗篇结尾浮现出新的光明、新的希望和新的更美好的世界。另一首尤被推崇的埃达诗篇《哈瓦玛尔》(高者的箴颜)睿智聪慧跃然于纸上,是人们行为处世取得成功的指南。上文谈到的《雷吉乌斯经典》是这些无价之宝的诗篇的唯一来源。在靠近北极圈的冰岛,冰与火、贫困和时疫施虐了许多个世纪,不少手稿本已荡然无存。由于外国统治的缘故,有些手稿本在运往国外的途中失落在汪洋大海之中。幸而,《雷吉乌斯经典》侥幸保存下来了。

中国人民拥有极其丰富多采的文化遗产，这就使得他们能够虚怀若谷地欣赏这些中世纪冰岛文学的珍品。我衷心希望中国读者们会欢迎有机会阅读到来自地球另一侧的一个民族的这些瑰宝，并且从中得到享受。

我最衷心地祝贺石琴娥女士，她对本书深奥难懂的语文有着精辟出色的理解掌握，从而能在中国和冰岛这两个友好的人民之间架设起一座新的知识的桥梁。她才学卓越，确实取得了重大的成就。我也对译林出版社总编章祖德先生和高级编辑施梓云先生，以及为本书出版和提高它的质量出过力的其他所有人致以深厚的谢意。我们也感谢年轻的冰岛艺术家托尔蒂丝·克拉森为本书绘制插图。

（石琴娥译）

译　序

石琴娥

丹麦中古时代历史学家萨克索[①] 曾说过:"冰岛人用智慧弥补了他们的贫瘠","冰岛人每时每刻都奉献他们的生命以增进我们对他们事迹的了解"。萨克索一语道出了冰岛人的精神特征,虽说还远不是全部。

只消闭目遐思:在风高浪急,冰雪满天的北大西洋海面上,孤零零的一个岛屿;地面粗糙罅裂、树木稀少,几乎到处是濯濯童山。然而就在这样一片看似荒凉的土地上却滋长出了堪与希腊神话、罗马史诗相媲美的冰岛史诗《埃达》,这不能不令人为之赞叹。正如瑞典大百科全书所介绍:"中古时代的冰岛是一个贫穷的农业社会,人口不足七万,然而多才多艺的冰岛人竟创造出了世界等级的文学珍品冰岛《埃达》,这不能不被视为奇迹。"这样说并不过分,因为冰岛《埃达》这朵文学奇葩不仅被后世誉为同希腊赫西俄德的《神谱》、罗马奥维德的《变形记》和印度的《摩诃婆罗多》等比肩的著作,而且对中古时代的欧洲文学产生过重要影响——尤其是对英国和德意志文学。如德国中世纪的著名英雄史诗《尼伯龙人之歌》即是从冰岛《埃达》脱胎衍生,它的内容和风格都和冰岛《埃达》如出一辙,人物和情节亦大同小异。

① 萨克索·格拉玛蒂乌斯,丹麦中古时代的历史学家,著有《丹麦编年史》十六卷等重要著作。英国、德国不少名著均取材于他的著作,如莎士比亚的《哈姆雷特》等。

何谓“埃达”？“埃达”一词在古代斯堪的纳维亚语里原义是“太姥姥”或是“古老传统”，后来转化为“神的启示”或“运用智慧”。12世纪末，冰岛诗人斯诺里·斯图拉松[①]从拉丁语“Edo”一词变化创造出冰岛语单词“埃达”，意思是诗作或者写诗。这种诗体的“埃达”是公元九世纪从挪威迁到这里来的定居者将流传已久的北欧神话和英雄传奇带到了刚刚拓殖的处女地，并且在此基础上进一步繁荣发展起来的一种独特的文学形式。它有诗的体裁、格律和韵律，可供吟唱。这些作品大多在民间流传了数百年之久，然后在13世纪前由佚名的冰岛行吟诗人写定成篇，它们被称为“老埃达”、“诗体埃达”或“塞蒙恩德埃达”。[②]斯诺里·斯图拉松在13世纪写定的无韵体散文神话故事和英雄传奇则被称为“新埃达”、“散文埃达”、“斯诺里埃达”。

简言之，冰岛诗体埃达就是中古时代的冰岛民间史诗。这些叙事诗歌和歌谣在北欧地区辗转流传几百年，内容和形式都渐臻完美，然而北欧其他地区里这些口头文学已经失传，惟独在冰岛得以保存下来，而且是原汁原味的民间史诗，不是后人仿作的文人史诗。

---

① 斯诺里·斯图拉松(Snorre Sturlasson 1179—1241)　冰岛诗人和历史学家。他出身贵族名门，1215年被选为法律宣讲人，并且宣布冰岛脱离挪威而独立。晚年被政敌谋杀。他著有《斯诺里埃达》，或称散文体埃达，是冰岛诗体埃达的诠释性著作。另一巨著是《挪威诸王传记》(海姆斯克林拉)，内容为从奥丁开始的神话和直到1100年挪威各个国王的传记，这是中古时代最重要的历史著作。

② 塞梦恩德·弗鲁德(Sämund Frode，1036—1133)　冰岛历史学家。有的冰岛学者误认为诗体埃达由他收集整理，故又有“塞梦恩德埃达”之称。

一

公元8世纪末9世纪初，斯堪的纳维亚半岛地区处于氏族社会的后期阶段，集体公有的原始公社逐渐解体，封建模式的国家雏形开始出现。北欧居民是骠悍的海洋民族，正如北欧英雄史诗中所说："大海是他们的后院，战船便是他们的长靴"。在公元8至11世纪的三百多年时间里他们横行于波罗的海和大西洋海面上，他们以北欧海盗著称于世，而这段时期亦被史籍称为"北欧海盗时代"。

北欧海盗并非严格意义上的海盗，他们自称是"维京人"，即居住在海岬上的人。由于北欧气候条件差、耕地狭小和粗放，农业产量低下，北欧居民为了生存和追求财富便出海冒险。往往由部落首领组织，整个部落青壮都出动的经常性掠劫，后来发展成为动辄上百艘战船一起出动的侵略战争，正如恩格斯所说："古代部落对部落的战争，已经开始蜕变为在陆上和海上攫夺家畜、奴隶和财宝不断进行的抢劫，变为一种正常的营生。"①

自公元793年北欧海盗在英格兰登陆骚扰得手后，每年夏天他们都去而复来并且侵占了英格兰和爱尔兰的大片土地。公元845年北欧海盗洗劫了巴黎，并在塞纳河入海口建立了诺曼底公国。公元1013年丹麦卡努特大帝建立起"北海大帝国"，版图包括斯堪的纳维亚地区和英伦三岛的大部分。公元1066年诺曼底王国征服英

① 恩格斯：《家庭，私有制和国家的起源》，《马克思恩格斯选集》第四卷，第104页。

格兰并且攻占了意大利部分土地。至此，北欧海盗进入了鼎盛时期。他们东进到基辅，南进到拜占庭，西进到冰岛甚至北美洲东海岸。然而北欧海盗称霸欧洲并不像罗马帝国那样长久，到 11 世纪末他们的势力便土崩瓦解了。

《埃达》就是这几百年里流传在北欧地区的口头文学作品的笔录和集成，它所记载叙述的不外乎海盗和海盗生活。这部英雄史诗中的主人公从君主到奴隶无一不是海盗；神话故事里的神祇，从主神奥丁到他手下的大小神灵亦都是海盗的形象。因而，《埃达》诗篇里崇尚的是凶狠骠悍，吹嘘的是兵刃的锋利，赞美的是武功本领。如果说古希腊、罗马的英雄史诗以艺术和哲理的方式反映出古希腊、罗马氏族社会生活最本质的面貌和塑造出氏族社会所需要和为之讴歌的英雄人物和殉道者，冰岛埃达也就是北欧海盗时代的文学，反映出北欧海盗社会生活面貌并且塑造出一批值得为当时社会赞美讴歌的海盗神灵和英雄形象。

二

据冰岛中古时期历史学家斯图拉·索尔达松《拓土记》记载，公元 860 年挪威海盗遭遇风暴时发现了冰岛。公元 870 年英戈尔夫·阿尔纳松兄弟俩同挪威权贵闹翻后率领家属部众来到冰岛定居。这个荒岛遍地覆盖着熔岩沙砾，呈鱼鳞状的冻土有罅隙相隔，冰河湍急翻腾，以至于被说成是火与冰的荒漠。然而开拓者的勇气是无畏的，他们发现溪谷和近海渔业资源丰富，高地上有可供放牧的草地。于是移民陆续从挪威，也有少量从爱尔兰迁徙而来。到了公元930年,岛上能居住的地方都已住满人。

移民的生活是艰苦的。他们居住的是茅草覆顶、半在地下的“干打垒”房屋,墙上打洞采光通风,屋中央有个火塘取暖煮炊。《埃达》里提到的“华丽殿堂”充其量只是有梁柱的房子,屋里有桌椅箱笼,地面铺上兽皮。由于木材奇缺,一般人家都只有石头桌椅,木头高背座椅是君主贵族的显赫座位。男女穿着都是宽大的粗毛大氅或长衣,外罩毛皮坎肩。女人胸前有两个扭曲兽形的圆钩扣作为装饰,只消看看胸扣大小,是金质还是铜质,便可判断她的尊卑贫富。猩红的细布斗篷或大氅是贵族的服饰。食物亦很粗粝,一般为鱼类、牛羊肉再加上麦饼。酒是当时崇尚的奢侈享受,一般人喝麦酒,贵族喝蜜酒,不过都需自己酿造。

挪威移民迁来定居的同时,也将斯堪的纳维亚地区的社会结构、法律、宗教、文化、生活习俗都几乎原封不动地搬到了冰岛。冰岛社会符合印欧类型,处于氏族社会后期阶段。大部分耕地虽已为私人所有,然而牧场、湖泊、海滩等都仍是公有财产。所有的社会成员普遍参加劳动,即使部落首领也必须捕鱼打猎、放牧耕作,甚至在阶级形成之后这一传统也仍保持很久。冰岛有奴隶存在,大多是移民带来或从海盗活动中掳掠来的俘虏。然而冰岛并不存在普遍的奴隶制度和奴隶买卖,虐奴被认为是耻辱,并可通过一定仪式赋予奴隶以自由。

据记载,公元930年在雷克雅未克辛克瓦莱峡谷召开第一次自由人大会。这次大会名为“阿耳庭”,会上制订出《灰雁法典》。这是冰岛最早的法典。《灰雁法典》将全岛划分为十二个区,各设置自由人大会主持立法司法等一切事务,名为“庭”。全岛的阿尔庭由三十六名头领组成,庭长和三十六名头领都是推选产生,每三年一任,可以连任。这种社会结构的作用平时组织集体捕捞或放牧和分配劳动成果;遇有天灾齐心协力保护牧场渔船;有诉讼纠纷亦在庭的大会上解决,财产纷争或仇杀命案往往通过索要赔偿来求得解决,但奴隶被杀则不必支付偿金赎罪。公元965年冰岛在自治的基层组织,即“庭”的大会基础上建立了冰岛共和国,这样的古代共和国存在了约三百年,它是现代欧洲国家的代议制共和政体的先驱并且有相当的影响。

冰岛氏族社会的军事民主制、共和政体和法律等都不是它的独创,而是由移民们从欧洲大陆上带来的,它们的形成可追溯到公元前12世纪的希腊。然而值得注意的是:氏族社会在欧洲大陆已根除,在斯堪的纳维亚地区已崩溃解体之际,移民们却在冰岛将他们复兴起来并且继续保存了数百年之久。这样的社会结构和法律不能不影响当时的文化,在口头文学作品中反映出来,同时也解释了北欧地区的口头文学作品在别处都没有得到保存,而在冰岛却独秀一枝并且繁荣起来。这是因为移民们在获得生存条件之后,便有了精神生活和娱乐的需要。在对付大自然的严酷时他们需要歌唱来缓解疲乏放松情绪。在漫长多雪而又整日昏黑的冬天,他们需要歌唱来打发难熬的时光。在收获或出海掠劫归来都要举行祭神酒宴,一连数天饮酒作乐,狂欢之时更需要歌唱助兴。囿于人口稀少、居住分散、交通不便等实际原因,戏剧、音乐、舞蹈都不如吟唱形式的口头文学发展兴旺。这类吟唱大多是忆旧怀故为主要内容,如吹嘘自己家族的辉煌和祖先的显赫,他们是如何英勇骠悍,曾建立何等彪炳史册的功业等等，后来也发展到吹嘘自己和相互赞扬，后期的“文人史诗”，就是行吟诗人吹捧当时的君主所作的颂歌。这类吟唱起先是在家庭或氏族部落聚会上即兴表演，后来有专门的行吟诗人来吟唱。另一方面也有实际的需要，如阿耳庭里设立有法律宣布师，法律是口口相传的，由他每年向全岛居民宣讲三分之一的法律；又如在宗教仪式上宣扬神的旨意和颂扬神的圣灵等等。中古时期冰岛流传下来的这类可供吟唱的诗作就是诗体埃达，经过民间辗转相传几百年后，内容和形式都逐渐趋于丰富成熟，在 13 世纪前由行吟诗人笔录成篇。

三

冰岛诗体埃达包括神话和英雄传说两部分。神话主要是关于开天辟地、神的产生、神的谱系、神的故事和日常活动、人类的起源等等。在公元 1000 年改信基督教以前，冰岛信奉北欧多神教。这类宗教流行于北欧丹麦、挪威、瑞典，后来又传入冰岛和格陵兰。这种宗教信奉多神，崇拜太阳和生殖，是古代拜日教的蜕变异种。它没有神学，亦不设专门的祭司，但是有许多自成体系的神话故事，教义和哲理都是通过神话故事来表达。这个宗教虽然信奉众多神祇，仅主要神祇就有十二个之多，然而十二个主要神祇中大致可分成三个类型，一般的供奉祀祭也都是这三个类型的代表人物。

第一类是万物神灵的主宰奥丁和他的家庭成员。主神奥丁同希腊神话中的宙斯一样是众神之神、全能的天父，实际上是世界的统治者，可敬可畏而又可憎可怕。他是个满脸皱纹、银须长髯的耄耋长者，不过并不慈眉善目反倒是狡诈阴险而且又由于是独眼显得面貌凶残。他头戴大金盔,身裹黄金锁子甲,手持贡尼尔长矛和不停地变化出金环来的德劳普尼尔金环。他居住的殿堂名为瓦尔哈拉宫,即英灵殿。这座殿堂十分宏伟壮观,四周用长矛竖立为墙,屋顶用盾牌覆盖。大殿共有五百四十扇门,门前拴着他的八足骏马斯莱泼尼尔。平日他端坐在大殿上象征权力的金色高背座椅上,脚前蹲着两只狼吉里(贪婪)和弗莱基(欲念),警戒和保卫他的安全。他的双肩上栖着两只乌鸦,名叫尤金(思想)和莫宁(记忆)。奥丁每天清晨都派出那两只神鸦飞往世界各地去窥察动静,它们飞回来向他汇报,使他对统治下的地方了如指掌,两只狼虎视眈眈一发现异动便会扑上去。

主神奥丁并不想渡人济世、普救苍生,他一心只想维持自己的统治。为了他的一己私利而玩弄权术,把胜利作为馈赠,以至世间的战场上邪恶往往战胜正义。奥丁深知武力对维持统治的必要,因而他身边拥有一批由花季少女组成的瓦尔基里氏仙女,这些仙女有的是神,有的是半神半人,有的是人自愿献身服役于神,她们以九人为一组,穿甲戴盔手持利剑分赴各个战场,按照奥丁的吩咐决定战争胜负,并且把作战英勇的战士亡灵引领到英灵殿同奥丁共酒宴。众仙女在天上乘马疾驰,盔甲闪闪发光便形成了北极光。众仙女手下还率领许多女兵,她们是盾牌仙女和天鹅仙女[①]。被引领到英灵殿的武士亡灵夜夜同奥丁一起纵酒尽欢,第二天清早又在殿前操练厮杀,他们随时听命要从大殿的五百四十扇大门里蜂拥而

① 天鹅仙女的传说在日耳曼人居住的地区流传已久,俄罗斯芭蕾舞剧《天鹅湖》即据此改编。

出为主神奥丁而战。

主神奥丁是个独眼之神,这大概在世界各大宗教的领袖人物里很为罕见。他失去一只眼睛是为了求得智慧来巩固他的统治地位。奥丁曾为了盗取古文字的奥秘而被巨人倒吊在大树上九个昼夜,还不停地遭受长矛猛刺。他为了喝到智慧圣泉之水而被智慧神米弥尔敲诈勒索,以剜掉一只眼睛为代价终于喝到一口智慧之水。奥丁喝了智慧之水果然变得更聪明,当别的神祇还在醉生梦死之时,他已预感到了末日即将来临。作为众神之神的最高统治者,他殚精竭虑力图避免毁灭,至少是推迟大限。然而即便像他那样法力无穷,又能变形,却也无法阻挡末日的来到和他自己遭受毁灭的命运。

第二类神祇以雷神托尔为代表。他大抵是个自由民或工匠一类的角色,不过神话故事为了表明他的显赫地位,说他是主神奥丁的长子,是奥丁同大地女神费奥琴生的私生子。可是他们父子俩关系看来谈不上密切和融洽,奥丁似乎对托尔处处加以防范并且嘲弄,因为托尔功劳很大威望很高,这就难免使奥丁心中暗暗戒备。托尔是个身材魁梧,膂力过人的壮汉,他长着一双豹眼、满脸红胡子,身上穿着很简陋,仅一件短衫而已。他腰束一条魔带,这条魔带可使他的力气增加一倍。他戴着铁手套手执米奥尔尼尔魔锤,他一扬手这柄大小伸缩自如的魔锤便破空飞出,砸破敌人的头盖骨——这柄魔锤便是雷霆,不管飞多远它总能自己飞回到托尔手上。托尔经常乘坐由两头公羊拉的战车外出。沿途他宰羊充饥,只消用羊皮将羊骨覆盖严实,次日清晨用魔锤一敲羊皮,两只公羊就复活过来继续拉车。

托尔还是个防守疆土的战神,他忠于职责,常年在东方防御冰霜巨人和巨蟒的侵袭，保卫众神祇的家园。他刚正不阿还敢于顶撞奥丁；他暴躁而仁慈且豪迈行侠；他生活正派思想崇高，不像奥丁那样荒淫纵欲，因而在北欧多神教的后期，他的威望超过奥丁，成为最受尊重和供奉的神灵，最受北欧海盗、移民和工匠的崇拜。在基督教向异教进行争夺战时，站出来反对基督和十字架侵入的也不是奥丁而是举着魔锤的托尔。

第三类神祇的代表是丰饶之神弗雷。他既主管收成又主管生殖和情爱。他风流倜傥，笑颜常开，服饰华丽。他有一柄神奇的利剑，能飞来飞去任意杀戮敌人；还有一艘可以折叠自如的斯基布拉德尼尔宝船，必要时可以运载所有的神祇和他们的武器；他的坐骑是一头金黄色鬃毛的会飞的野猪。弗雷的孪生妹妹，美丽而淫荡风流的弗蕾娅是繁育之神，既职司繁殖生育又负责撮合情爱，并且暗中与主神奥丁偷情。在和平时期，爱情和生育、播种和收成、丰饶和兴旺是人心所向的，因而弗雷是个非常受欢迎的神祇，供奉他往往和崇拜太阳与生殖的图腾联系在一起。或许正因为他如此受到欢迎，以至于他野心勃勃觊觎主神奥丁的宝座，并且因此而受到了奥丁的惩罚。

北欧神话中除了这三个享受供奉祭祀的神祇之外，还有一些神祇亦很出名：

火神洛基，亦名威利，是巨人法尔勃蒂之子，主神奥丁的同母兄弟。他长相俊美，却为人乖戾，他做过好事也做了不少坏事，曾协助奥丁为创造世界和人类出过力气，也为奥丁和别人得到法宝做过贡献，并且与雷神托尔结伴去抗击冰霜巨人。然而他桀骜不驯，不肯臣服于奥丁的统治。他恶作剧偷偷剪掉了托尔妻子西芙的金色长发，又去诱拐了负责保管长生不老的金苹果的长寿女神伊敦恩。为了要出众神祇不许他出席酒宴的恶气,他闯进大厅当众羞辱主神奥丁并且对诸神的淫秽放荡也揭短露丑。他与众神祇结下怨仇,怂恿黑暗神霍德尔射杀光明神巴德尔。他又同女巨人奥尔布达(古尔维格)偷情,生下了芬里尔恶狼、米德加尔德巨蟒等一大群怪物,在末日来临时,这些怪物一起出动,主神奥丁终于未能逃脱被咬死的厄运。

战神提尔亦是订立誓约的监护之神,他是巨人希米尔之子。当时契约担保人是个重要的角色,遵守诺言履行契约被认为是最大的美德,而背信弃义自食其言则是最大的耻辱,提尔以身作则起了表率作用。当众神祇诱捕芬里尔恶狼时,恶狼要求契约担保人提尔将右手放进自己嘴里。提尔明知众神有诈,仍将右手伸进狼嘴,结果丧失了一只手。

众神祇的保护神海姆达尔,又名里格,满口长着金牙,眼光敏锐深远而且能目观四方,无论白昼黑夜都能看三百里远。他耳听八方,俯伏在地上能听得见青草生长的嘶嘶声。他昼夜不眠守卫着天界的入口——比弗罗斯特彩虹桥。他肩上挂着大号角,遇有偷袭或紧急变故,便吹起号角,声震云霄,召集众神祇前来应付。

北欧多神教的神话里也有不少女神,但是她们的地位并不像男性神祇那样显赫,并且往往是男神祇的配偶,这大概反映出氏族社会后期母系社会瓦解和一夫一妻制开始建立。爱神弗丽嘉是主神奥丁的妻子,主管婚姻和家庭,她容貌端庄,金色长发里夹杂有白色羽毛,身穿白色长袍金带束腰。山岗女神斯卡娣是巨人蒂阿兹的女儿,她父亲被雷神托尔击杀之后她要求主神奥丁支付赔偿。奥丁无奈只得让她在众神祇中物色一个丈夫,她看中了年轻俊美的光明神巴德尔,不料奥丁略施手腕把她嫁给了年老丑陋的海神尼奥尔德。土地女神西芙是雷神托尔的妻子,她的金色长发不慎被火烧掉引发了一场轩然大波。长寿女神伊敦恩是诗神布拉吉的妻子,她负责保管长生不老的金苹果却又生性柔弱遭受哄骗诱拐,这在众神祇间引起莫大恐慌,因为他们要永葆青春须臾不可离开金苹果。最令人不可知却执掌生杀予夺大权的是命运三女神,她们戴着厚厚面纱无人识得她们的真面目。这三个姐妹分别是过去、现在和未来。她们同希腊神话里的三个摩伊拉十分相似。

北欧神话除了用神秘真理和神的故事使信徒们虔诚之外,它拥有众多神祇可以各司其事,负责充当一个方面的守护神,当时人们的生活中要冒的风险和不可知的厄运太多,他们总希望冥冥中有一位神灵专门庇佑自己,使他们感到安全并随时可以祈祷求助,尤其在出海捕捞或掠劫之时。多神教满足了信徒们的这一要求,因而北欧神祇的名字一直得以保持,甚至进入了周日的名称,如星期二为战神提尔之日、星期三为主神奥丁之日、星期四为雷神托尔之日、星期五为丰收神弗雷之日。

四

《埃达》的第一首诗篇,即被誉为圣诗的《女占卜者的预言》(瓦洛斯帕)开宗明义地为世界的开创和毁灭提供了说明。它叙述的情景大致是这样的:

在远古洪荒时代,世界一片太虚混沌,但有南北两极。最南边是火巨人苏尔特的火焰区,名叫穆斯佩尔。最北面是冰霜严寒的极寒区,名叫尼弗尔海姆。一冷一热中间是一条宽大深无底的金侬加裂缝。冷热相遇，火焰和冰块相撞，烟雾和蒸汽冉冉升起将金侬加裂缝的边缘壅堵。漫长时间的壅堵形成了巨人伊米尔。他的腋窝生出后代，腿际长出子孙。他喝从冰霜中出现的母牛奥拉姆布拉的奶来维持生命。母牛舔食带咸味的冰块，把埋在冰块里的伊米尔的儿子布里、孙子布尔救活。布尔娶女巨人贝斯特拉为妻，生下了三个儿子：奥丁、维利和威，这三个就是最初的神。他们长大后杀死了巨人伊米尔，用他的躯体形成了世界：他的血形成了湖泊海洋，他的肉形成土地，骨头形成山，他的牙齿变成岩石，脑髓变成云，头盖骨变成天空。于是世界便创造出来了。然而冰霜巨人狂暴肆虐，为了抗击冰霜巨人的侵袭和保护众神祇的生存，他们用巨人伊米尔的眉毛做成一道栅栏，在金侬加裂缝的中心建造起一座城寨，名叫阿斯加尔德①，这座城寨便是众神的乐园，寨内修建了十二座宫殿，每个神祇都有自己的殿堂。众神安顿之后便又创造了黑夜和白昼，还有日月星辰。

对于人类的创造，北欧神话也自成一说：主神奥丁和两个兄弟外出漫游，在海滩上拣到两根浮木，奥丁看到岩石上映出两个弟弟在活动的身影，他忽而发出狂想，于是用榆树造出一个女人，起名叫埃姆勃拉；又用梣树造出一个男人，起名叫阿斯克。主神的两个弟弟又给他们生命、思想、官能、言语和行动，这对人类的始祖就立刻拥抱在一起。主神奥丁脱下自己的大氅为他们遮身蔽体，于是他们便走出去劳作辛勤、生儿育女，经营自己的家。奥丁和众神祇又在宇宙里建造了一座给人类居住的城寨，名

① 意为“阿西尔部落众神祇的家园”，亦称“天界乐园”。

叫米德加尔德[1]。人类世界便这样创造出来了。

众神祇创造的这个宇宙一共有九个世界,大致分成三个区域:用黄金白银造成的阿斯加尔德,即阿西尔诸神的乐园;有绿树青草、高山流水的米德加尔德,即人类的乐园;还有阴雾迷漫、黑暗恐怖的尼弗尔海姆,即死神海尔掌管的阴间地府,或称霞雾乡。冰霜巨人居住在北方的严寒山区,城寨名叫约顿海姆,即巨人之乡。这个宇宙中央有一株大梣树名叫伊格德拉西尔,它有三条树根,一条通往巨人之乡,一条扎根在众神和人类居住的乐园,另一条通往冥府,这样就把上中下三界沟通起来。这棵大树是宇宙的擎天柱,它撑住天地,使得宇宙有了生机,然而它必须忍受各种痛苦的折磨。

关于末日来临和重生,北欧神话的说法是众神祇的厄运从世界创始时就已成为定数,正如死亡伴随生命一样,毁灭从创世之初就伴随着众神祇和他们开创的一切,末日的毁灭亦就是旧世界的终结,它名为拉格纳洛克。在阿斯加尔德乐园里,众神祇过着养尊处优的生活,除了奥丁忧心忡忡之外诸神都以为黄金时代会像长生不老的金苹果一样永驻世间。他们醉生梦死,放纵声色,荒淫乱伦,即便光明神被黑暗神暗害,命运已向他们发出旧秩序即将崩溃的警示,他们却依然还在浑浑噩噩度日,甚至更变本加厉,出现了最后时刻来到前的一段腐败堕落的混乱时期。在这段时期血缘亲情化为乌有,兄弟之间背信弃义相互残杀。于是冬天酷寒可怕并一连持续三年。其后又是三年的战争和不和,神祇间的部落战争打得你死我活两败俱伤。在“斧头年、刀剑年和风暴年”里,三只公

① 意为“中界乐园”,即人类居住的大地。

鸡分别在英灵殿、绞刑柱和阴曹冥府里不祥地啼叫。兵祸之后接踵而来的是天灾,南方的火巨人苏尔特从穆斯帕尔焚烧过来,而众神祇四周的猛兽怪物亦一齐出动,恶狼芬里尔、米德加尔德巨蟒、凶狗加姆、邪恶的火神洛基还有死神海尔的用死人指甲做成的死亡船全都来围攻众神祇。主神奥丁率领众神祇和亡灵军队殊死保卫家园,然而在天翻地覆之时他们的智慧和勇敢显得那么渺小无力:主神奥丁被恶狼吞噬;雷神托尔虽然杀死了巨蟒却也中蛇毒身亡;众神的守护神海姆达尔与火神洛基同归于尽;丰饶神弗雷被火巨人烧死。火巨人苏尔特放火烧遍世界,天地宇宙、日月星辰无不被毁,大地沉入了海洋。

旧的世界遭到彻底破坏毁灭,旧的秩序一去不复返,然而另一个世界又从大海里冉冉升起,光明之神巴德尔又重返人间;奥丁和托尔的子孙幸存下来;然而这已不是神的世界,人类的后裔在一个理想社会里生活下去。

不难看出,北欧神话这种世界的创造和厄运与印欧语系其他宗教的神话有许多相同或相似之处,然而它亦有自己的鲜明地域特征和观念差别。由于地处极北,冰雪严寒无疑与北欧人生活息息相关的,且看冰霜巨人对创世所起的无可取代的作用:举凡日月星辰、江海河流、林木山川无一不是用巨人伊米尔的躯体造成。而众神祇虽然身居神的乐园却仍要时时提防冰霜巨人的侵袭,处处要同他们抗争并且稍一不慎便会吃大亏。这大概是北欧人生活中深受严寒冰雪之苦的反映,然而母牛奥拉姆布拉的出现说明了畜牧对北欧人生存的重要性。

同基督教相比,北欧神话的创世说似乎更富有生活气息和生动的想像力,而更少道德教诲。北欧神话没有给人类打上原罪的烙印,是先造出女人再造出男人,而且立即在主神面前赤身裸体拥抱在一起。这里并没有道德约束和道貌岸然的伦理说教,令人看到的只是原始社会人类简单而又质朴的生活真谛。这大抵反映出北欧多神教对生殖繁育的崇拜,神话形成之初似乎母系社会残余尚未完全消失,妇女还有相当的地位和权力。联系到北欧神话里的女神大多不止结过一次婚而且生活相当放纵,似乎当时一夫一妻制还在逐渐形成之中,贞操的观念尚未进入道德准则。

对于末日来临和重生,北欧神话的说法是:神祇间部落战争相互残杀,已无力抵御火巨人的偷袭,结果借以安身立命的家园被火灾毁灭,众神祇几乎全都罹难成殇。北欧人为何如此害怕火灾,国际《埃达》研究者众说纷纭。有的说这大火乃是山林野火;有的说《埃达》里形容的大地开裂,崩出火光,浓烟蔽天,乃是火山爆发的可怕瞬间。可是北欧斯堪的纳维亚地区并无火山,冰岛确有火山而且有时还喷发,然而冰岛是在北欧多神教创立数百年后才发现的。有的学者以此为据,说诗体《埃达》都是在冰岛成篇的。也还有种说法是:北欧从公元三、四世纪就和罗马帝国有不少往来,如贸易、迁徙和海盗活动等,谅必道听途说南方的火山爆发的情景。从时间上看(庞贝城于公元79年毁灭于火山爆发,而北欧神话的圣诗《女占卜者的预言》大约写定成篇于公元10世纪末)似乎还说得过去。总之,北欧神话表述的是宇宙间巨人族灭绝之后,神族自相残杀又遭天灾终于也走上了灭绝之路,而神族幸存者同人类一起进入了新世界。

五

从《埃达》里，我们可以看到：处在氏族社会后期的北欧人仍然保持了崇武好斗的精神和骠悍蛮横的气质，他们信奉的教条是："能流血得到的决不肯流汗去获得"、"兵刃武器须臾不可离身"。无论是海盗掠劫、个人决斗、家族仇杀还是部落战争，都需要他们拿性命相拼搏，因而他们所崇敬的是勇猛而又获胜的武士，他们所顶礼膜拜的神灵如奥丁、托尔、弗雷和提尔等等无一不是凶猛的武士。在基督教刚传入时，北欧人曾讥嘲说：这大概是世上最无用的信仰，因为它只教人唱圣歌；上帝大概是最软弱无力的神灵，因为他既不挥舞大战斧也不佩带利剑。在战场上倒下，在刀剑下丧生被认为是武士的荣誉和体面的归宿；而被堵在屋里烧死或者猝不及防被刺杀尤其是刺杀在床上则被认为是奇耻大辱。在战场上阵亡的英灵会受到瓦尔基里氏仙女，即奥丁身边的武装女侍从的迎接，到天上瓦尔哈拉宫英灵殿去同奥丁一起共进酒宴（蜜酒加野猪肉），这是对武士最高的褒奖和给予的最高殊荣。

至于一般的老病而死都要先到死神海尔那里报到，然后返回到坟墓里去长眠；作恶多端的人则被打发到第九世界尼弗尔海姆去居住。女人死后则到弗蕾娅的福尔克万加殿报到。亡灵大多很安分，除了托梦外不大出现。《埃达》里提到亡灵往往出没于附近山丘，甚至为亲属乡里做些好事，但若受惊便会滋扰活人。活着是好人死后还是好人，活着为非作歹死后也仍旧是坏人。北欧神话既无原罪之说亦无炼狱受苦或者修行赎罪的困扰担忧。

正因如此,作为从今生过渡到来世的墓葬和丧仪都很简单。一般都用火葬,陪葬品不多。《埃达》中提到过杀死奴隶殉葬,这大概在氏族社会早期曾有过,后来废弃了。

诗体《埃达》中再三提到的献祭是北欧多神教独特的宗教仪式。在氏族社会早期一般是还愿献祭,把活人(往往是战俘或奴隶)、牲口、武器、船只等奉献给神。他们将活人倒吊在绞架上,用他的鲜血掺兑蜜酒祭神。也有剜出心肝作献祭的,这些在诗体《埃达》中都提到过。到了氏族社会后期这类野蛮的还愿献祭已被欢宴献祭所取代。牲口在屠宰烧烤供奉神灵完毕之后由祈祷的人集体享用。献祭仪式还包括吟唱埃达诗歌、占卜和起誓盟约等,由于自然条件限制,这些仪式大多在室内,即领主的厅堂举行,无专职祭司主持,由领主带领部众献祭。不过,在米湖等地也有两个大型的霍夫斯塔迪尔露天献祭场。

六

冰岛诗体《埃达》中对神的谱系记述是十分清晰的。最初出现的是巨人族,巨人伊米尔是始祖,他的血肉身躯都用来创造出世界。他的儿子布里、孙子布尔衍育许多冰霜巨人。这一族居住在僻远的约顿海姆。换言之,他们大概是居住在冻土荒原的原始野人。他们同神族既有密切关系(主神奥丁三兄弟都是巨人之子,女巨人斯卡娣嫁给海神尼奥尔等),又是神族眼里最大的敌人,因神族为了争取生存地盘须开疆辟土同巨人们展开殊死拼搏并且把他们越赶越远。

神族划分成四个神系:阿西尔部落和瓦尼尔部落是

真正的神，只不过属于不同的部落；小精灵和侏儒则属于半神半人或非神非人的族类，这是日耳曼人地区所创造出来并长久流传的精怪。以主神奥丁为首领的阿西尔部落是神族的正统，有着开天辟地的辉煌过去，有着裂疆拓土的赫赫功业。后来他们居住在阿斯加尔德即神祇的乐园里安乐逍遥。然而家庭不和、龃龉层出不穷，甚至主神奥丁和妻子弗丽嘉亦不断争吵。奥丁偏袒自己的被保护者，不惜拿战争的胜利当作礼品馈赠。弗丽嘉偷了奥丁的黄金去买一串贵重的项链，气得奥丁愤而出走了七个月。冰霜巨人随即乘虚而入，严冬窒息了一切生机，直到奥丁返回阿斯加尔德，这场危机才过去。在俊美聪明的光明神巴德尔和丑陋瞎眼的黑暗神霍德尔孪生兄弟之间，奥丁夫妇偏爱巴德尔而憎恶霍德尔，这就播种下了妒忌和仇恨。霍德尔在火神洛基的教唆下终于射杀了巴德尔。其实阿西尔部落并不是无忧无愁的，而是处于不断的内忧外患，内有火神洛基作乱和恶狼巨蟒等野兽滋扰，外有冰霜巨人的侵袭，此外还面临一个严重的挑战，那就是新兴部落的崛起。

另一个神系是瓦尼尔部落，大概是一个迁徙过来较晚的部族。他们在与阿西尔部落毗邻之处建造起了自己的城寨，名叫瓦纳海姆(瓦尼尔族的家园)。瓦尼尔部落的主神是大海之神尼奥尔德，有种说法认为尼奥尔德即日耳曼人供奉的大地女神纳尔托斯。他的孪生子女弗雷和弗蕾娅掌管着生殖与情爱、死亡和再生、播种和收获、放牧和饲养牲畜等与人们有切身利害关系的事业。总之，瓦尼尔部落虽然是个后来者，然而经营照料颇为得法，人丁兴旺，丰饶富足。况且他们同巨人族似乎亦相安无事，甚至还有姻亲联盟：尼奥尔德娶了女巨人斯卡娣为妻,弗雷娶了巨人之女吉尔德为妻。两个部落之间不断摩擦冲突,直至爆发战争。阿西尔部落在平定火神洛基叛乱之后立即设法诱捕并烧死了洛基的情妇充当奸细的女巨人奥尔布达(即古尔维格)。这时她已是丰饶神弗雷的岳母,瓦尼尔部落便以亲戚血仇为借口向阿西尔部落发动了战争,阿斯加尔德城寨被冲垮攻破,然而阿西尔部落毕竟还有点实力,虽然城廓破残可是抗御住了进攻并且还打了点胜仗。两个部落都打得精疲力竭又难将对方完全击溃制服,于是只好谈判讲和。阿西尔部落派出地位不太高的智慧神米弥尔等两个神祇到瓦纳海姆去充当人质。屈居下风的瓦尼尔部落则由主神尼奥尔德率领弗雷兄妹俩到阿斯加尔德来当人质。后来瓦尼尔部落嫌米弥尔太骄横跋扈而把他杀掉,并且把他的首级送还给奥丁,奥丁亦无可奈何。弗雷却在阿西尔部落里大得人心,一众神祇甚至以"君主"来称呼他,由此他觊觎起奥丁的宝座,却被奥丁所发觉并加以防范。

　　北欧神话里的小精灵和侏儒这两个神系似乎是后来创造出来的身份较为暧昧的神族。有种说法是精灵和侏儒是同一类矮神。据说他们是本族祖先的灵魂凝聚而成前来把福祉带给子孙后代。他们往往诙谐风趣、调皮捣蛋,但在紧要之时肯出力帮忙。他们平日居于地下深处采矿冶炼,锻打出各种兵刃和首饰,看来是氏族社会后期生活中不可缺少的矿工和能工巧匠的写照。他们可以出席神祇们的礼仪活动如宴饮等,但地位比神祇远为卑贱,因而当侏儒阿尔维斯要娶雷神托尔的女儿为妻时,托尔不禁勃然大怒。屠龙壮士西古尔德在杀死他的养父雷金之前,曾鄙视地说到他只不过是个打铁的侏儒。而侏儒的君主伏尔隆德兵败之后被打断腿胫,囚在荒岛上为国王制作首饰过着悲惨的生活。他们虽亦属于神族但又是为神祇服役的匠人,平时似乎由雷神托尔来管理他们,而当末日来临之际,他们同众神祇一起赴难和毁灭。

七

冰岛诗体《埃达》的手抄稿本是丹麦主教布吕恩约尔弗·斯汶逊17世纪初在冰岛发现的。这些已经成褐黄色的手稿存放在一个几乎变成棕黑色的羊皮纸口袋里,外形丝毫不起眼。然而斯汶逊主教了解它的无比重大的价值,因为曾经在巴黎学习的冰岛历史学家、博学者塞蒙恩德(1056—1133年)曾经拥有这些手稿;斯诺里·斯图拉松也曾引用过这些埃达的片断,然而手稿后来却不知去向。因而这一发现自然令人喜出望外,斯汶逊主教将这袋珍贵的手稿起名为"雷吉乌斯经典"(CODEX REGIUS),并宣称说他已寻找到了博学者塞蒙恩德收集的人类智慧的主体部分。在1643年他将这部手稿带回哥本哈根呈献给丹麦国王。1665年丹麦出版了《女占卜者的预言》和《高人的箴言》,此后北欧和欧洲其他国家陆续翻译出版冰岛诗体《埃达》中的部分或者全部诗篇。甚至早在1670年英国牛津大学就开始收藏冰岛诗体《埃达》手稿的抄本。到19世纪下半叶左右欧洲的一些大国如英、德、法,不仅出版了冰岛诗体《埃达》全集还兴起了一门专门的学问"埃达学",不过那时用的名称五花八门,有的叫"塞蒙恩德埃达",有的叫"哥特人的诗歌",也有的叫"北欧的埃达",甚至有的叫"凯尔特人的神话诗"等等。

《埃达》的大部分诗篇虽然在雷吉乌斯经典中被发现,然而它们有的已残缺不全,有的字句颠倒缺行。那个羊皮纸口袋保存了老埃达的主体部分,但并不是全部。有四首诗篇是散落在别处,后来才找到的。它们是《巴德尔的噩梦》、《里格的赞歌》、《海恩德拉之歌》和《格罗蒂之歌》。有些诗篇虽存有篇名但内容已失传或无法辨认,如《辛费厄特里之死》、《尼芬隆人之死》等。也还有些诗篇的内容是后来在《伏尔松萨迦》和《英林嘉萨迦》里寻找出来再补充进去的,如《西古尔德之歌片断》、《西格德里弗之歌》等。由于冰岛和其他国家的学者们在研究埃达方面的孜孜不倦的探索,才使我们得以对这部人类童年时代的文学珍品一窥全豹。学者们的研究和整理工作是功不可没的。他们旁征博引,做了大量考据工作,有些考据有很大的学术价值,例如阿西尔部落是否代表原北欧居民(即哥特人)而瓦尼尔部落则代表后来迁徙来的非北欧居民(即爱尔兰人、苏格兰人或其他撒克逊人)以及他们的社会结构、习俗观念的异同、阿西尔部落同南方(即罗马帝国)的关系等等。他们还考证了主神奥丁是不是罗马人的祖先埃涅阿斯,或者埃涅阿斯和奥丁干脆就是同一个人,因为据说奥丁亦曾到过特洛伊,并且在特洛伊毁灭之后在南方飘泊多时。又如考证了奥丁的武装女侍从瓦尔基里氏仙女是否就是希腊的亚马宗女战士等等。这些论点至今仍在探讨,尚无定说,而埃达研究界争论最大的问题是老埃达究竟起于何时、它的各个诗篇究竟在何时何地成篇,以及"拉格纳洛克"末日毁灭究竟发生于何地和是什么灾难,等等。争论至今仍在继续。

至于"雷吉乌斯经典",那羊皮纸口袋里的诗体《埃达》手稿本,令人庆幸的是它完好地保存至今。由于种种原因,这批珍贵的手稿长期收藏在哥本哈根,直到1971年才重新回到冰岛。由于它的重大学术和文化价值,冰岛和丹麦政府都不敢用飞机运送，他们专门派船运输，并且以军舰护航。雷吉乌斯经典抵达雷克雅未克港口时，码头上万头攒集，欢声雷动，冰岛人以节日的欢乐来庆贺国宝的回归。这批手稿如今保存在雷克雅未克的阿尔尼·马格诺松研究所(即手稿博物馆)。

八

冰岛诗体《埃达》共包括三十八首诗篇。对于埃达诗歌究竟有多少篇说法并不一致。有的说三十首，有的说三十五首，有的说三十八首。在三十八首中，《太阳之歌》等三首显然是基督教传入之后才添加进去的，原手稿里并没有这三首。原来的三十五首大约都是11世纪前的作品，其中有神话诗十四首(叙事诗十三首，教谕诗一首)，英雄史诗二十一首(叙事诗十八首，教谕诗三首)。

神话诗的代表作是《女占卜者的预言》(瓦洛斯帕)。这首诗从开天辟地和神人出现的世界创造说起演绎到神族的太平盛世和部落战争以及自然灾害和神族毁灭。旧秩序被彻底消灭后，新的世界又再生复兴，而毁灭的预兆是光明被黑暗所扼杀。这首诗虽然叙述神的故事，却描绘出氏族社会后期的社会矛盾。恩格斯曾对这首诗给予很高的评价，他在《家庭、私有制和国家的起源》一书中指出:这首诗写成于海盗时代，当时氏族社会已趋瓦解，所以它写的是诸神的没落和世界的毁灭、大灾难到来以前的普遍堕落和道德败坏①。诗篇的气魄雄伟、风格壮烈，虽然叙述世界末日和毁灭，结尾却向往光明和一个理想

① 参阅《马克思恩格斯选集》第四卷，第134—135页。

的社会,这就给人以希望和鼓励。总起来看,全诗哲理性很强,作为悲剧性叙事诗它的基调并不消沉。

《里格的赞歌》成篇于10世纪初期,它具有明显的凯尔特文化影响的残余。这首诗讲众神的守护神海姆达米化名为里格来到人间漫游,他在三个家庭做客小住,并且在各家都生下了一群子女。三个家庭分别代表着当时社会的三个阶级,即奴隶、自由农和军事贵族。他们的相貌、谈吐、衣着、器皿、房屋、家具全都迥然不同。奴隶困苦肮脏,必须干笨重的粗活,自由农虽然也要男耕女织但生活景况则大为优越,而军事贵族优雅高贵仗利剑居高统治。里格在三个家庭生下的子女命运也各不相同或者说生下来就已注定:奴隶的后代仍是奴隶,自由农的子女变迁则各不相同,而军事贵族的继承人已不再是一般的武士,他们更为精明强大成为君主和国王。

《洛基的吵骂》一诗反映出氏族社会内部并不风平浪静,而是矛盾重重。地位和权益的争夺使得他们丧心病狂,相互揭发,于是诸神的淫乱污秽暴露无遗。洛基对奥丁大加嘲骂而身为主神的奥丁却一筹莫展狼狈尴尬,这反映出氏族社会的信仰随着氏族社会的衰落而逐渐消亡,族长的权威也随之丧失殆尽。这首诗歌诙谐而活泼,甚至稍带轻佻,戏剧性极强可由几个人边唱边演。因而,它的佚名作者被誉为北欧的阿里斯托芬。

《斯基尼尔之歌》是一首动人的爱情故事。丰饶神弗雷派贴身侍从光辉者斯基尼尔去向巨人之女吉尔德求婚。吉尔德被说服答允了婚事但要求弗雷必须以他的魔剑作为聘礼。这类爱情故事在日耳曼人聚居的地区并不罕见,它表达了北欧居民的美好愿望:丰饶神与谷物女神的结合将会给人类带来好收成。有人指责说弗雷不该为了爱情而交出魔剑，以致末日来临之时他竟找不到合适的兵器。不过，在火巨人那把烈焰万丈的利剑面前，弗雷即使有会飞来飞去的魔剑恐怕亦无济于事的。

教谕诗的代表作是《高人的箴言》(哈瓦玛尔，亦译成《太上箴言》、《天帝晓谕》、《崇高之神的格言》、《至尊名言录》等)这首长诗的164个诗节可分成两部分，前半部分是各种格言，从第96节起的后半部分是主神奥丁叙说他如何偷盗到智慧的语言——罗纳古文字，以及学习掌握这些文字的重要性。诗中提出的诫谕包括了北欧地区海盗时代的格言、谚语、口头禅等，然而这些对待成功、幸福、金钱财富等所阐明的观点似乎同挥剑斩杀掠劫他人的海盗形象是大相径庭的，甚至同海盗生活并不会一致。诗篇中鼓励追求知识崇尚智慧，而不是吹嘘兵器的锋利和杀人的武艺，这在当时应该说是难能可贵的。诗篇提出的诫谕有不少是生活经验的总结，十分现实和功利，如劝告大家要处处谨慎、不要骄恣蛮横；出门不要空着肚皮或忘记带上防身武器；喝酒要适量；买卖要获利等等，这都是氏族社会中的生活指南。诗篇中没有提倡哪种美德，也未推崇哪种操行，既无道德约束也无清规戒律。诗篇中有不少格言是谈论友谊和慷慨，如：得到(应该说“抢到”似乎更准确一些)黄金手镯切不可独吞，务必砸开来与众人均分；还有作出了允诺就必须履行而破坏契约背信弃义则是可诛可杀的罪行。又如诗篇谆谆告诫：到别人家去做客进门先要看清门背后是否藏有杀手；时刻要警觉门口动静，提防被人堵在屋里无法防御等等。这些至理名言都是海盗生活中必须牢记的。总之，《高人的箴言》虽然在流传和修订中有些地方加上了基督教色彩和道德尾巴，但北欧海盗那种粗犷而豪迈，清新而带有野气的气息呼之欲出，这也正是《高人的箴言》引人入胜之处。

《埃达》中的教谕诗还有《西格德里弗之歌》（亦译成《西格德里法的箴言》）、《雷金的歌谣》（亦译成《雷吉恩的箴言》）、《格罗蒂之歌》和《太阳之歌》等。这些教谕诗内容较为驳杂，它们有的段落表现氏族社会首领的意愿和理想，有的段落反映氏族社会的集体观念，有的体现自由农对生活的欲望追求，但也有的表现了奴隶的生活疾苦和反抗。其中，《太阳颂歌》成篇于基督教传入北欧以后，全诗不遗余力宣扬基督教的教义，用旧太阳的堕落隐喻异教的灭亡，用地狱之苦来诫喻大家皈依基督教，整个诗篇都是板起面孔警告大家要生活正派行为检点。诗篇要求的是人人变成戴上基督教面具的绅士，他们能洁身自好，修身养性，然而却再也不是临死还说着俏皮话离开人世的北欧海盗了。在《高人的箴言》的训谕中，主神奥丁这个异教徒和海盗首领在谆谆教诲的同时竟未忘记吹嘘他在偷盗罗纳文字时的两次“艳遇”。

冰岛诗体《埃达》里的英雄事迹诗篇多半很短，有的已残缺不全。主要内容包括伏尔松家族、海尔吉家族和伏尔隆德家族的传奇故事，而以伏尔松家族为中心。这个传说在日耳曼人聚居地区和北欧地区流传悠久而广泛，它在以后的《萨迦》和《尼伯龙人之歌》中叙述得更为完整。《埃达》中伏尔松家族传说的每个片段都具有独立性，可以单独吟唱。

这个传说从伏尔松族的英雄、屠龙壮士西古尔德只身屠杀恶龙得到莱茵黄金开始叙述。他少年得志未免轻狂，居然遗弃了以身相许并立下婚誓的匈奴族女子布隆希尔德，移情别恋娶了勃艮第姑娘古德隆恩为妻子。布隆希尔德一怒之下嫁给古德隆恩的哥哥贡纳尔为妻并且唆使他杀死了西古尔德。贡纳尔是勃艮第国王,他为了巴结势力强大的匈奴王艾特礼,也就是布隆希尔德的哥哥,而不惜逼妹妹古德隆恩屈从改嫁给艾特礼为妻。当布隆希尔德殉情自刎之后,贡纳尔和艾特礼之间关系陡然紧张,双方为了争夺西古尔德死后留下的莱茵黄金而争斗,艾特礼终于获胜杀掉贡纳尔夺得了宝物。古德隆恩为了替兄报仇设计杀掉了艾特礼和她同艾特礼生的两个儿子。她想投海自杀,可是命不该绝,漂流到法兰西,又嫁给国王伊昂纳尔为妻,从而又遭遇到另一场血亲仇杀。

这一诗篇以及由它演变衍生而来的《伏尔松萨迦》和《尼伯龙人之歌》保存了较多的北欧氏族社会的特征,如图腾崇拜、还原献祭、杀生殉葬和血亲仇杀等等。在诗篇里黄金宝藏象征着权力和伴随权力而来的灾难,得到宝藏的人必然遭到灾难。而灾难又被认为是命运所安排的,因而灾难来到之前总有预言、梦兆以说明厄运之不可避免。这就使整个诗篇充满了悲剧气氛。男主人公西古尔德是个悲剧性的角色,他能够屠杀恶龙夺得宝藏,却无法避开身边觊觎宝藏的亲人所下的毒手,这就突出地反映了氏族社会末期为了争夺财富而出现的人与人之间背信弃义的行为。女主人公古德隆恩则更是悲剧性十足的牺牲品。她帮助哥哥贡纳尔笼络住拥有宝藏的西古尔德,甚至西古尔德遇害后她也忍气吞声,不但不替夫报仇反而屈从于哥哥的意志嫁给了匈奴王,而匈奴王杀害了贡纳尔,她却立即要拼命,并且设法杀死匈奴王报了杀兄之仇。这反映出氏族社会里把血缘关系看得比夫妻关系更为重要。在古德隆恩身上可以看到美狄亚(古希腊同名悲剧中主人公)的影子。这一诗篇明显受到希腊悲剧的影响，诗中突出了悲剧性格、悲剧冲突和悲剧效果，并且将个人的遭遇归因于命运的捉弄摆布。

伏尔松家族故事的产生有它的时代背景。公元4世纪匈奴西迁入欧，于公元374年向世居在斯堪的那维亚半岛和欧洲中北部的哥特人展开猛烈攻击，并且同勃艮第人为了争夺莱茵河到易北河之间的富庶平原而激战。东、西哥特王国相继被征服。勃艮第亦屡战屡败丧失几乎全部国土。为了求得生存，哥特人自公元378年起陆续逃往罗马帝国，勃艮第人于公元436年逃到高卢东南部，这就是历史上的日耳曼人(东、西哥特人和勃艮第人都是日耳曼人的一支)民族大迁移。这一史实再以历史传说和民间故事丰富充实便形成了英雄史诗的故事内容。

九

冰岛诗体《埃达》是一部布局气势宏大，故事场景广阔的作品。它的表现手法除了叙述、独白、旁白、插话之外更多地运用了对话，诗篇中常常出现智慧的竞赛，即解答或猜谜。猜谜这种轻松活泼的智力测验在当时的北欧和日耳曼地区广为流行，并且往往同命运或者预兆联系起来，因而显得十分生动。诗体《埃达》里穿插不少小故事，这些故事来自民间为人乐道，充满了浓郁的生活气息，如诸神宴饮时要借用大锅、托尔丢失魔锤、托尔假扮新娘等，都十分精彩。

《埃达》中还运用了大量的类比、暗示、寓意和譬喻等修辞手法，尤其是譬喻，这就更增加了史诗语言的形象性和多变性。诗体《埃达》中的譬喻几乎随处可见，有明喻也有隐喻和换喻等。诗中把大海称为“鲸鱼之路”、“哈丁(众海神之王)的国土”；把船只称为“大海的骏马”；把鲸鱼称为“海猪”；把火焰称为“椴树的毁灭者”、“苏尔特的家族”等。武士被叫做“持利器的槭树”或者“能战斗的苹果树”，而利剑则成了“血蛇”、“锃亮的青葱”、“会杀人的棍棒”，鲜血则是“屠杀的露水”淹死叫做“向海神献祭”等等。有时还将人名隐去，只用明喻称呼，如“西芙的丈夫”即为雷神托尔，而“山羊之神”也是指的托尔，因为托尔乘坐公羊牵引的战车。“俊俏者”、“贝里的屠夫”指的是弗雷，至于主神奥丁的各种称呼则更是不胜枚举。

有些隐喻是十分诙谐的，如把胡须称为“脸颊上的森林”、把骏马叫做“咬嚼的舟”，把蛇叫做“荒原上的鱼”，狼则成了“奥丁的猛犬”或者是“女巫的坐骑”。至于黄金则是“河上的火焰”、“巨蟒的火焰”。诗体埃达中还有些换喻颇为费解，如把慷慨的人比喻为“黄金戒指的破坏者”或者“仇恨黄金的人”，这是因为慷慨者乐于砸开戒指同别人均分。

冰岛诗体《埃达》的语言风格十分崇高，文风郑重而雄伟，由于是传统的民间史诗而不是文人史诗的缘故，诗篇韵文仍较活泼，并不拘泥于语言的仪式化。又由于这些诗篇其实都是可供吟唱的歌谣，因而往往语言质朴而开头突兀，并且通过对话、独白和行动叙事，并且广泛采用了叠句。诗体《埃达》中无论是神话诗、教谕诗还是英雄史诗都有不断重复的叠句，而叠句往往出现在诗节的开头几行，这也正是民间口头文学的一个重要特征。

《埃达》是供吟唱的作品，大多有北欧史诗独特的韵律，较多采用四行体一停顿，押韵一般为 abab，不押尾韵只押头韵。每行诗大多分成两个半行，中间有一个停顿，这样吟唱起来便会有一种特殊的音韵节奏效果。英国中古英雄史诗《贝奥武甫》即采用了这种韵律格式,冰岛诗体《埃达》沿用了这种韵律并且有所发展。到了13世纪《尼伯龙人之歌》出现后,这种韵律格式被称之为"尼伯龙人诗体",一般史诗大多采用这种诗体。因而,冰岛诗体《埃达》的韵律格式是尼伯龙人诗体的先驱,并且同尼伯龙人诗体在许多方面大同小异。

然而两者的差异也很明显,因为冰岛语同德语之间有着巨大差别。两者虽同属于日耳曼语系,冰岛语作为古挪威语的延伸和扩展比德语更富有音韵感,节奏更为明快,因而抑扬顿挫的音韵效果也往往更明显。《埃达》通常为四音节,每节诗行长短不一,也有的为二、六、八行,但都不很长。它采用的韵格为抑扬格。这类四音步抑扬格的诗格多半见诸于叙事诗。叙事诗尤其是英雄史诗一般每节四行,每行由两个半行组成,每半句有两个重音和一个押头韵音节。教谕诗和对话诗大多每节六行,分成两部分,第一、二行各有两个重音和一个押头韵音节,以押头韵串连成一长句,第三行为短句,有两个重音和一个押头韵音节。第四、五行和第六行各与第一、二行和第三行相同。为了区别叙事诗中不同人物的独白和对话,《埃达》还采用了比喻或别名来改变音韵节拍,有时也采用叠字,这样把有些对话或叙述变化为五音步。埃达诗里元音和辅音都可读成重音,而且还都可以押韵,但元音重读时必须相隔一个音节。

冰岛诗体《埃达》现在以全集的形式在我国首次出版了,这是我们期待已久的一件大事,因为这部史诗是最宝贵的世界文化遗产之一,是全人类的共同的智慧财富。这部史诗对北欧各国、德国和英国的文学产生过重大的影响。德国的英雄史诗《尼伯龙人之歌》据说是从冰岛诗体《埃达》中衍生出来的；芬兰民族史诗《卡莱瓦拉》受到冰岛《埃达》明显而巨大的影响；英国的浪漫派诗人托马斯·格雷(1716—1771)曾以冰岛《埃达》的题材写出神话诗《命运女神三姐妹》(1761)、《奥丁的降世》(1761)等名篇，开创了浪漫派用冰岛《埃达》为创作题材的风气；英国另一位名诗人威廉·莫里斯(1834—1896)用冰岛《埃达》的题材创作了长诗《地上的乐园》(1868)，《伏尔松家族的西古尔德》(1876)；英国浪漫派诗人奥登(1907—1973)则用这些题材创作出了《冰岛书简》(1937)；甚至阿根廷的超现实主义诗人博尔赫斯(1899—1986)也从冰岛《埃达》中撷取灵感。对于冰岛诗体《埃达》，我国多位前辈学者曾有介绍，但其中的诗篇却未曾翻译出版过。现在《埃达》这部全集的首次翻译出版，也算是了却了我们多年的一个心愿。只是我们译文的粗糙和不尽如人意定的难免，只能望读者多加指正，以利今后改进。

主神奥丁倾听女占卜者预言。

第　一　首

女占卜者的预言

1 诸位神祇，无论长幼尊卑，
守护神海姆达尔[1] 的后裔！
阵亡英灵之父奥丁啊，
你要我讲给大家听听，
远古往昔的传闻逸事，
如今从头细说个分明。

2 我本是巨人分娩生下，
我也由巨人养育长大。
记得那时有九个世界，
九个女巨人各踞一方。
还有一株古梣皮树，
名叫伊格德拉西尔。
硕大无朋，擎天撑地，
划分出天、地和下三界，
虬根直插到地层深底。

---

① 阿西尔部落众神祇的守护神，他能眼观四路耳听八方，日夜守卫在天界入口要道比弗洛斯彩虹桥，防御冰霜巨人的侵袭。他骑着金鬃马，肩背大号角，遇有紧急情况便吹起号角，召唤众神祇前来应付。据说他是阿西尔部落中的第一人，辈份资历与主神奥丁几乎不相上下。

3 巨人伊米尔活着的时候，
乾坤未始一切尚未奠定，
没有沙土也没有大海，
更没有阴凉的波涛。
天地未分，混沌一片，
头顶上没有苍天，
脚底下没有大地，
哪里来青草萋萋。

4 巨人布尔[1]的儿子们
开天辟地创造出世界，
他们建造起米德加尔德[2]，
无上荣光归于他们
新世界的创造者！
于是太阳从南面升起，
把石头盖的殿堂照亮，

于是大地上万物滋润，
郁郁葱葱苍翠碧绿油油。

5 太阳从南面升起，
月亮伴陪在她身边。
太阳伸出她的右手，
一把将天边勾住。
太阳她不知道

---

① 巨人布里之子，与女巨人贝斯塔拉为夫妻，生下主神奥丁、维利和威三兄弟。
② 意为“中界之园”，即为人类居住的大地。

自己要住进哪座殿堂。
月亮也不知道
她有哪些权力要掌。
众星星闪烁不定，
弄不清要站在何方。
6 于是各路神仙一齐出动
来到命运之神宝座跟前，
庄严圣明的各路神仙
聚集到一起共同商议。
他们要给夜晚起个名字，
她的子女也要有个排行，
他们将一天划成几段：
早晨、中午
还有下午和傍晚。
这一来分得清楚明白，
就有了年份和时间。

7 阿西尔部落的众神祇
麇居在伊达平川上，
他们盖起了祭坛，
还有宏伟神殿高入云霄。
他们架起打铁的锻锤，
敲打出华贵的首饰。
他们做成了钳子，
还有许多别的工具。

8 他们围坐在草地上下棋，
纵情享乐恣意逍遥，

手上有大把黄金
什么享受都不缺少。
直到有一天
从巨人国来了三个女巨人①，
强壮结实、威风凛凛。

9 于是各路神仙一齐出动，
来到命运之神宝座跟前。
庄严圣明的各路神仙，
聚集到一起共同商议：
用巨人伊米尔的血液，
用巨人布莱恩的手脚
捏出来一群群小精灵，
可是由谁来发号施令？

10 结果在所有小精灵之中
莫苏格尼成了最显赫的权贵，
另一个权贵是多林。
用泥土捏成了人形侏儒，
小精灵的数目数不胜数，
多林数来数去弄不清楚。

11 尼埃和尼达，
诺德和索德，
厄斯特拉和维斯特拉，

---

① 指命运三女神：过去、现在和未来。她们的出现预兆着众神祇黄金时代已一去不返。

阿尔休的本意是小偷，
特瓦林指的是个懒汉。
比伏尔、巴伏尔，
布姆比尔、诺拉，
还有安恩和安娜，
唉呀，老天爷！
名字长长一大串，
还有个名叫恶狼米德。

12 有的小精灵酿造麦酒，
有的小精灵切削棍杖，
管风的小人儿叫索林。
坦格和多林，
特鲁、维特和李特，
纳阿和纽劳德，
还有雷金和拉德斯维，
个个名字都有它意思，
我不妨细细说道分明。

13 费莱和凯莱，
弗恩登、纳莱，
海勃特、维莱，
汉纳、斯维尔，
弗拉、洪布尔，
弗莱格和朗内，
雅莱和“粘泥巴”，
埃克肖尔德就是“栎木盾牌”。

14 说得那么多总要有个数，
特瓦林家族人丁最兴旺。
洛弗尔家族香火永不辍，
小精灵人数岂能数得清。
还有人住在沙地洞穴里，
他们从荒山野林搬下来，
在平川盖起一幢幢房舍。

15 休要怪我太啰嗦，
那人数委实真多。
有特鲁普尼尔，
有道格赛拉西尔，
莱汶、格罗，
多莱和奥莱，
多芙、恩德瓦尔，
斯基弗尔、维尔弗尔，
还有斯加维德，
唉呀，老天爷！

16 阿尔弗和英格维，
栎木盾牌埃克肖尔德，
费雅勒和弗洛斯蒂，
费恩和金娜，
一长串又一长串的名字，
他们是人类远古的祖先，
个个都值得永志不忘，

只要人类还生存下去。[①]

17 直到有一日主神奥丁
同弟弟洛基和汉尼尔，
三个神祇联袂而行，
他们个个身强力壮，
仁慈博爱又肯行善。
他们来到一个地方，
在岸边拣起两株浮木，
做成了一对男女：
阿斯克和埃姆布拉。
他们徒有人形，
却没有生命。

18 这对男女虽具人形，
却没有灵魂无气息。
身体亦非血肉之躯，
也就无法动弹说笑。
奥丁给了他们呼吸，
汉尼尔给他们灵魂，
洛基给了官能知觉。

19 我知道有一株大梣树，
名字叫伊格德拉西尔，
它高大无比擎天又撑地，
树根弯弯扎在白沙里。

① 与第17节上下文不连贯，系古手稿本有残缺。

洒落在峡谷里的露水，
可供它尽情吮吸享用。
大梣树终年碧绿常青，
遮挡在命运圣泉井沿。

20 那边过来了三个仙女，
从梣树底下圣泉里，
司命运的三位女神，
个个能够未测先知：
第一位名字是过去，
第二位名叫现在，
那第三位的芳名
人们镌刻在船头供奉，
她就是未来。
律法戒条由她们来制订，
生死祸福由她们来选定。
为了人类的子孙后代，
决定每个人前途命运。

21 她回想世界上第一场战争，
他们用长矛叉住古尔维格①，
在独眼主神的殿堂上，
要把那女巫活活烧死。
他们用火烧了她三次，

① 女巨人，瓦尼尔部落的丰饶神弗雷的岳母，又名埃吉布达，是阿西尔部落火神洛基的情妇，为他充当奸细并生下一群怪物。因而阿西尔部落要处死她，由是引发了两个部落间的战争。

可是她三次重新再生。
一遍又一遍地焚烧，
她仍然活着不死。

22 不管她走到什么地方，
男人竞相称她“海依德”①。
男术士争着为她算命，
满嘴好话但求她欢心。
她念起蛊惑的符咒，
他们迷得神魂颠倒。
女巫果然魔力无边，
只消她略施点身手，
男人到处都入其彀中。
难怪心地邪恶的女人，
总爱效尤她这套法术。

23 于是各路神仙一齐出动
来到命运之神宝座跟前，
庄严圣明的各路神仙
聚集到一起共同商议：
阿西尔部落干脆屈服，
乖乖地双手捧上贡物，
若不然众神全绑上祭坛，
无人幸免个个成了牺牲。

24 主神奥丁投出去一支长矛，

① “天仙美女”之意，一般用来称呼弗蕾娅。

从众神头上呼啸飞过。
这是世界上第一场战争，
阿西尔部落却没有打赢。
他们的城堡被敌人冲垮，
防御者的胸墙砰然倒塌，
瓦尼尔部落锐气不可当，
长驱直入冲杀在平川上。

25 于是各路神仙一齐出动，
来到命运之神宝座跟前，
庄严圣明的各路神仙，
聚集到一起共同商议：
清平世界弄得乌烟瘴气
这是谁的罪过谁作的孽，
要不然把奥德的女人①，
乖乖地交给巨人受用。

26 雷神托尔② 暴跳如雷，
他怒火中烧肝肠欲裂，
耳听得这般秽言恶语，
岂容得佯装无动于衷。
盟誓遭到了任意破坏，
承担的诺言概不作数，
信誓旦旦的神圣契约，
也统统翻脸就不认账。

① 即繁殖女神弗蕾娅，因她嫁给奥德为妻。
② 主神奥丁的长子，手持大锤，司雷电。

27 海姆达尔的号角藏在何处，
她心知肚明虽然嘴上推托。
那株枝繁叶茂的梣树底下，
埋藏着向众神报警的号角。
她看出大祸临头种种凶兆，
圣泉喷涌泛滥出井沿外。
泥石俱下山洪暴发泛滥，
英灵之父奥丁全部领地，
洪水淹成一片泽国汪洋。
你可曾听说此事，
或者还知道别的。

28 她独自向隅坐在屋外
那个老人[①] 踽踽走过来，
他是阿西尔部落的主宰，
众神无不敬畏的恐怖者。
如今他瞪着独眼，
盯住她狠狠打量。
“你为何苦苦将我盘问，
你为何再三将我相逼，
奥丁，我洞察一切奥秘。
巨人弥米尔的井里，
藏着你另一只眼睛，
那口井因此出了名。
弥米尔清晨要喝蜜酒，

① 指主神奥丁。

天天从井里汲来甘露。
你可曾听说此事，
或者还知道别的。

29 万民之父奥丁赠给她
黄金戒指和项链，
要她用睿智和聪慧
参透谶纬测卜未来，
她聚精会神放眼观望，
把每个世界细看一番。

30 她一眼瞅见瓦尔基里氏，
昔日侍候奥丁的仙女们。
从四面八方蜂拥而来，
要把这个哥特人王国
践踏得粉碎砸得稀烂。
斯古尔特高举着盾牌，
斯古格尔紧随在后面，
格恩、希尔德、贡多尔，
还有惯用长矛的吉斯古尔。
瓦尔基里氏的大军，
在大地上纵横扫荡。

31 我看见光明神巴德尔①，
他遭人暗算血流满面。
主神奥丁的儿子呵！

① 主神奥丁的二儿子，司光明与希望，曾做噩梦预感要遭人暗算，后来果然被杀。

他的厄运遭到隐瞒。
槲寄生[1] 娇柔而又美丽，
茎杆纤细生长在平川。

32 岂能料到细弱的树苗，
居然制成致命的利箭。
黑暗神霍德尔[2] 弯起弓，
飕的一箭射死巴德尔。
巴德尔的弟弟[3] 真英豪，
奥丁的儿子长大得快。
呱呱坠地才一个昼夜，
就能挥剑上阵去打仗。

33 他既不洗手也不梳头，
直到把暗算巴德尔的仇人
绑到葬礼的烈火堆上。
爱神弗丽嘉放声痛哭，
涕泪交流呆在厅堂里，
哀悼亡儿进了英灵殿。
你可曾听说此事，
或者还知道别的。

① 奥丁严令一切鸟兽草木不得伤害巴德尔，但见槲寄生太细弱，便未对它宣令，火神洛基却利用此可乘之隙，将之做成利箭。

② 主神奥丁的三儿子，一说为光明神巴德尔的孪生兄弟，司黑暗与失望。他妒忌巴德尔，在火神洛基唆使下，用槲寄生做成的利箭将欢乐的光明神巴德尔射死。

③ 即瓦利，奥丁与情妇林德的私生子，出生后迎风长大，立誓要为巴德尔报仇。

34 瓦利的五脏与六腑，
做成了手铐和脚镣。
哪怕最沉重的桎梏，
也能一节节拧断掉。

35 她一眼瞅见有个人影，
两手双脚都戴着镣铐。
那人影匍匐在树丛里，
就在吉特尔温泉边上。
她细细辨认身材面貌，
原来是丈夫火神洛基。
西格恩[①] 蹙额疾首坐一旁，
为丈夫心头怏怏真烦恼。
你可曾听说此事，
或者还知道别的。

36 有条溪流来自东方，
穿过毒汁峡谷往前。
这条河里不见清泉，
只有刀光还有剑影。
锋利的宝剑在流淌，
笨重的斫刀在欢唱。
斯利德河是它名字，
管叫来者丧命身亡。

37 尼达平川朝北的地方，

---

① 火神洛基的妻子。

耸立着一座黄金殿堂。
小精灵辛德里的家族，
就在原野上繁衍生息。
奥库尼平川阡陌相连，
另一座殿堂却露凶光。
巨人布里米[1] 盘踞霸占，
饕餮亡灵是飨客佳肴。

38 她极目远眺四处观望：
隐隐绰绰有一座殿堂，
远离光芒万丈的太阳，
就在尸骨横陈河岸上。
所有大门都背阴朝北，
毒液从烟洞往下滴淌。
那座殿堂的四堵墙壁，
都用毒蛇背脊骨堆垛。

39 那里的惨象目不忍睹：
在湍急的污泥浊水中，
漂浮着一具一具尸体，
翻滚的形状煞是骇人。
有的生前说过假誓言，
有的人曾经杀害无辜，
还有人勾引他人妻子。
毒龙吮吸着死者鲜血，
恶狼把尸体撕成碎片。

① 一说为巨人伊米尔死后的化身。

你可曾听说此事，
或者还知道别的。

40 东面一片铁树林里，
坐着一个白发老妪。
恶狼劳里尔[①] 的后代，
全靠她来抚养长大。
有条狼崽穷凶极恶，
是叼走月亮的恶魔。

41 众神祇殿堂里狼藉不堪，
遍地躺满了被杀的尸体，
殷红的鲜血流淌成小溪。
来年夏天太阳一片漆黑，
天气反复无常坏得出奇。
你可曾听说此事，
或者还知道别的。

42 他坐在高高的山坡上，
弹拨起竖琴丁丁当当。
巨人的放牧人艾格塞，
无忧无虑整天乐呵呵。
在那边的格罗树林里，
有只雄鸡昂颈喔喔啼。
浑身翎羽似锦赤似火，

---

① 阿西尔众神为捕捉恶狼设下圈套，契约担保人、战神提尔将手伸进狼嘴里，恶狼被绑后发现上当，便咬断了提尔的手。

费雅勒公鸡是它姓名。

43 “金梳子”费雅勒昂首引吭，
为阿西尔众神司晨报晓。
英灵殿里的勇士亡灵们，
个个被它歌唱唤醒过来。
另一只雄鸡也喔喔啼叫，
那是从地底发出的哀鸣。
赤红的羽毛变得黑乎乎，
它挣扎在死神海尔的殿堂。

44 恶犬加姆唁唁狂声吠，
在格尼柏山洞前蹦跳。
粗大的铁链将被挣断，
歹徒可脱身逃之夭夭。
我聪明睿智未卜先知，
还能看到久远的未来。
须知战无不胜亦枉然，
众神祇岂能逃脱劫难。

45 兄弟阋墙哪顾手足情谊，
咬牙切齿非把对方杀掉。
兄妹乱伦悖逆天理纲常，
生下孩子遭人痛骂唾弃。
偷情通奸世上习以为常，
藏污纳垢人间充满淫荡。
如今年代战斧利剑逞雄，
刀锋把盾牌一劈成两爿。

以往岁月暴风恶狼横行，
那是早在世界毁灭以前。
岂有人肯高抬贵手，
轻饶对方一条性命。

46 巨人弥米尔的儿子们，
玩兴正浓寻欢又作乐，
殊料厄运来到大祸临。
海姆达尔急得双脚跳，
赶紧寻找古老的号角，
报警号角声响彻云霄。
众神祇顿时乱成一团，
奥丁捧起弥米尔脑袋，
慌忙想要商量个短长。

47 伊格德拉西尔梣皮树，
站得笔直却簌簌发抖，
擎天撑地再支持不住，
枝杈全都在痛苦呻吟。
巨人挣脱笨重的枷锁，
凶恶残暴地残杀无辜。
众神祇踏上黄泉之路，
全都吓得魂飞魄又散。
火巨人苏尔特张大嘴，
一口一个将他们吞噬。

48 阿西尔神族如今安在？
那些小精灵可有下落？

巨人之国在咆哮吼叫，
阿西尔部落呜咽呻吟，
侏儒们个个放声号啕。
他们面朝石头门肃立，
石壁也动容唱起挽歌。
你可曾听说此事，
或者还知道别的。

49 恶犬加姆嚎嚎狂声吠，
在格尼柏山洞前蹦跳，
粗大的铁链将被挣断，
歹徒可脱身逃之夭夭。
或睿智聪慧预卜未来，
也能测出今后的久远，
须知战无不胜亦枉然，
众神祇岂能逃脱劫难。

50 冰霜巨人吕姆自东而来，
手持盾牌防护住他胸前。
那条米德加尔德大蟒蛇，
怒火冲天似狂却又似癫，
蛇身扭来滚去狂舞蹁跹。
恶蟒闹海掀起浊浪翻天，
巨鹰盘旋发出凄厉鸣叫，
惨白尖喙刚把尸骸叼起，
纳格法船① 已举幡来招魂。

① 用死人指甲造成的魔船，专门引渡亡灵到地狱中去。

51 有一条大船从东方驶来，
穆斯帕尔部落[1] 飘洋过海。
火神洛基[2] 为他们掌舵，
乘风破浪航行真自如。
船上个个是凶神恶煞，
杀人不会眨眼的歹徒，
洛基的弟弟比赖斯特[3]
和他们结伙狼狈为奸。

52 火巨人苏尔特自南而来，
浓烟滚滚烈焰冲霄汉。
众神祇挥剑上阵厮杀，
剑锋像阳光夺目耀眼，
山崩地陷连石山也倒塌，
女巫早已远飏而众神祇
猝不防踏上了黄泉之路，
天空顿时裂开几道罅隙。

53 主神奥丁前去捕捉恶狼，
结果有去无回血染山岗。
爱神弗丽嘉再次放悲声，
痛悼亡夫的英灵已归天。

① 居住在火巨人苏尔特为主神的南方极热区的部落，善于用火攻。
② 冰霜巨人的后裔，性情诡谲，精通魔法，生下了不少怪物如：芬里尔恶狼、米德加尔德巨蟒等。他与众神祇为敌，被用铁链捆住。
③ 火神洛基之弟，亦是一头怪物。

英俊倜傥的太阳神弗雷[1]，
他曾用计除掉巨人贝里[2]。
他挺身迎战火巨人苏尔特，
弗丽嘉的情人所向披靡，
这一回斯杀却殒送性命。

54 战争胜利之父奥丁的儿子，
光荣归于一身的勇士维达，
他奋不顾身前去报仇雪恨，
立誓杀掉吃人如麻的恶狼。
他无畏无惧单臂扼住狼颈，
另一只手握剑刺进它心脏。
洛基的儿子恶狼[3] 一命呜呼，
不共戴天杀父深仇终得报。

55 恶犬加姆嗐嗐狂声吠，
在格尼柏山洞前蹦跳，
粗大的铁链将被挣断，
歹徒可脱身逃之夭夭。
大地的巨蟒昂首朝天，
张开着蛇口连打呵欠，
那血盆大口真是吓人。
维达发誓要杀蛇除害。

---

① 瓦尼尔部落神祇，阿尔弗海姆国王，司丰饶与兴旺。他手中宝剑耀目生辉亮似阳光。

② 弗雷立志除掉恶巨人贝里，但太阳剑被仆人拿走，他便设计用鹿角将贝里刺死。

③ 恶狼芬里尔和米德加尔德巨蟒都是火神洛基之子。

56 大地之子主神奥丁的儿子，
光荣归于一身的勇士维达，
义愤填膺他奋身扑向蟒蛇，
大地保卫者出手疾如闪电。
雷声轰鸣酣战得鬼泣神愁，
天崩地陷所有人逃出家门。
大地母亲之子跌撞又摇晃，
勇士维达走出九步就栽倒。
被杀死的巨蟒瘫在他身边，
蛇嘴淌血再不能嘶嘶做声。

57 黑烟蔽日太阳倏然变黑，
大地裂出罅隙沉入大海。
闪亮的星星从天际消失，
雾气腾腾四周一片氤氲。
一道火光烈焰冲天而起，
那火光把天界烧个精光。

58 恶犬加姆唁唁狂声吠，
在格尼柏山洞前蹦跳，
粗大的铁链将被挣断。
我聪明睿智未卜先知，
还能看到久远的未来。
须知战无不胜亦枉然，
众神祇岂能逃脱劫难。

59 她看到世界重新复活，

大地冉冉从海里浮起。
青山碧水万木一片绿，
泉涧淙淙依稀旧模样。
苍鹰在天际盘旋翱翔，
为了去叼山顶的游鱼。

60 阿西尔部落众位神祇，
聚集在伊达瓦平川上。
劫后余生人人庆侥幸，
亏得未曾落进蛇嘴里。
回首起往事不胜唏嘘，
美好的昔日令人留恋。
呜呼主神奥丁已远行，
留下罗纳文字[1] 慰英灵。

61 众神祇漫游在田野上，
萋萋青草丛中睹旧物，
拣到赤澄澄黄金棋子。
这情景令人感慨万千，
原本是件玩物不稀奇，
如今勾起刻骨的怀念。

62 纵然大地仍是满目疮痍，
浩劫过后日子将更美好，
污垢邪祟全都涤荡干净，
不用播种大地便起庄稼。

[1] 主神奥丁喝到智慧之井的水后变得博学多才，创出北欧古文字，即罗纳。

光明神巴德尔重返人间，
他带来和平幸福和喜悦。
他和弟弟黑暗神霍德尔，
不再仇杀化干戈为玉帛，
他俩并肩携手坐到一起，
英灵殿上共叙手足情谊。

63 汉尼尔[1] 叫大家抽签分家。
他撒出一把幸运的木签，
两兄弟的儿子个个踊跃，
你争我夺该由谁来继承，
这片多风的大地，
广袤富饶而美丽。
你可曾听说此事，
或者还知道别的。

64 她极目远眺朝未来观望，
但见一座殿堂富丽堂皇。
屋顶铺满了吉姆莱黄金，
光华耀眼夺目胜过太阳。
高贵的君主们住在里面，
终日纵情狂欢荒淫无道。

65 于是那位神灵生了气，
他是全知全能的权威。
他乾坤独断至高无上，

[1] 与奥丁、洛基一起共为创造出人类的神祇。

世间都听从他的意旨。
他自天而降整肃纲纪，
把怙恶不悛的众神祇
送交最后审判去发落。

这一来世道又变模样，
黑暗恶魔重新来施虐。
大蟒蛇周身鳞光闪闪，
从尼达山[①] 里窜了出来。
毒龙尼德霍狂暴乱舞，
在平川上空飞来飞去，
喷射着毒液残害苍生，
翅翼上挂着白骨累累。
无畏的勇士今在何方，
快来搏蛟屠龙杀掉它。

① 即死神之山。

第 二 首

高人[①] 的箴言

1 在你举步欲进厅堂时，
目光务须锐利心要细。
每扇大门都要瞧个遍，
决不放过一扇门背后。
皆因你无法弄得清楚，
哪个角落仇敌匿身藏。

2 祝福您乐善好施的主人！
有个陌生客已叩扉登门，
试问他该坐到什么地方？
不速之客来得过于匆忙，
毫不碍事快领到火塘旁。
让客人烤热身子最要紧，
这番美意客人无法推却。
主人殷勤全仗一片诚心，
客人身热心暖自会领情。

3 有人进门央求歇歇脚，
赶紧挑开火塘烧得旺。
须知屋外天寒地又冻，

① 指主神奥丁，奥丁亦为智慧之神。

谅必双膝发麻两腿寒。
若是翻山越岭跋涉来，
谅必饥肠辘辘身上潮，
赶紧端来飨客的酒食，
还有可供替换的衣衫。

4 有人碰巧吃饭时候来，
赶紧递上手巾擦把汗，
转身再奉清水润润喉。
何妨挽留人家吃顿饭，
酒酣饭饱宾主皆欢畅，
人家会回请把人情还。

5 同走南闯北之辈应酬，
务须能言善侃谈锋健。
人家飘洋过海阅历广，
截嘴巴葫芦岂能讨俏。
坐在酒席上闷声不吭，
岂不惹人笑话招白眼。
既然未闯江湖见识浅，
何苦出丑与吾等同席！

6 切莫卖弄才智自吹擂，
休要逞能好胜出风头。
不显山水智者若大愚，
真人不露相岂能吃亏。
须知谨慎乃处世良友，
胸有城府何必要显耀。

7 精明细心的客人来赴宴，
自不会夸夸其谈惹人厌。
他察颜观色默默细掂量：
放亮眼睛去仔细瞧动静，
竖起耳朵来句句听分明。
想探听的事情有人会讲，
用不着开口盘问去打听。

8 要有福气务须人缘好，
平日才能听到奉承话，
遇到麻烦会有人相帮。
切莫盘问他人心头事，
刺探隐私岂能人缘好。

9 人缘好乃是做人福分，
奉承恭维话受用终生。
死后落骂名何消费心，
须知人心从来隔肚皮。

10 出门必备的最佳行李，
便是随机应变的明智。
须知行路不测风险多，
万一流落异乡陌生地，
纵有黄金何奈会用完，
机智胜过黄金作盘缠。

11 出门必备的最佳行李，

便是随机应变的明智。
行路最不宜穿的装束,
便是灌满一肚皮麦酒。
须知出门若是醉醺醺,
保不住摔倒在田野上。

12 麦酒决不是灵丹妙药,
不像世人称赞那么好。
对于人类的子孙后代,
它只有百害而无益处。
皆因麦酒下肚得愈多,
脑筋就醉得愈动不了。

13 名叫健忘的苍鹭爱翱翔,
它在醉汉头顶来回盘旋,
偷偷叼走了人类的智慧。
色彩斑斓的翎羽是桎梏,
若是戴上这面沉重枷锁,
终身在贡露① 园里服苦役。

14 犯了酒馋干脆喝个够,
非要烂醉如泥不罢休。
精灵鬼费埃拉② 不含糊,

---

① 相传麦酒为小精灵费埃拉和吉埃拉酿造,被巨人们偷走。主神奥丁为索取麦酒而不得不在巨人苏东园中服苦役,一年期满后,奥丁向巨人索取麦酒,但遭拒绝。后来,奥丁引诱了苏东的女儿贡露,凭借了贡露的帮助才将麦酒又偷回到神祇居住的阿斯高德乐园。

② 相传为最初酿造麦酒的小精灵之一。

夺过麦酒把我撵出门。
酒宴怎样才算是最佳，
席阑人散个个都清醒。

15 贵为王子理当缄默慎言，
还需聪明过人才智非凡，
遇有厮杀务必身先士卒，
勇猛英武方能领兵打仗。
平民百姓不用如此烦恼，
他只消乐乐呵呵脾气好，
颐养天年直到寿终正寝。

16 蠢人自以为能长生不老，
只消不去打仗避开厮杀。
即使长矛饶过他的性命，
岂能躲得过岁月在催人。

17 蠢人在酒宴上丑态百出，
瞪大了双眼却视而不见，
要么滔滔不绝口吐狂言，
要么张口结舌难于应答。
但等到麦酒把肚皮灌饱，
耍不了花招便原形毕露。

18 走南闯北之辈知识广，
见过大世面去过远方，
只有他们才把握稳当，
心知肚明自己的酒量。

他明白不可由着兴致，
头脑清醒乃是最要紧。

19 切莫再往牛角里添酒，
醇醪细酌岂非更消停。
席间应酬交谈须谨慎，
牢记是非只因多开口。
若是不胜酒力醺醺醉，
早点上床快快去安歇，
不会有人来指点挑剔。

20 贪图口福之人嘴巴馋，
为逞口腹之欲常饕餮，
饮食无度倘若不节制，
落下了病根遗恨终身。
狼吞虎咽吃相真难看，
酒宴席上人人指着笑，
说道贪吃嘴馋真愚蠢，
何苦撑破肚皮害自己。

21 牛群吃饱肚皮想回家，
离开草场连头也不回。
蠢人却越吃越有滋味，
自己肚皮大小弄不清。

22 卑劣小人抱有坏心眼，
冷嘲热讽讥刺所有人。
惟独有桩事他不明白：

自己亦不是无疵可责。

23 蠢人每桩事都要担心，
心惊肉跳整夜睡不着，
眼睁睁但见天光破晓，
莫奈何却困顿又疲惫。

24 蠢人以为逢人皆是友，
只因个个朝他露笑脸。
他不知世态人情冷暖，
想不到人前背后不同。
即便他坐在他们中间，
亦难免有人指桑骂槐。

25 蠢人以为逢人皆是友，
只因个个朝他露笑脸。
可是他来到庭[1] 的大会，
才发觉事情十分蹊跷，
竟没有人愿为他说话。

26 蠢人自以为百事通晓。
若问的事他碰巧知道，
口若悬河不绝又滔滔，
旮旯角落他都会翻遍。

① 在冰岛与斯堪的纳维亚半岛，各地区每年夏季召开大会，制订法律，审理案件并判决。凡自由民均可参加。这一制度系在海盗时期形成。各地的大会称之为“庭”，全国的大会称之为“阿耳庭”。

若是当真想要考考他，
保管当场出彩露马脚。
牵强附会不懂也硬装，
孰知牛头岂能对马嘴。

27 蠢人同别人应酬交往，
最相宜莫如金口少开。
须知缄口不语能藏拙，
别人以为大智在装呆。
除非蠢人唠叨个不休，
露出马脚被别人看透。
可惜蠢人哪里能自量，
从来不嫌自己说话多。

28 聪明人都能捂紧嘴巴，
管得住哪些应该发问，
又善于巧令辞色回答。
须知人多口杂宜提防，
唧唧咕咕一切皆泄露，
守口如瓶秘密保得住。

29 话匣子打开就收不住，
唠唠叨叨片刻不肯停，
说长道短闲话满筐箩。
长舌似练搬是又弄非，
绕来转去缺少个掌舵，
挑拨离间早晚惹祸殃。

30 倘若有人登门来拜访，
休得将他取笑和戏弄，
切忌追根刨底问隐私，
聪明莫过给人留脸面。

31 酒宴席上难免有口角，
不去卷入乃是最聪明。
有人席间将人来辱骂，
眼前痛快吃亏在迟早。
须知恶语伤人胜冷箭，
出言不逊必定树仇敌。

32 有的莫逆朋友情谊笃，
酒宴席上嬉笑却不慎。
谑而相虐使人太难堪，
彼此翻脸多年交情断。
且看酒席上大打出手，
多半是细故小事开头。

33 清早起来吃得饱才好，
除非有事出门去做客。
酒宴席上切莫像馋猫，
狼吞虎咽胜似个饿鬼。
饕餮大嚼无暇把话讲，
别人嘴上不说暗讥嘲。

34 仇人哪怕住得再近，
他的房子紧靠路边，

咫尺之距路弯途遥。
好朋友总近在身旁，
哪怕他住得天涯远，
道路笔直好似近邻。

35 登门做客哪怕再受欢迎，
同一家切忌去得无止休。
别人家长凳上莫坐太久，
赖着不走岂非会惹人厌。

36 自己有个家才算福气，
哪怕房子小得太可怜。
人人可成为一家之主，
哪怕圈里仅山羊两头。
茅草铺顶房屋虽简陋，
胜过乞讨求人千百倍。

37 自己有个家才算福气，
哪怕房子小得太可怜。
人人可成为一家之主，
哪怕困苦亦胜过乞求。
男人乞讨心头在流血，
皆因嗟来之食不香甜，
每顿饭去求人真难堪！

38 倚剑仗矛站立在路边，
哪个歹徒敢迈近靠前。
出门须把随身兵刃带，

谨防路遇强梁有不测，
挥舞长矛可护身救急。

39 慷慨者视金钱如草芥，
这样的人我何曾见过。
爱花钱者往往最吝啬，
礼物再小见了笑嘻嘻。
乐善好施的人更小气，
索取赔偿金① 从不嫌多。

40 辛苦聚敛积下一笔钱财，
原以为不消再清苦贫贱。
殊不知世事从来难料定，
金银财富都去孝敬忤逆，
亲爱者反倒落魄又潦倒。

41 相互馈赠利剑和战袍，
彼此领情亲热得非凡。
礼尚往来交情深似海，
情真意切友谊才久长。

42 朋友间务须赤诚相待，
友情当用真心来栽培。
收到馈赠莫忘送回礼，

① 海盗时代斯堪的纳维亚半岛和冰岛居民均约定成俗，凡仇杀或失手杀害的受害人家族可私下或在“庭”的大会上提出要求一笔赔偿金了结血案，亦称赎命金或赎罪金。

见到笑脸务须笑脸还。
若是背信弃义把友欺，
狠狠回敬给他个报应。

43 对朋友务须要讲义气，
朋友之友必定是吾友。
若是遇见朋友的仇敌，
千万不可认他做朋友。

44 若是你有个莫逆之交，
能依赖得过肝胆相照，
不图报答对他无所求，
那么有桩事情要记牢，
时常登门拜访多往来，
馈赠礼物情深谊又长。

45 若你同人面和心不和，
心里提防当面不得罪。
只消好言好语来敷衍，
不伤和气不会撕破脸。
须知历来心口不如一，
岂能只有尔虞我不诈。
其人之道须如法炮制，
还治其人乃理所应当。

46 对付面和心不和的人，
不妨对你多嘱咐几句：
既然你对他毫不信任，

况且怀疑他胸怀鬼胎，
倒不如他笑你亦奉陪，
送他回礼切莫少分毫。

47 昔日年轻气盛去遨游，
迷失路途孑然仅一身。
歧途上多亏逢人指点，
遇良友喜悦胜过发财，
人生离不开扶掖帮助。

48 慷慨勇敢者活得洒脱，
他们很少有苦恼缠身。
胆小鬼遇事心惊肉跳，
吝啬鬼收礼长吁短叹。

49 我在半路把衣裳施舍，
套到两个木头人[①] 身上。
他们顿时神气又活现，
真乃马要鞍韂人靠装。
若是精赤条条裸着身，
岂不自惭形秽羞煞人。

50 松树茕茕孑立在山岗，
若非针叶树皮来护身，
无遮无盖岂能不枯萎。
为人若是缺少怜与爱，

① 北欧多神教的神像，竖在田里或路旁，既供奉祭祀，亦用以吓唬鸟类。

活得长久究竟为的啥？

51 假惺惺的朋友容易亲热，
友谊的烈火可燃烧五天。
第六天热情忽然间消亡，
于是烟消灰烬化为泡影。

52 给施舍出手莫太大方，
恰到好处人家才领情。
半片面包加一盆羹汤，
就可结交到一个朋友。

53 四海不大沙子小，
人的智慧亦嫌少。
虽说模样差不多，
却非人人皆圣贤。
到处是一半聪明，
另一半却很糟糕。

54 为人最宜才智适中，
聪明过人未必是福。
不露锋芒避害趋利，
安享太平岂是庸碌。

55 为人最宜才智适中，
聪明过人未必是福。
智者之心精力交瘁，
皆因其主乃一智者。

会上个个咤风云，
气贯长虹勇盖世。
交往一多露真相，
并非全是英雄汉。

65 （以下原手稿本残缺。）

66 做客务必看天时，
倘若姗姗去得迟，
席阑人散酒已罄。
倘若匆匆到得早，
飨客麦酒未酿好。
迟来早到都失礼，
惹人不快招埋怨，
不早不晚才是巧。

67 应约四出去做客，
赴宴切忌为饕餮。
筵席时间虽已到，
口腹之欲不宜高。
挚友诚意欲飨客，
两只羊腿悬着烤。
赴宴前先吃半饱，
何消主人多操劳。

68 篝火烧旺热烘烘，
人类岂可缺少它。
太阳光芒暖融融，

人类健康全仗它。
倘若两者皆可得，
夫复何求足此生。

69 即使身体羸弱病又多，
未必命运乖蹇不顺遂。
且看有人多子又多福，
有人亲朋至爱站满屋，
有人面团团把富翁当，
有人业绩彪炳史册入。

70 好死岂能胜歹活，
人死灯灭万事休。
活着贫贱能致富，
牛羊成群赛浮云。
且看熊熊篝火旺，
皆为孝敬富人烧。
死人无福来消受，
一具僵尸门外躺。

71 瘸子虽跛能骑马，
缺臂断手可放牧，
聋子失聪尚打仗，
眼瞎总比烧死强，
尸首一具无用场。

72 有个儿子便是福，
纵然呱呱坠地迟，

生身之父虽亡故，
遗腹之子亦无妨。
路边坟茔虽是多，
石碑墓志却稀疏，
皆因立碑须有儿，
无子祭祀断香火。

73 孤掌难鸣力单薄，
双拳无法敌人众。
舌长如练利似剑，
宰割脑袋胜削铁。
谨防每件皮袄里，
匿藏暗算待时机。

74 焦急等待夜晚来到。
可以饕餮畅饮开怀，
船上酒肉均已备足，
何况航行路程不长。
须知秋夜瞬息莫测，
五天变化多过旬月。

75 即便有人啥事都糊涂，
有桩事情却看得分明：
那就是金钱将人愚弄，
诱骗人为财富去拼命。
须知世间贫富总有别，
何苦非要去挣个短长。

76 亲朋终会寿享天年，
牛羊早晚毙殁病卒。
足下纵然铁打身躯，
迟早难免撒手尘寰。
世上惟有功业永存，
彪炳史册光耀千古。

77 亲朋终会寿享天年，
牛羊迟早毙殁病卒。
足下纵然铁打身躯，
迟早难免撒手尘寰。
人间惟有美名永垂，
世代传诵逝者欣慰。

78 费丁家昔日门第显赫，
富甲一方肥羊躺满圈。
如今儿子拿起打狗棍，
沿门乞讨沦落在天涯。
须知富贵从来难久留，
反复无常恰似把眼眨。

79 千万休想从女人手上，
轻易得到钱财或情爱。
否则便是蠢才笨透顶。
不谙事理妄自来张狂，
自作多情岂懂女人心。
切莫执迷不悟早回头，
否则陷入泥潭难拔身。

80 不知地厚天高爱指点，
竟把罗纳古文[①] 来诟病。
须知个个字母拼写成，
乃是至尊神灵的声音。
众神祇奋力勒石树碑，
鬼斧神功雕凿费尽心。
智慧之神最后著颜色，
铭文字字珠玑留人间。
见到罗纳古文休啰唣，
肃然起敬默默恭身迎。

81 日暮夜深方知白昼好。
焚尸殡葬女人最美时。
斩杀敌人试出剑锋利。
婚礼之夜方验处子身。
跋涉过河庆幸冰坚厚。
涓滴罄尽舔出麦酒醇。

82 大风之日好斫树，
风平浪静宜扬帆。
偷香窃玉待天黑，
睽睽众目宜避开。
出门远行需舟楫，
防身护胸持盾牌，

① 公元1世纪至10世纪前后日耳曼人、哥特人聚居地区使用的古文字，有24个字母，一般刻在石碑上，并着色。

上阵厮杀仗利剑，
缱绻缠绵拥婵娟。

83 酣畅痛饮最宜坐火旁，
冰上滑行务必穿冰鞋。
添置马匹千万牙口轻，
买进宝剑哪能有锈斑。
家里骏马精心饲养壮，
四周棚屋养条狗看牢。

84 少女的情话千万莫信，
妇人的闲言不必当真。
皆因芳心都是磨盘做，
转动似轮来回不肯停。

85 弯弓待发利箭疾，
火苗蹿起可燎原。
恶狼呜咽要觅食，
乌鸦狂噪怕离群。
母猪哼哼想拱门，
松树无根不常青。
激浪滔天有风助，
壶中嘶嘶水烧干。

86 长矛脱手飞向的，
浪潮退尽水底显。
冰消雪融一夜间，
毒蛇蜷蛰在下面。

女人枕边吹耳风，
恰似熊罴伴君眠。
若非折剑定身亡，
否则丧子痛断肠。

87 牛犊羸弱爱闹病，
奴才桀骜赶出门。
算命好话休说尽，
才刚送命尸不凉。

88 地里播种莫过早，
否则收成无指望，
生养儿子亦如此。
须知种田靠老天，
生儿全凭头脑清，
两者道理一个样，
岂有十拿能九稳？

89 倘若狭路相逢遇仇家，
那人曾经把你兄弟杀，
休管家里着火房倒塌，
立即追赶跨上千里马，
奋力扬鞭岂能放过他。
仓促上阵务须更谨慎，
摔断腿脚报仇化泡影，
事无巨细都不能粗心，
吃亏多半由于太大意。

90 女人往往虚情又假意，
同她们亲热千万留神。
说爱谈情乃逢场做戏，
就像骏马蹄上不掌钉，
由它拖着在冰上驰骋。
怀里抱着两岁的娃娃，
又哭又闹摔了个正着。
又像风急浪高夜出海，
船上无舵任凭它飘流。
又像瘸子跛足狂奔跑，
攀山缘岭把麋鹿追赶。

91 男人们往往喜新厌旧，
对女人难免用情不专。
男女间隐私我都有数，
何妨直言相告坦坦然：
嘴巴里在说甜言蜜语，
心头上早已移情别恋。
尔虞我诈撒出柔情网，
保管聪明人难逃圈套。

92 倘若冀求少女来钟情，
务必嘴上抹蜜说话甜，
出手大方舍得多花钱。
莫忘时刻盛赞娇娃美：
脸庞俊俏得赛过天仙，
必定赢来芳心一片情。

93 他人若坠入爱河，
切莫去责备求全。
须知娇美的脸蛋，
从来把智者逮住，
却偏将笨伯放过。

94 他人若多情好色，
切莫去责备求全。
须知此乃是通病，
男人哪个能逃脱。
欲念中烧心头躁，
智者顷刻变笨伯。

95 自己心事自得知，
他人岂能弄得清。
层层苦闷郁胸间，
惟独脑袋瞒不住。
从来天下疑难症，
相思成单最难治。

96 芦苇丛中枯等待，
心上人儿几时来？
左等右待倩影杳，
百思不解费猜度。
心头惶惑才明白：
少女岂仅一娇躯，
若非心心互相印，
何来缱绻缠绵时？

97 有女醉眠在我居，
双颊绯红唇流香。
销魂迷人聚此刻，
男人岂不动心肠。
临渊休把鱼儿羡，
情欲克制宜得当。
若想消受此艳福，
终身同她厮守长。

98 奥丁，你且听分明：①
倘若想寻欢求爱，
须待黄昏后再来。
若不然被人察觉，
酿成耻辱羞煞人。

99 我转身重又返回来，
自以为已坠入爱河，
却不明白情为何物。
有桩事倒心里清楚：
倘若想同姑娘缱绻，
务须赢得芳心一片。

① 系用比林的女儿口气嘱咐奥丁。一说比林为一巨人。另一说是比林的女儿即林德。林德系主神奥丁的情妇，同奥丁生下一子，名瓦利，即为光明神巴德尔复仇的壮士。林德曾再三拒绝奥丁的求欢，她先是推托叫他黄昏后再来，待他去时发现众人皆醒且守卫森严。第二次奥丁去时，她已早就躲开并留下一条母狗睡在床上。奥丁无奈，便施以法术蛊惑了林德。两人遂成欢好。

100 我方跨步迈向前，
猛然站定暗吃惊：
但见武士守卫严，
个个松明持手间。
更有篝火布四方，
烈焰熊熊映天红。
眼前纵有偷情路，
万般危险在其中。

101 翌日清晨我再返，
厅堂寂寂无人声。
武士俱已入梦去，
佳人风流芳踪杳。
但见她的床帏里，
一头母狗睡正香。

102 许多姑娘稳重又端庄，
心里对男人却很轻浮。
只消同她们多点往来，
便发觉芳心反复无常。
我曾有过这样的艳遇：
聪明的姑娘冰清玉洁，
岂能挡得住我的引诱。
搔首弄姿使得我欢心。
可叹姑娘心地太狡猾，
想求缱绻却无法亲近。

103 在家里务须心情舒畅，

待客人千万兴高采烈。
切莫牢骚满腹苦着脸，
主人向隅来客何能欢？
倘若待客殷勤又周到，
记性要牢口才要滔滔。
话匣打开切忌忙关上，
不妨多拣好事来讲讲。
若是绷脸闭嘴无话说，
保管被人说成是蠢材。

104 我去老巨人家[1] 偷麦酒，
如今侥幸脱险才归来。
两手空空只得叹徒劳，
缄口不语生气亦枉然。
我在巨人苏东厅堂上，
噜苏一番自谬好心肠。

105 贡露从金色的宝座上，
斟出最醇的麦酒佳酿，
纤纤素手递给我品尝。
我却身无长物难报答，
辜负了她的情意柔肠。

---

① 系指巨人苏东，他从小精灵费埃拉手里得到麦酒后，不肯与众神祇共享。主神奥丁多次上门设法偷盗，但均失败。

106 仰仗着那铁钻[①] 的尖嘴，
为我凿出了容身之地。
连啃带啮扭动着身躯，
我在石缝里徐徐滑行。
周围上下都有路可通，
巨人会随时突兀来临。
稍有不慎发出了响声，
会被拧断颈脖丢性命。

107 佳人[②] 得来全不费功夫，
利用她才能偷回麦酒。
智者自有高招巧手段，
保管心想事成不用愁。
更喜那奥德莱勒[③] 大缸，
已经重新返回到人间。

108 我何尝知道能否脱险，
从巨人的宫殿里逃走。
倘若贡露不肯帮我忙，
我便插翅难飞性命休。
那位貌若天仙的姑娘，
我曾紧紧拥抱在怀里。

---

① 主神奥丁欲潜入巨人居住的大山去偷回麦酒，但均被发觉。奥丁遂借助于名为“拉提”的铁钻为他在大山中钻出一条孔道，通往贡露的花园。奥丁自己变成一条蛇，在孔道里钻行至贡露的金色宝座底下。

② 指贡露。奥丁曾利用她的爱情偷回麦酒。

③ 酿造和贮藏麦酒的大缸。

109 第二天冰霜巨人来了，
来到高人[1] 居住的厅堂。
登门求教请高人指点，
他打听那奴仆的下落。
若是布维克[2] 还未回来，
谅必让苏东结果性命。

110 我相信奥丁曾发过誓，
在戒指上诅咒立誓约。
如今他的诺言怎可信？
竟背弃主人偷走麦酒，
佳酿到手便溜之大吉。
背主逃走太无情无义，
害得贡露在伤心痛哭。

111 时候已到高人要宣谕，
坐在命运女神圣泉边，
从至尊高背座椅发话。
我举目凝视默不吭声，
眼前的事须仔细思索。
耳边响起嘈杂的人声，
原来罗纳文字在争论。
须知它们决不肯缄口，
遇到事情便一起商量。
七嘴八舌找出好主意，

---

① 指主神奥丁，此时他已返回家中。
② 奥丁在巨人大山里假扮奴仆时用的名字。

在至尊高人的殿堂上。
因而我听见他们声音。

112 听着，洛德法弗尼尔[①]：
奉劝你接受这番忠告。
听入耳对你只有好处，
受益匪浅倘若照着做。
夜里躺下切莫再起床，
除非要出去侦察动静，
或有急需方便蹩得慌。

113 听着，洛德法弗尼尔：
奉劝你接受这番忠告。
听入耳对你只有好处，
受益匪浅倘若照着做。
若是落到美女怀抱里，
千万不可一头睡过去。
须知她会媚术千万种，
蛊惑得你筋麻骨头酥。

114 她施展出媚术法力大，
你赔了性命犹自心甘。
庭里开会岂能顾得上，
君主召见忘掉亦何妨。
不吃不喝不同人交往，

① 泛指平民百姓。“洛德”意为“破布”，“法弗尼尔”是恶龙的名字。两者加在一起颇有谑意，隐喻此人十分愚昧浅薄。

可怜你要魂断温柔乡。

115 听着,洛德法弗尼尔:
奉劝你接受这番忠告。
听入耳对你只有好处,
受益匪浅倘若照着做。
切莫勾引他人的妻子,
来当做你的红颜知己。

116 听着,洛德法弗尼尔:
奉劝你接受这番忠告。
听入耳对你只有好处,
受益匪浅倘若照着做。
倘若你出门要过峡湾,
或者走远路需爬高山,
千万吃饱切莫饿肚皮。

117 听着,洛德法弗尼尔:
奉劝你接受这番忠告。
听入耳对你只有好处,
受益匪浅倘若照着做。
决不让心术不正的人
晓得你遭遇到的不幸。
坏心眼家伙决不肯出
让你能信赖的好主意。

118 我曾见过这样的事情:
有人伤重致命难瞑目,

皆因不曾暗箭处处防。
恶毒妇人长舌似利镞，
捕风捉影杀人何须刀。

119 听着，洛德法弗尼尔：
奉劝你接受这番忠告。
听入耳对你只有好处，
受益匪浅倘若照着做。
有件事情你务须牢记：
倘若你有个真心朋友，
莫逆之交信赖又知己，
你要时常来往勤问候。
须知小径不踩蒺藜蔓，
蓬蒿荒长日久易绊脚。

120 听着，洛德法弗尼尔：
奉劝你接受这番忠告。
听入耳对你只有好处，
受益匪浅倘若照着做。
倘若与人惺惺惜惺惺，
赶快同他称兄又道弟。
结成亲密无间好朋友，
学会招贤纳士的本事，
才有交友广阔好名声。

121 听着，洛德法弗尼尔：
奉劝你接受这番忠告。
听入耳对你只有好处，

受益匪浅倘若照着做。
有个朋友多增一分福，
千万不可轻易弃友谊。
决不要由你开口绝交，
反目成仇撕破了脸皮。
须知若无人倾诉衷肠，
愁闷会啃啮你的心房。

122 听着，洛德法弗尼尔：
奉劝你接受这番忠告。
听入耳对你只有好处，
受益匪浅若是照着做。
切莫同傻瓜多费口舌，
岂能同白痴议论长短。

123 皆因浑人岂识好与歹，
不受抬举怎指望领情。
投缘凑趣须找明白人，
历来惺惺方能惜惺惺。
彼此器重才相互称颂，
交友广阔两方皆相悦。

124 至爱亲朋情谊重，
赤诚相待水乳融。
若非肝胆能相照，
肺腑之言岂肯吐。
最恨背信又弃义，
岂可欺友轻情谊。

嘴甜未必真朋友，
人心自古隔肚皮。

125 听着，洛德法弗尼尔：
奉劝你接受这番忠告。
听入耳对你只有好处，
受益匪浅倘若照着做。
同小人口角半句嫌多，
莫如退让不吃眼前亏。
见到浑人在斗殴厮杀，
切莫卷入避开是与非。

126 听着，洛德法弗尼尔，
奉劝你接受这番忠告。
听入耳对你只有好处，
受益匪浅倘若照着做。
切莫为他人做鞋，
制矛只能自己用。
倘若鞋子不合脚，
长矛杆弯难凑手，
被人诅咒落骂名。

127 听着，洛德法弗尼尔：
奉劝你接受这番忠告。
听入耳对你只有好处，
受益匪浅倘若照着做。
倘若识破邪恶事，
大声疾呼照实说。

见到仇敌休大意，
莫让他乘隙逃脱。

128 听着，洛德法弗尼尔：
奉劝你接受这番忠告。
听入耳对你只有好处，
受益匪浅倘若照着做。
休得幸灾乐祸暗窃笑，
他人有福走运我亦喜。

129 听着，洛德法弗尼尔：
奉劝你接受这番忠告。
听入耳对你只有好处，
受益匪浅倘若照着做。
两军酣战在阵前，
切莫仰面朝天吁。
不然定会恐慌起，
军心动摇人混乱。
亲痛仇快千夫指，
人人骂你中了邪。

130 听着，洛德法弗尼尔：
倘若要讨得女人欢心，
使她能当你红颜知己，
让你在温柔乡中销魂，
许诺务必要恰如其分，
答应之事说到做得到，
给得虽少但能拿到手，

这才讨人欢喜乐融融。

131 听着,洛德法弗尼尔:
奉劝你接受这番忠告。
听入耳对你只有好处,
受益匪浅倘若照着做。
劝君处世虽然要谨慎,
过分忧虑则大可不必。
只消饮酒留神休过量,
再有他人之妻莫勾搭,
还要谨防盗贼来光顾。

132 听着,洛德法弗尼尔:
奉劝你接受这番忠告。
听入耳对你只有好处,
受益匪浅倘若照着做。
劝君切莫嘲弄讪笑人,
不论贵宾还是陌生客。

133 须知同席共饮虽有缘,
生客的底细却无人知。
世上哪有人无疵可责,
亦不会有人一无是处。

134 听着,洛德法弗尼尔:
奉劝你接受这番忠告。
听入耳对你只有好处,
受益匪浅倘若照着做。

遇到老耄长者在唠叨，
切莫嘲笑休得嫌啰唆。
从来老人良言赛金玉，
听不顺耳吃亏在眼前。
须知人老皮皴皱纹多，
见微知著遇事看得透。
黄口小儿皮肤细又嫩，
乳臭未干岂会有见识。
饕餮之徒肉肥皮流油，
纵然高明难免打滑溜。

135 听着，洛德法弗尼尔：
奉劝你接受这番忠告。
听入耳对你只有好处，
受益匪浅倘若照着做。
有人叩门休恶声诟骂，
切不可把穷人撵出门。

136 哪怕门闩再沉须拔起，
敞开双扉把人领进家。
施舍酒食岂可稍怠慢，
不然被人指着后背骂。

137 听着，洛德法弗尼尔：
奉劝你接受这番忠告。
听入耳对你只有好处，
受益匪浅倘若照着做。
喝烧酒务必席地而坐，

大地的神威方能借助，
卧地躺平能解醉醒酒。
恰似篝火健身百病祛，
橡树下拉屎不会便秘。
玉米穗用来避邪驱魅，
月亮光医治焦急狂躁。
蚯蚓打洞草地不长虫，
大水漫涨须用泥土掩。
罗纳文字是仙丹妙药，
对付世间邪恶效验灵。

138 我知道自己吊在树上[1]，
被大风吹得旋转不停，
整整九个昼夜真漫长。
身上七穿八洞血如注，
每处伤口都是长矛刺，
奥丁我甘愿充当牺牲。
吊在擎天撑地大树上，
树根在何方无人知晓。

139 他们未曾给我吃面饼，
亦不从牛角给我喝水。
我从树上凝神往下望，
但见罗纳文字在闪光。
我惊喜得几乎要狂喊，
赶紧把它记牢学到手。

[1] 奥丁为获得魔法和罗纳文字，被巨人吊在大树上九个昼夜，身上带着矛伤。

可是我再也支撑不住，
栽下来一头跌在地上。

140 我从巨人舅舅的手里，
学会了九个罗纳字母。
他是巨人布塞尔的儿子，
我母亲贝斯塔拉的兄长。
我喝到了甘醇的麦酒，
从奥德莱勒大缸里倒。

141 我觉得自己茅塞顿开，
豁然开朗蓦然间醒悟：
原来每桩事由此及彼，
每个字眼可举一反三。

142 罗纳文字你务必找到，
这些字符都含意深长，
字符伟大而威力无穷。
它们乃智慧之神创造，
圣明的神灵赋予活力，
文字之神勒石来镌刻。

143 阿西尔部落由奥丁雕刻，
埃尔弗部落让戴恩去管，
特瓦林照料全体小精灵，
巨人的文字归阿尔维德，
我何妨自己动手刻几个？

144 你是否知晓
　　如何雕刻罗纳？
你是否知晓
　　如何读懂罗纳？
你是否知晓
　　如何为它染色？
你是否知晓
　　如何能测验它？
你是否知晓
　　如何去祈求它？
你是否知晓
　　如何来祭祀它？
你是否知晓
　　如何将它拓印？
你是否知晓
　　如何把它刮掉？

145 与其祭祀的奉献太多，
倒不如干脆别来祈求，
皆因为馈赠终须回礼。
与其刮掉的字眼太多，
倒不如干脆不必拓印，
为了让主神省点力气。
他只消起身和归来时，
在混沌洪荒细雕慢刻。

146 每个字符我都念得出，
国王之妻却未必能够，

凡人之子更无人能识。
有一道符咒叫做“帮助”，
它会真正为你出把力，
摆脱种种责备与非难，
扫光一切焦虑和悲哀。

147 我知道的第二道符咒，
它对学医的人很有用。
（以下原手稿本残缺。）

148 我知道的第三道符咒，
对我真是须臾不可离。
它能将我仇人禁锢住，
把仇敌的刀剑磨掉刃。
他们的武器和大战槌，
统统镇魇得不再咬人。

149 我知道的第四道符咒，
若用铁链捆住我手脚，
我引吭高歌一支魔曲。
铁链顿时从脚上弹开，
手铐马上从手上跌落，
我可以从容不迫逃逸。

150 我知道的第五道符咒，
倘若敌人投过来长矛，
飞越过众人直冲我来。
我自有能耐把它击落，

不打胜仗绝不会后退。

159 我知道第十四道符咒，
诸路神祇我全数得清。
不管阿西尔部落众神，
还是埃尔弗部落精灵。
我讲得出他们的不同，
很少有人能细说分明。

160 我知道第十五道符咒，
矮小的精灵西奥多里，
站在德林家门口唱歌。
歌声浑厚雄壮强有力，
为了阿西尔和埃尔弗。
他祈求战神赐予理智，
弭兵消祸保佑得太平。

161 我知道第十六道符咒，
想赢得慧黠少女芳心，
在她的温柔乡中销魂。
念起勾魂摄魄的咒语，
管叫玉臂纤纤的姑娘，
心痴神迷听凭我摆布。

162 我知道第十七道符咒，
只消我念起这道咒语，
哪个妙龄少女都怀春，
脉脉含情悄悄将我迎。

听着，洛德，
这些符咒你极其需要，
学到了对你只有好处。
受益匪浅倘若能记牢，
得心应手全凭会运用。

163 我知道第十八道符咒，
可是我决计不肯泄露。
哪管少女还是他人妻，
休想恳求我教会她们。
世间千般事情万般好，
不如只有我自己知道。
这首歌谣结尾竟如何，
只有一个女人见分晓。
此女若非我曾经拥抱，
必定是我的姐妹同胞。

164 高人的箴言诵念完毕，
在至尊无上者的殿堂。
对人类后代俾益非浅，
对巨人子孙毫无用场。
但愿念诵者功德圆满，
但愿学会者运用自如。
记牢箴言者必定得其所哉，
聆听箴言者必定走运有福。

第　三　首

巨人瓦弗鲁尼尔之歌

奥丁说道：
1 “快来商量一下，弗丽嘉[①]！
我打算要出门去远行，
前去拜访瓦弗鲁尼尔[②]。
我非常急于同他比试，
那个无所不知的巨人。
欲知谁能精通古代事，
不妨较量一番见高低。”

弗丽嘉说道：
2 “众神之父，奥丁我丈夫，
理应端坐在众神的殿堂，
安享尊荣何必去争短长！
瓦弗鲁尼尔最为惹不得，
我一直听说他很了不起，
在巨人当中他最有势力。”

奥丁说道：
3 “我出门到过许多地方，

① 主神奥丁之妻，爱神。
② 智慧巨人，能知道过去未来，奥丁急于通过同他斗智来探听众神祇的末日。

跟别人斗智次数不少，
输给我的神灵数不清。
我急于想要弄个明白：
在瓦弗鲁尼尔殿堂上
何许样人物是我对手。”

弗丽嘉说道：
4 “如此说来我只能祝福：
祝你一路顺风扬帆去，
高兴而回归途中平安。
人类之父奥丁我的夫：
但愿你的智慧显神通，
在同巨人斗智的时候。”

5 于是奥丁前去会巨人，
同他比试智慧决雌雄。
奥丁来到辉煌的殿堂，
排闼直入丝毫不畏缩。

奥丁说道：
6 “你可安好，瓦弗鲁尼尔？
如今我来到你的殿堂，
来看看你是什么模样。
不过我先要弄个明白：
你究竟是否果真聪明，
还是一窍不通假装腔。”

瓦弗鲁尼尔说道：

7 “朝着我叫嚷是何许人，
敢在我殿堂口出狂言！
量你休想活着走出去，
除非能证明你更聪明。”

奥丁说道：
8 “贡拉德乃是我的姓名。
长途跋涉已走得很累，
口干舌焦嘴巴渴异常。
我本期待主人会好客，
远道来访不会受怠慢，
岂知巨人原来不懂事！”

瓦弗鲁尼尔说道：
9 “贡拉德，说话何必站着，
请到厅里长凳上入座。
我们不妨马上就比试，
看看年高望重的耆宿，
是不是比你知识渊博。”

奥丁说道：
10 “穷人踏进富人家门槛，
察颜观色自己多留神。
除非万不得已莫说话，
守本分理应三缄其口。
若是话多管不住嘴巴，
我猜决不会有好结果。
尤其登门求教来作客，

拜访心肠冰冷的巨人。”

瓦弗鲁尼尔说道：
11 “贡拉德！
你站在厅堂上休张狂。
伶牙俐嘴算不得本事。
既然你敢来碰碰运气，
我先出个题目考考你：
它把白昼驮来给人类，
那匹骏马名字叫什么？”

奥丁说道：
12 “每天清晨把白昼驮来，
送给人类去享受光明。
这匹骏马长鬃闪闪亮，
它的名叫斯京法克斯。”

瓦弗鲁尼尔说道：
13 “贡拉德！
你站在厅堂上休张狂，
伶牙俐嘴算不得本事。
既然你敢来碰碰运气，
我再出个题目考考你：
把黑夜从东方驮过来，
送给心软力薄的神族，
那匹骏马名字叫什么？”

奥丁说道：

14 “每天晚上把黑夜驮来，
送给心肠仁慈的神祇。
它的名叫里姆法克斯，
骏马疾驰如飞冷若霜。
口喷白沫顺着辔衔流，
化为晨露洒落在峡谷。”

瓦弗鲁尼尔说道：
15 “贡拉德！
你站在厅堂上休张狂，
伶牙俐嘴算不得本事，
我再出个题目考考你：
巨人以河为界拒神族，
那条界河名字叫什么？”

奥丁说道：
16 “巨人与神族以河为界，
那条河流名字叫伊芬。
河水哗哗一年流到头，
从不结冻河面无冰封。”

瓦弗鲁尼尔说道：
17 “贡拉德！
你站在厅堂上休张狂，
伶牙俐嘴算不得本事，
我再出个题目考考你：
火巨人苏尔特大战神族，
在平原上放起一把烈火。

孱弱的众神活该倒楣，
个个烧得皮焦额头烂。
那个战场在什么地方？”

奥丁说道：
18 “众神迎战火巨人苏尔特，
维格里德平原就是战场。
周围方圆起码上百里，
碧血黄沙尸骨遍田野。”

瓦弗鲁尼尔说道：
19 “我的客人你果真聪明，
快坐到巨人长凳上来。
我们坐在一起好讲话，
何妨用脑袋作个赌注，
陌生人，同你分出高低。”

奥丁说道：
20 “有桩事情要向你讨教，
倘若你果然才智超绝，
瓦弗鲁尼尔！区区小事，
谅必你不会一无所知，
皆因你的学问深似海：
请问混沌初开的时候，
天和地究竟先有哪个？”

瓦弗鲁尼尔说道：
21 “巨人伊米尔那个躯体，

用来创造出苍茫大地，
他的骨头做成了高山。
冰雪老巨人的头盖骨，
溶化成了湛蓝的天空。
他的鲜血变成了大海。”

奥丁说道：
22 “第二件事要向你讨教，
倘若你果然才智超绝，
瓦弗鲁尼尔！区区小事
谅必你不会一无所知，
皆因你的学问似海深：
星辰日月从何处而来，
越过人头顶往何处去，”
太阳的行程是否一样？

瓦弗鲁尼尔说道：
23 “月亮之父叫蒙德弗利，
松德弗利是太阳之父。
他们每天都飞越天空，
为人类计算岁月光阴。”

奥丁说道：
24 “第三件事要向你讨教，
既然人人夸你学问深，
瓦弗鲁尼尔，你很聪明，
区区小事不会不知道：
请问白昼从何处而来，

如同白驹匆匆闪过隙。
还有黑夜要往何处去，
新月如钩消失在天边。”

瓦弗鲁尼尔说道：
25 “白昼之父名字叫德林；
黑夜是诺尔弗所生育。
新月如钩升起又消失，
那是神灵通情又达理，
创造出来为人类计时。”

奥丁说道：
26 “第四件事情向你讨教，
既然人人考你学问深，
瓦弗鲁尼尔，你很聪明，
区区小事不会不知道：
冬天还有炎热的夏天，
它们究竟从何处而来，
生身之父是哪尊神灵？”

瓦弗鲁尼尔说道：
27 “冬天之父温德斯瓦尔；
斯瓦索德生出了夏天。”

奥丁说道：
28 “第五件事情要向你讨教，
既然人人考你学问深，
瓦弗鲁尼尔，你很聪明，

区区小事不会不知道：
从洪荒混沌直到如今，
阿西尔部落的众神祇，
谁的年纪最长是老大，
巨人伊米尔的子孙里，
大小辈分究竟如何排？”

瓦弗鲁尼尔说道：
29 “世界尚未创造出来前，
那是漫长无尽的冬天。
后来诞生出布里梅尔，
特鲁格米尔是他父亲，
奥格米尔却是他祖父。”

奥丁说道：
30 “第六件事情向你讨教，
既然人人考你学问深，
瓦弗鲁尼尔，你很聪明，
区区小事不会不知道：
那么巨人的儿子当中，
奥格米尔又从何处来？
快说，无所不知的巨人！”

瓦弗鲁尼尔说道：
31 “埃里瓦格河波浪汹涌，
迸溅的水珠全是毒液，
汇淌到一起凝成巨人。
我们的家族由此而来，

所以都相貌凶猛吓人。”

奥丁说道：
32 “第七件事情向你讨教，
既然人人考你学问深，
瓦弗鲁尼尔，你很聪明，
区区小事不会不知道：
任凭巨人有多么凶猛，
倘若没有女巨人相配，
请问孩子怎么生出来？”

瓦弗鲁尼尔说道：
33 “在冰霜巨人的腋窝下，
一对男女生长成连理，
脚对脚身体贴在一起，
为巨人传宗接代出力。
生下儿子有六个脑袋，
你说此事稀奇不稀奇！”

奥丁说道：
34 “第八件事情向你讨教，
既然人人考你学问深，
瓦弗鲁尼尔，你很聪明，
区区小事不会不知道：
你知道并记得的事情，
哪桩是破天荒第一遭。
快说，无所不知的巨人！”

瓦弗鲁尼尔说道：
35 “世界被创造出来之前，
我曾经历无数个冬天。
那位巨人他是我祖父，
躺在坚冰洞穴里长眠。
这便是破天荒第一遭，
我所知道而且还记得。”

奥丁说道：
36 “第九件事情向你讨教，
既然人人考你学问深，
瓦弗鲁尼尔，你很聪明，
区区小事不会不知道：
不留影踪无人看得见，
推波助澜风从何处来？”

瓦弗鲁尼尔说道：
37 “司风的神灵拉斯威格，
他端坐在天界最边缘。
这个巨人相貌像隼鹰，
扇动双翼便呼呼生风。
凡胎肉眼虽则看不见，
飕飕风声却能入耳来。”

奥丁说道：
38 “第十件事情向你讨教，
众神祇命运你全知晓，
瓦弗鲁尼尔，休装糊涂，

这桩事谅你心中有数：
那个尼奥尔德① 来自何处，
到阿西尔部落有何打算？
他霸占许多神庙圣殿，
却不是阿西尔族生养！”

瓦弗鲁尼尔说道：
39 “有个神灵创造出此人，
他出生在瓦尼尔海姆，
那是瓦尼尔部落地盘。
待到世界的末日来到，
众神祇全都殒命毁灭，
他会重返瓦尼尔部落。”

奥丁说道：
40 “第十一件事向你讨教：
赳赳武士持剑立殿堂，
英武威猛天天练刺杀，
遇有打仗以命拼搏时，
他们会挑何人当国殇？
哪些人可以骑马凯旋，
然后坐在一起畅开怀。
请问这些勇士又是谁？”

瓦弗鲁尼尔说道：

① 瓦尼尔部落主神，大海之神，弗雷和弗蕾娅之父。在部落战争中失败后，他率领弗雷兄妹到阿西尔部落充当人质。

41 “就在奥丁的英灵殿上，
所有武士持剑站立着，
耀武扬威整天练刺杀。
他们挑出何人该倒下，
何人可活着骑马回家，
然后坐在一起畅开怀。”

奥丁说道：
42 “第十二件事向你讨教：
众神祇的凶吉与祸福，
瓦弗鲁尼尔，你全知晓。
巨人的命运有何天机，
你虽不说却心知肚明，
何妨如实讲出来听听！”

瓦弗鲁尼尔说道：
43 “说起我们巨人族命运，
天机泄露出来又何妨！
厄运难逃同神族相仿，
重生无望比不上神族。
这便是真相我如实说，
因为我曾四方去漫游，
上下九个世界全去过。
尼弗海尔[①] 那个鬼地方，
亦留下我巨人的足迹，
地狱里的厉鬼到这里，

① 阴曹冥府里的地狱，相传酷烈程度远超过冥府。

也要再受磨难死一回。”

奥丁说道：
44 “我出门到过许多地方，
跟别人斗智次数不少，
输给我的神灵数不清。
世界毁灭末日来到时，
冰雪重新覆盖住大地，
酷寒严冬漫漫无穷尽，
请问何人能劫后余生？”

瓦弗鲁尼尔说道：
45 “里夫和里夫特拉西尔[①]，
这对男女能侥幸逃命。
多亏霍德弥米尔[②] 相助，
让他们躲在他树林里。
清晨树叶上的露水滴，
吮吸了既解渴又充饥。
他俩忍受煎熬活下来，
生儿育女人类才繁衍。”

奥丁说道：
46 “我出门到过许多地方，
跟别人斗智次数不少，

① 即“生命”和“生命的配偶”之意。
② 巨人，相传系指看守智慧之井的巨人弥米尔，他把人类男人祖先藏在伊格德拉西尔榛皮树下。

输给我的神灵数不清。
请问太阳被恶狼叼走，
会不会另有新的太阳，
把天空重新照得通亮？”

瓦弗鲁尼尔说道：
47 “被恶狼劳里尼吞噬前，
太阳女神阿芙洛多尔，
已生下一个漂亮女孩。
在那尊女神归天之后，
姑娘会沿母亲的道路，
策马疾驰横越过天空。”

奥丁说道：
48 “我出门到过许多地方，
跟别人斗智次数不少，
输给我的神灵数不清。
几个姑娘飘越过大海，
她们既有才智又聪慧，
请问那些姑娘是何人？”

瓦弗鲁尼尔说道：
49 “三条圣泉在汹涌奔腾，
三个少女司管着它们。
生杀予夺掌握着命运，
她们都是至尊的女神。

莫格特拉西尔族[1]所生，
在巨人中间长大成人。”

奥丁说道：
50 “我出门到过许多地方，
跟别人斗智次数不少，
输给我的神灵数不清。
火巨人苏尔特的大火，
熄灭之后世界又如何？
请问哪个阿西尔神祇，
统治他们居住的乐园？”

瓦弗鲁尼尔说道：
51 “维达[2]和瓦利[3]将会出来，
端坐在众神祇的殿堂。
雷神托尔血战丧生后，
他的魔锤米奥尔尼尔[4]
由他两个儿子来承继，
他们是莫弟和玛格尼。”

奥丁说道：
52 “我出门到过许多地方，
跟别人斗智次数不少，
输给我的神灵数不清。

---

① 本意是“为子孙而奋斗者”，即指命运三女神。
② 主神奥丁的儿子，系奥丁与正妻弗丽嘉所生的第三子。
③ 主神奥丁的儿子，系奥丁与情人林德所生。
④ 雷神托尔的法宝，这柄魔锤即雷电，不管掷出多远，总会回到手里。

众神祇全遭到杀戮时，
难道奥丁亦在劫难逃？”

瓦弗鲁尼尔说道：
53 “恶狼把人类之父吞噬，
儿子维达会替父报仇。
那头野兽冰凉的嘴颚，
拼搏中被他撕得粉碎。”

奥丁说道：
54 “我出门到过许多地方，
跟别人斗智次数不少，
输给我的神灵数不清。
在儿子巴德尔葬礼上，
他凑到儿子耳朵旁边。
焚尸之前讲了悄悄话，
请问奥丁说了些什么？”

瓦弗鲁尼尔说道：
55 “你朝着你儿子咬耳朵，
究竟说了哪些悄悄话，
怕是无人能够说得清。
我咒诅我自己的嘴巴，
说起话来实在太随便。
和盘托出众神祇命运，
泄露天机真是不应该。
我已同你较量过智慧，
奥丁果然是最聪明者。”

第　四　首

格里姆尼尔之歌

何劳东国王有两个儿子,一个名叫阿格纳,另一个叫基罗德。长子阿格纳已十岁,次子基罗德才八岁。一日,兄弟俩划小船出游,船上拖着带钩长绳用以钓小鱼。不料骤然风起将小船吹向大海。当晚夜黑似漆,他们触礁覆舟,幸而不死被海浪冲到岸上。兄弟两人跋涉而行,终于遇到一个贫苦的老农夫。他们在老两口的茅舍里度过冬天。老妪收阿格纳为螟蛉子,老农夫则成了基罗德的养父,并且教会他言谈举止。来年开春,老农夫为他们造了一艘船。老两口陪他们兄弟俩走到海边依依惜别,此时老农夫对基罗德低声耳语交待了一番。

兄弟两人登舟后遇到顺风,不消多时便来到他们父亲泊船之处。基罗德站立在船头,便抢先跳上岸去,并且转身就把小船推了出去,嘴里还呼喊道:"你滚吧,但愿恶魔将你生吞活剥!"那条小船被波推浪逐,徐徐消失在远处。基罗德便独自走入城寨。众人见了他惊喜交集,对他遇险却平安归家无不喜出望外。此时他的父亲已亡故,他便继承王位,建功立业成为英主明君。

主神奥丁和妻子爱神弗丽嘉坐在里德斯基

阿弗高背宝座上[1],凝目观望,把各个世界都察看遍。蓦然间,奥丁开口说道:“你可曾看见你的养子阿格纳?他呆在一个岩洞里同一个女巨人寻欢作乐,忙于生孩子。看看我的养子基罗德,小小年纪已经当上了国王,统治着那个国家。”弗丽嘉反唇相讥,说道:“基罗德是个小气鬼,排筵设席非常吝啬酒食,倘若他以为前来赴宴的人太多,他便宁可让他的客人们饿着肚子。”奥丁却不以为然,说道这乃是天下最大的谎言。他们俩争来吵去,最后在这桩事情上下了赌注,非要弄清青红皂白分个输赢。

弗丽嘉派遣她的贴身女侍芙拉去见基罗德。芙拉要这位国王严加提防,她告诉他说有一个精通法术的人正在前来要蛊惑他。她还说道此人十分好认,只消看清这个迹象便可找到他的踪影:任何凶狠的恶犬都不敢扑上去咬他。若说基罗德摆设酒宴却舍不得拿出酒食来飨客,这原本是无稽之谈。可是他仍然派人去把那个任何恶犬都不敢咬的人抓来。那个人身披黑色大氅,自报家门名叫格里姆尼尔,除此之外,虽经再三盘问,他对自己身世却不肯再多说半句。于是基罗德国王便命人将他严刑拷打追逼口供,并且将他绑在两堆篝火之间。他就这样在那里坐了八个夜晚。

国王基罗德有个儿子年方十岁,他的名字也叫阿格纳,乃是和他伯父同名。阿格纳悄悄

① 主神奥丁的宝座,具有魔力,他坐上去后便能眼观四方,看清九个世界的事物。

溜到格里姆尼尔身边,递给他满满一牛角蜜酒让他解渴。阿格纳说道此事错在他父亲,不该毒刑拷打,冤屈无辜好人。格里姆尼尔听罢便将蜜酒一饮而尽。此时,篝火已愈烧愈旺十分靠近格里姆尼尔以致烧焦了他的皮袄。于是,他开口说道:

1 篝火呀,你烧得太炽烈,
火焰直蹿凶恶又猖狂!
火星呀,迸得离我远点,
我的皮袄烤出了窟窿!
虽则我早把前裾提起,
毛皮仍难免已被烤焦!

2 我绑在篝火旁八昼夜,
无人过问饮食不送来。
惟独基罗德的亲儿子,
阿格纳一人前来关注。
这番恩情我自当报答,
让他贵为人君当国王,
哥特人国家由他统治。

3 祝你交上好运,阿格纳,
既然奥丁亲自保佑你。
一牛角蜜酒换个王国,
这样的酬报再高不能。

4 那个国度是一片圣地,

坐落在两个部落之间，
那是阿西尔和埃弗尔。
四周毗邻众神祇殿堂，
特鲁德海姆是个近邻，
雷神托尔建造的宫殿。
他要在那里安身立命，
直到众神祇惨遭殄灭。

5 那块地方名叫尤达尔，
弓神尤尔曾在那里住，
为自己建起这座殿堂，
宫殿名叫阿尔弗海姆。
在遥远的混沌时代里，
众神祇把它当见面礼，
送给弗雷[1] 庆贺他掉牙[2]。

6 第三座众神欢乐之家，
它名叫瓦拉斯吉雅弗。
白银铺顶建成的殿堂，
银光灿灿华丽又壮观。
阿西尔部落那位主神，
在远古时就懂得享乐。

7 第四座是索克瓦贝克，
清凉碧波围绕着山坡。

---

① 丰收之神，瓦尼尔部落主神尼奥尔德之子。
② 按北欧古代习俗，孩子在掉第一颗乳牙时必须赠以礼物。

主神奥丁偕爱妻弗丽嘉，
天天在这里饮酒逍遥，
手擎金樽喜逐颜又开。

8 第五座叫格拉兹海姆，
主殿矗立在它的中央。
瓦尔哈拉宫乃是英灵殿，
黄金为壁夺目又辉煌，
光芒映亮周围几十里。
主神奥丁端坐在殿堂，
天天挑选英灵阵上亡，
上殿飨酒宴无尚荣光。

9 倘若想登门拜访奥丁，
寻找门户再方便不过，
只消记住他殿堂模样：
大殿用长矛杆作椽柱，
屋顶乃是盾牌来覆盖，
锁子铠甲撕得粉粉碎，
撒落在大殿的长凳上。

10 倘若想登门拜访奥丁，
寻找门户再方便不过，
只消记住他殿堂模样：
两大门前趴着一头狼，
一只隼鹰凌空在翱翔。

11 第六座宫殿特里海姆，

那可怕的巨人蒂阿兹[1]，
盖起了宫殿给自己住。
如今风貌依旧主人换，
殿堂里搬来了斯卡娣[2]。
她住回到父亲的宫里，
当了新娘光彩更迷人，
她嫁的新郎是个神族。

12 第七座布雷达布里克，
归光明神巴德尔所有，
他也为自己盖起宫殿。
听说这个光明之国里，
极少有人敢伤天害理，
乃是阴谋最少之福地。

13 第八个邻居是希明堡，
神庙里供奉着海姆达尔。
众神祇的这位守护神，
稳坐在殿堂开怀畅饮，
把上好蜜酒灌进肚里。

14 第九个邻居是福克温，

① 巨人，他施展手腕勾引并拐走了瓦尼尔部落女神伊杜茵，由于她司保管青春永葆的苹果，此事非同小可。众神祇遂设谋将蒂阿兹杀死。

② 巨人蒂阿兹的女儿。其父被阿西尔众神祇杀害后，这个女巨人挑选瓦尼尔部落主神尼奥尔德为丈夫，用以作血案的赔偿。两人虽结为夫妻，但不久旋即离婚。

女神弗蕾娅[①] 这座宫殿，
点缀得既温馨又漂亮。
殿堂上天天席无虚座，
宾客全是阵亡的英灵。
一半她自己逐日挑选，
另一半由奥丁送过来。

15 第十个邻居格里特尼尔，
煌煌大殿乃王者至尊，
黄金立柱屋顶铺白银，
福尔采蒂[②] 大驾住此地。
折冲撙俎明辨是与非，
争吵斗殴桩桩都平息。

16 第十一个乃是诺阿通，
尼奥尔德[③] 住在这地方，
他为自己盖起了殿堂，
这座圣所全是木料造。
贵为人君雄踞在一方，
仁慈善良没有坏心肠。

17 维达[④] 的宫殿荒芜凄凉，

---

① 春天女神，亦司繁殖与爱情，是瓦尼尔部落主神尼奥德的女儿，丰收神弗雷的妹妹。

② 系光明神巴德尔之子，名字意为“统治者”。冰岛总统的头衔即沿用此词。

③ 瓦尼尔部落的主神，系大海之神，娶女巨人斯卡娣为继妻，是弗雷和弗蕾娅兄妹的父亲。

④ 主神奥丁之子，他与恶狼搏斗将狼杀死，替父亲报了血海深仇。

杂草丛生蓬蒿比人高，
主神之子切齿又咬牙，
骑在马上振臂高声喊，
为父报仇誓死不罢休。

18 瓦尔哈拉宫的大厨司，
名字叫安德里姆尼尔。
他用铁镬来煮野公猪，
绝妙美味却鲜有人知。
英灵殿收容的壮士们，
独沽一味只吃此佳肴。
饕餮饱食他们有活力，
才能翌日重生再上阵。

19 吉里和弗莱基两条狼[①]，
服服帖帖蹲在他面前，
为他警戒随时扑上前。
主神奥丁打仗无敌手，
厌腻肉食嗜酒却如命，
长生不老靠的是畅饮。

20 两只神鸦尤金和莫宁，[②]
每日清晨振翅往外飞，

---

① 主神奥丁亲自喂养的两头狼，作为看家狗用，平日分别蹲伏在他脚下，司警卫之责。两只狼的名字本意为“贪婪”和“欲念”。

② 两只神鹰名字本意为“思想”和“记忆”，平时栖息在主神奥丁双肩上。每天清晨奥丁派它们飞遍世界观察动静，回来向他报告。

凌空翱翔飞遍全世界。
我深恐尤金一去不归，
可是莫宁让我更担心。

21 索恩德河湍急水流猛，
河里没有别的鱼儿游。
只有米德加尔德巨蟒，
庞大身躯在徐徐移动。

22 瓦尔格林德这个名字，
乃是英灵殿的正大门。
矗立在平川气象万千，
圣洁的英灵排列门前。
这扇门究竟怎样关拢，
还用了铁锁将它锁上，
无人知晓年代太久远。

23 瓦尔哈拉宫是英灵殿，
共有大门五百四十扇。
每扇门里同时拥出来，
忠贞勇猛的壮士八百。
他们将去迎战那恶狼，
誓将野兽打翻在尘埃。

24 比斯基尼尔这座宫殿，
共有房间五百四十间。
在众神祇所有殿堂中，
惟独数它最宽敞空旷，

乃是吾儿托尔的产业。

25 海德鲁恩是头母山羊，
她站立在主神的殿堂，
双眼盯住榛皮树枝叶。
从她乳房里淌出蜜酒，
醇醪清莹喷香滔滔流，
一缸盛满又接着一缸。

26 艾尼希尼尔是头公鹿，
他站立在主神的殿堂，
双眼盯住榛皮树枝叶。
从他双角上淌出清泉，
涓滴流入弗格米尔河。
溪涧不歇河水滔滔流，
原来这里是水流源头。

27 众神祇领地里河流多，
纵横交错绕去又回转。
席德和维德，
赛金和艾金，
斯伏尔和贡瑟罗，
林和雷恩纳第，
费奥姆和芬布休尔，
吉布尔和哥布尔，
哥穆尔和吉姆维尔，
看看那边有几条河，
众神领地里绕圈流。

索恩和文恩，
索尔和霍尔，
格拉德和贡瑟林。

28 大河小河还有溪涧流，
数目不少名字何其多！
温纳还有维格斯维恩，
第三条叫西奥德诺玛，
纽特和诺特，
诺恩和若恩，
斯里德和里德，
席尔格和伊尔格，
维德和凡恩，
芬德和斯特朗德，
吉奥尔和莱伯特，
这些溪涧条条都流过，
人类生息繁衍的地方，
从那里再流进了地狱。

29 科尔姆特和乌尔姆特，
这两条溪涧水深流急。
雷神托尔必须蹚水过，
天天如此从不得间歇，
为的是赶去主持公道。
伊格德拉西尔榛皮树，
坐在它残骸上把案审。

阿西尔部落那座大桥[①]，
早已在烈火中烧干净。
连桥底下河里的流水，
还热得炙手真烫煞人。

30 格拉德和尤列尔，
格里尔和斯凯勃里米尔，
西弗林托普和辛纳尔，
吉斯尔和法尔霍弗纳尔，
古尔托普和莱特费特，
每匹宝马都追风赶月。
阿西尔部落的众神祇，
天天骑着它们忙赶路，
为的是前去审理案子。
榛皮树残骸上来坐定，
主持公道明辨是与非。

31 伊格德拉西尔大榛树，
残骸底下长出三条根，
朝不同方向往前延伸。
一条树根底下住死神，
冰霜巨人盘踞第二根，
人类的世界是第三根。

32 松鼠名字拉达托斯克，
它拔开四条腿狂奔跑，

① 指阿斯加尔德城堡外的比弗罗斯特彩虹桥。

顺着大榛皮树的残骸。
要把天上隼鹰的口信，
带给地底毒龙尼德霍格。

33 还有四头年轻小公鹿，
邓恩和特瓦林，
多尼尔和多拉索里尔，
总是昂首伸长着颈脖，
把树上细枝嫩叶啮啃。

34 大榛皮树的残骸底下，
还有更多巨蟒在蛰眠。
格拉弗维尼尔[①] 的后代，
数目多得傻瓜弄不清。
古伊恩和莫伊恩，
格拉贝克和格拉弗伏罗德，
乌弗尼尔和西瓦弗尼尔，
我相信他们永不停嘴，
要把大树枝叶全啮光。

35 伊格德拉西尔榛皮树，
它的残骸还遭受折磨，
受罪的痛苦无人知道。
公鹿从上面啃它嫩叶，
蟒蛇从周围烂它躯干，
底下还有毒龙尼德霍格。

---

① 亦称世界巨蟒，米德加尔德蟒蛇，为火神洛基所生，是蟒蛇之父。

36 瓦尔基里氏的众仙女①，
里斯特和米斯特，
快给我盛蜜酒的牛角。
希尔德和特鲁德，
赫洛克和赫费奥托尔，
高尔和吉罗洛尔，
朗格里德和拉格里德，
还有雷格莱弗，
你们把蜜酒斟给壮士。

37 阿尔瓦克和阿斯维德，
两匹骏马都倦怠不堪，
有气无力驮着太阳走。
在它们鞍鞴的前穹下，
爱戏谑的阿西尔众神，
偷偷掖进两只铁风箱。

38 斯瓦林挡在太阳前面，
它这块盾牌非同小可。
有朝一日倘若它倒下，
挡不住太阳万丈光芒。
整个世界会燃烧起来，
高山大海也一片火焰。

---

① 主神奥丁的贴身女侍，她们每天在天空骑马疾驰奔赴各个战场，将壮烈战死的壮士引领到瓦尔哈拉宫英灵殿与主神奥丁共享酒宴。

39 斯考尔真是一头恶狼，
在苍莽的林海掩护下，
叼走光彩夺目的女神。
恶狼哈蒂是它的搭档①，
也是芬里尔凶狼后裔。
天堂的新娘光艳无比，
它却胆敢去半道拦劫。

40 巨人伊米尔那个躯体，
众神祇用来做成世界。
伊米尔的肉做成大地，
血做大海白骨做高山，
他的头盖骨做成天空。

41 他的眼睫毛亦有用处，
众神祇体贴而又好心，
做出一个米德加尔德②，
让人类有地方可安身。
巨人脑子做成了云朵，
层层堆积分量很沉重，
可是却能飘荡在天空。

42 但愿弓神尤尔保佑你，

① 两头恶狼追逐并半道叼走太阳和月亮，在众神祇毁灭末日，它们吞下了太阳和月亮。

② 即大地。为抵御冰霜巨人侵袭，主神奥丁率领众神祇在宇宙中心建造一座城寨，起名为“中界乐园”，使人类有安身立命的所在。

如同保佑所有的神祇，
舍身救火第一个好汉！
如今已把水壶盖掀开，
九个世界都可看得见[1]，
人间一切赫然在眼前。

43 远古的工匠心灵手巧，
伊瓦底[2] 的后裔能造船，
造出了世上最好的船，
名字叫斯基布拉尼尔[3]。
这艘魔船归弗雷所有，
行驶如飞大小能伸缩，
可载得下所有的神祇，
去见他父亲尼奥尔德[4]。

44 伊格德拉西尔的残骸，
乃是最为高贵的树木。
正如奥丁最出类拔萃，
在阿西尔众神祇之中。
最快的骏马斯莱普尼尔[5]，

① 相传为远古法术，施行后可在水壶里看到另一个世界的种种景象。

② 为小精灵，擅长工艺，是众神祇的工匠，他曾为主神奥丁制造出了贡格尼尔长矛，又锻造出雷神的兵器米奥尔尼尔魔锤。

③ 丰收神弗雷的魔船，可折叠成薄片带在身上，亦可展大到运载得下所有的神祇。

④ 海神，瓦尼尔部落的主神。瓦尼尔部落与阿西尔部落交战失利后，他率领弗雷兄妹去阿西尔部落充当人质。

⑤ 主神奥丁的坐骑，有八条腿，能腾云驾雾，是火神洛基的后裔。

最好的桥梁比尔罗斯特①。
诗歌之神乃是布拉吉，
隼鹰之最数哈布鲁克，
最凶的狗只有老加姆②。

45 如今我要真人露本相，
在阿西尔众神祇面前，
抛掉神灵的耀眼光辉。
明知求人不如求自己，
仍低声下气求人援手。
阿西尔部落诸位神祇，
务必人人相随都前去，
为了自己生存赔笑脸。
坐到艾吉尔③ 的长凳上，
同那个巨人畅饮开怀。

46 眼下我名字叫格里姆，
有时我也叫做“流浪汉”。
我的名字足有一大堆：
“战士”，还有“戴头盔的人”、
“有名气的人”，还有“第三人”，
也叫过索恩德和乌德，
“有福的盲人”和“高人”。

① 即彩虹桥，为通向众神祇的乐园阿斯加尔德的入口。
② 恶犬加姆不停狂吠，预示凶兆，警告众神祇毁灭末日的来临。
③ 巨人，为海洋之神。

47 我的名字足有一大堆：
“真理”和斯维巴尔，
还有那桑吉巴尔；
“打仗就开心的人”和尼卡尔；
“眼馋的人”和“眼睛似火者”；
布尔凡尔克和费奥德尔；
“狂怒者”和“非常聪明者”；
格里姆和格里米尔的本意是：
“假面具”和“戴假面具者”。

48 “宽檐帽”、“连腮胡”、“战争之父”、
尼库德和“世上人类之父”；
阿特里德和“英灵之父”；
还有那一个“英烈之神”。
名字起了一个又一个，
可惜惟独缺少这一个。
我混杂在人群当中时，
从来没有被人叫起过。

49 在基罗德家里的时候，
他们叫我是格里米尔；
在阿斯蒙德家叫伊阿克，
我拉雪橇时叫基阿拉尔；
在庭的大会上叫索罗尔，
那个名字本意是“信仰”。
上阵打仗名叫维克多尔，
奥斯卡和奥尔，
艾夫纳和比尔林德，

贡德莱尔和哈尔巴德。
我同众神祇来往之时，
这些名字都曾经用过。

50 斯维多尔和斯维德里尔，
是索克米弥尔家的称呼。
老巨人我诡计哄骗过，
他是米德维尼尔之子。
赫赫有名曾威镇四方，
却在我利剑下丧了命。

51 基罗德！
你喝得烂醉已经酩酊，
何苦这般狂饮不顾命。
倘若你失去我的恩宠，
你便走投无路一场空。
奥丁不会再来保佑你，
壮士们不再为你拼命。

52 我对你枉费不少唇舌，
可惜你半句都记不住。
众亲逆离你已无计施，
你的朋友个个背叛你。
我见到我麾下众好汉，
蓄势待发利剑已握平，
剑刃上染满殷红血渍。

53 利剑青锋森森渴饮血，

“可怕之人”下令要杀戮。
我晓得你生命已尽头，
看见造化女神狄西尔，
摆布着你引向死亡路。
既然你见到奥丁真身，
不妨朝他更走近一点。

54 现在我的名字叫奥丁，
片刻之前是“可怕的人”。
再往前数名字一大堆：
索恩德、瓦克和斯基芬，
瓦弗德和鲁普塔梯尔，
还有高特和伊阿克，
奥夫尼尔和西瓦夫尼尔。
所有这些都是我的别名，
众神祇中数我外号最多。

国王基罗德端坐不动，一柄利剑已出鞘过半，横在他的腿上。他闻听得奥丁真身已驾临此地，不觉心头悚然，急忙站起身来，想要赶紧把奥丁从火堆里拉出来。慌张间一失手，利剑剑柄朝下滑落出去。国王站立不稳，朝前栽了下去，恰好跌在剑刃朝天的利剑上。他被利剑洞穿气绝身亡。奥丁倏忽不见踪影。于是，阿格纳继位当了国王，享国时间很为久长。

第 五 首

斯基尼尔之歌

一日尼奥尔德之子弗雷坐到奥丁的高背魔椅上,举目环顾各个世界。他细细察看巨人之国的动静,猛然回眸但见有一丽姝正娉婷而行。那女子从她父亲冰霜巨人的殿堂走回自己闺房。自此之后,弗雷便神思恍惚、若有所失,竟思恋成疾染上了相思之症。他的侍从光辉者斯基尼尔,足智多谋,且能随机应变。尼奥尔德央求他去细细盘问,务必让弗雷自己讲出积郁在胸的心事。尼奥尔德之妻斯卡娣说道:

1 “斯基尼尔!
快起来站直你的身子,
赶快去恳求我的儿子,
要他放开怀倾吐衷肠。
不妨问问这个聪明人:
究竟跟谁怄气犯糊涂,
害得茶饭不思光恼火。”

斯基尼尔说道:
2 “倘若我去问他寒与暖,
问他跟谁怄气犯糊涂,
害得茶饭不思光恼火,

你儿子保准大发雷霆。”

斯基尼尔说道：
3 “弗雷快把心事告诉我，
你这个众神的主心骨！
我想知道你心中底蕴。
日复一日你独自向隅，
闷坐在大厅快快不乐，
所为何来快向我诉说。
我尊贵的君主！”

弗雷说道：
4 “年轻的朋友，
为何我必须对你倾诉？
我心中郁闷纠结成垒。
阳光虽然天天都灿烂，
却不能照亮我的渴望。”

斯基尼尔说道：
5 “倘若你连我都不肯说，
谅必你的渴望无甚多。
你我自幼在一起长大，
我们之间应无话不谈。”

弗雷说道：
6 “在巨人吉米尔宫殿里，
我见到个姑娘真俏丽，
她娉婷而行使我心醉。

她双臂如玉散发霞光，
余晖映亮天空与海洋。
心猿意马我不能克制。

7 “我恋情萌动爱上此女。
翩翩少年我才英貌俊，
有不少姑娘对我钟情。
别人岂能赢得我青睐，
惟有她打动了我的心。
我明知众神祇和精灵，
决不肯让我们结连理。”

斯基尼尔说道：
8 “快给我一匹上好骏马，
我骑着它去穿越黑暗。
它能破除邪祟避蛊惑，
跃过烈焰冲天的大火。
快给我你的那柄利剑，
它能自己飞去又转回，
斩杀巨人不消眨眼间。”

弗雷说道：
9 “我给你那匹上好骏马，
你骑着它去穿越黑暗。
它能破除邪祟避蛊惑，
跃过烈焰冲天的大火。
我给你我的那柄利剑，
它能自己飞去又转回，

斩杀仇敌不消片刻间，
试问有谁胆敢阻拦它。”

斯基尼尔对骏马说道：
10 “屋外仍阴森漆黑一片，
我们动身的时辰到了。
我们要赶紧翻山越岭，
横穿过湿漉漉的峰峦。
出其不意巨人无戒备，
兵贵神速我俩能生还。
若是落到巨人的手里，
你我的颈脖全给拧断。”

斯基尼尔纵马疾驰，进入巨人之国，来到吉米尔的宫殿。吉尔德闺房四周有高大木栅围绕，门前拴着凶猛恶狗数条。他策马徐行，但见有个牧羊人席地坐在土墩上。斯基尼尔上前向他招呼说道：

11 “牧羊人，请快点告诉我，
你坐在高高的土墩上，
四面八方都可看得清。
请问我如何才能避开，
吉米尔豢养的看门狗，
它们唁唁狂吠四邻惊。
我如何才能登堂入室，
同那位年轻姑娘相见。”

牧羊人说道：
12 “莫非你想找死不要命，
或者已死鬼魂在显形。
同那姑娘相会你休想，
冰清玉洁她是好姑娘。”

斯基尼尔说道：
13 “对一个远道赶来的人，
你的忠告是苦口婆心，
远胜过哭诉自己不幸。
可是自古人生无不死，
生命长短冥冥早已定。”

吉尔德说道：
14 “为何人声嘈杂乱哄哄，
声声传入闺房我耳中。
那声音响得撼天震地，
吉米尔的宫殿全晃动。”

贴身女侍说道：
15 “这厢门外站着个男人，
风尘仆仆似乎刚跋涉。
他跨下马背尚未卸鞍，
骏马已累得把青草啮。”

吉尔德说道：
16 “去把他叫进我的闺房，
给他喝点醇厚的蜜酒。

他是何人须细细盘问，
莫非杀我弟弟的仇人。

17 “从何处来你快老实说，
是阿西尔部落派你来，
还是埃弗尔或瓦尼尔？
你只身穿越漫天大火，
为何私闯宫闱来见我？”

斯基尼尔说道：
18 “我非阿西尔部落派来，
更不是埃弗尔、瓦尼尔。
虽然我只身越过大火，
闯进宫闱但求见你面。

19 “高贵的吉尔德：
我带来金苹果十一个，
区区薄礼务请你赏脸。
这乃是弗雷的订亲物，
恳求你启朱唇曼声言，
弗雷是你最爱的情郎。”

吉尔德说道：
20 “十一个苹果我决不收，
任何男人求婚的愿望，
我断不肯委身来屈从。
我和弗雷生来无缘分，
不会共结连理成眷属。”

斯基尼尔说道：
21 “我赠你一枚黄金戒指，
它是奥丁幼子[①]的宝物，
曾经陪他殉葬火里烧。
八枚戒指分量一样重，
每隔九夜才蹦出一枚。”

吉尔德说道：
22 “黄金戒指我决不在乎，
哪怕奥丁幼子的宝物，
曾经陪他殉葬火里烧。
须知吉米尔的宫殿里，
金银财宝样样不稀罕。
倘若我想穿戴点什么，
尽管从我父亲库里取。”

斯基米尼说道：
23 “我的姑娘，
你可曾瞧见这柄利剑，
它镂金嵌玉寒光闪闪。
我把利剑高举在手里，
齐颈脖挥剑砍将过去。
倘若你再不肯说情愿，
你的人头将滚滚落地。”

① 指光明神巴德尔。巴德尔被黑暗神暗害后，主神奥丁主持葬礼，将遗骸火化。

吉尔德说道：
24 “强暴要挟我决不忍受。
屈服于男人求婚愿望，
并不是我的天性本能。
你倒是个出色的勇士，
倘若你同吉米尔交手，
谅必会有一场大厮杀。”

斯基尼尔说道：
25 “我的姑娘：
你可曾瞧见这柄利剑，
它镂金嵌玉寒光闪闪。
我把利剑高举在手里，
在锋利无比剑刃面前，
倒下的必定是老巨人，
你父亲已注定性命休。

26 “我的姑娘：
我用一根魔杖敲击你，
它能摄魄勾魂驯服人。
叫你服服帖帖顺从我，
心荡神驰你无法自制。
我要打发你去个地方，
永远再见不到一个人。

27 “你只能在巉岩上憩息，
兔起鹘落隼鹰才歇脚。
眼巴巴瞅着红尘人间，

泪涟涟却只见地狱门。
甘露佳肴你不能吞咽，
憎饮厌食整天病恹恹。
陪你作伴的没有别人，
只有周身光腻的蟒蛇。

28 “你重新返归家园之时，
鸠形鹄面已形销骨立。
冰霜巨人不敢将你认，
瞪大双眼他惊掉了魂。
见到你人人目瞪口呆，
个个说你不像人样子。
你的丑相名气传播远，
守护神[1] 自惭比不上你，
众神祇全都拿你打趣。
你只好永世躲在家里，
从门缝偷偷张望外面。

29 “神志谵妄你人已疯狂，
手舞足蹈嚎哭又尖叫。
哀怨满腹伤心又痛苦，
悲悲切切整日泪不干。
好好坐下且听我细说：
这乃是一种酷烈折磨，
尝到生不如死的滋味。

---

① 指海姆达尔，为阿西尔部落众神祇的守护神，满口金牙，一部虬须，长相十分丑恶难看。

30 “魔鬼无止无休来纠缠，
在巨人宫殿出怪作祟，
通宵达旦闹得不安宁。
每天你从闺房里出来，
去到冰霜巨人的殿堂，
却只能四肢匍匐爬行。
纵然你满肚子不乐意，
岂有旁的出路可选择。
悲痛忧伤终日泪洗脸，
堪可恼再无欢乐笑靥。

31 “你嫁给巨人三个脑袋，
朝夕此生相随丑八怪；
不然孑然一身守空寡，
百结柔肠只知愁滋味，
千般烦恼啮碎你心灵。
待到播种收成到了头，
你像蓟草一样被扔掉。

32 “我脚步匆匆走进森林，
来到生命之源树底下，
去折魔力永久的树枝。
我把那支树枝折到手。

33 “坏透了的姑娘吉尔德！
奥丁对你已怒火满腔，
托尔对你也气冲斗牛，

满腹怨怼弗雷恨不休。
你已激起众神祇公愤，
将永世遭受神谴天罚。

34 “听着，巨人和侏儒：
听着，冰霜巨人：
还有巨人苏东的后裔，
阿西尔部落的众神祇。
我明令宣告禁止你们，
不准同这个姑娘往来，
更不许有男女的苟且。

35 “他名叫林姆格里米尔，
这个巨人和你长厮守。
他把你带回到冥茫中，
永世长眠在坟墓底下。
那些衣衫褴褛的农奴，
往树根底下浇公羊尿。
你便用它来润喉解渴，
更好的饮料休想喝到。
任性的姑娘吉尔德！
莫再意气用事逞犟劲，
倒不如顺从我的愿望。

36 “我自会镌刻罗纳文字，
在你身上刻下了‘巨人’。
另外再要刻三道字符。
淫乱、放荡和欲火难熬。

我既能镌刻也能刮掉，
但看到底有没有必要。”

吉尔德说道：
37 “你好狠毒我的小伙子！
你先接过这只水晶杯，
陈年老醪蜜酒已斟满。
我从来不曾有过念头，
要嫁瓦尼尔部落的人。
何妨从长计议再商量。”

斯基尼尔说道：
38 “我的差使只管捎口信，
在我骑马赶回家之前，
你务必亲口允诺婚事，
好让弗雷自己来求亲。”

吉尔德说道：
39 “有片丛林名字叫巴莱，
那个地方你我都晓得。
空谷幽静寥不见人影，
树木葱茏举目皆苍翠。
九夜之后何妨再相见，
吉尔德自会亲口许婚，
答应嫁尼奥尔德之子。”

于是，斯基尼尔疾忙赶回家去。弗雷早已远远站在门口迎候他，向他询问此行的结果。

弗雷问道：

40 “斯基尼尔，赶快告诉我！
在把鞍韂卸下马背前，
你亦不必再迈出一步。
此去巨人之国竟如何？
我的心愿是否有结果？”

斯基米尔说道：
41 “有片丛林名字叫巴莱，
那个地方你我都晓得。
树木葱茏举目皆苍翠，
空谷幽静寥不见人影。
过了九夜你亲自前去，
尼奥尔德之子去求婚，
吉尔德必定亲口答应。”

弗雷说道：
42 “哎哟哟，
一个夜晚已嫌孤衾寒，
两个夜晚倍觉更凄凉，
三个夜晚我就难熬过。
平日一个月转瞬逝去，
怎耐婚前等待半夜长。”

第 六 首

哈尔巴德之歌

雷神托尔自东而来，行至一港湾，欲买舟摆渡而归，但见渡船和撑渡船老者都在港湾彼岸。于是，托尔扬声高喊：

1 “港湾对岸那个小老头，
姓甚名谁你是哪一个？”

撑渡船老者① 说道：
2 “大呼小叫有人将我喊，
全不想相隔宽阔港湾，
你这个憨痴究竟是谁？”

托尔说道：
3 “快来把我摆渡到对岸，
犒劳你饱食一顿早饭。
我背上有个偌大行囊，
装的全是可口的美食。
离家前我已充了点饥，
燕麦粥和鲜嫩的鲱鱼，

① 主神奥丁知道其子雷神托尔力气过人，但心笨口拙。为测试他的才智，奥丁便假扮成撑渡船老者拒绝为他摆渡。由此引出本诗的故事。

雷神托尔手持魔锤。

现在我肚皮还撑得很。”

撑渡船老人说道：
4 “你早上做了桩大事情，
吃顿早饭也自吹自擂。
可怜你不知道后来事，
你的亲人在家哭号啕。
据我所知你刚踏出门，
你母亲已奔赴黄泉路。”

托尔说道：
5 “你莫信口雌黄瞎胡说，
若说我母亲眼下亡故，
岂非滑稽人人笑掉牙。”

撑渡船老者说道：
6 “我看你穿着得不像样：
身上衣衫破烂像叫化，
下身连条长裤穿不起。
你还光着一双脚丫子，
拥有三座庄园有谁知。”

托尔说道：
7 “闲话少说快撑栎木船，
我来指点何处能靠岸。
请问这条船主是何人，
你在为他撑船卖力气。”

撑渡船老者：
8 “他的名叫希尔道尔弗，
我在为他撑船卖力气。
这位好汉待人仁宽厚，
谦恭随和同人好商量。
他家住在芬德岛港湾，
再三嘱咐莫摆渡坏人，
强盗偷马贼休想过河。
只有好人和我的熟人，
才能上船摆渡到对岸。
面对我你快报上名来，
我才可以将你载过河。”

托尔说道：
9 “即便我是个亡命歹徒，
我亦断不会更姓改名。
我是阿西尔部落神祇，
奥丁之子梅里的兄长，
我有个儿子叫玛格尼。
雷霆之神威名已远扬，
托尔在此地同你交谈。
如今轮到你来告诉我，
你姓甚名谁是什么人。”

撑渡船老者说道：
10 “我的名字叫哈尔巴德，
无须隐名匿姓守秘密。”

托尔说道：
11 “为什么你要隐姓匿名，
莫非同人斗殴结下仇？”

哈尔巴德说道：
12 “我不害怕有人来寻仇，
倒怕遇上你这冒失鬼，
倘若注定我命不该绝，
务必多提防免吃眼前亏。”

托尔说道：
13 “岂有此理你竟嘲笑我！
可惜泅渡过河太费劲，
还要弄湿我行囊衣裳。
倘若我能泅渡过河去，
你出言不逊我会回敬。
让你尝尝我的真功夫，
不识好歹你无赖小人。”

哈尔巴德说道：
14 “我就站在这里等着你，
看你能够把我怎么样？
从巨人伦格尼尔[1] 死后

① 巨人，其头颅为石头。他知道雷神托尔要来攻打他，便严加提防。但是他深信托尔将从地底下钻出来，于是他站在一面盾牌上，结果反而被托尔认出来而杀掉。但是托尔在这场战斗中也吃了大亏。伦格尼尔以油石为武器。破裂后，碎片嵌入托尔的前额。

你未遇到厉害的对手。”

托尔说道：
15 “你说起巨人伦格尼尔，
我同他血战值得一提。
巨人的脑袋石头做成，
他力大无穷凶猛奋进。
可是到头来我杀掉他，
他的尸体倒在我脚下。
血战之时你却在何处，
哈尔巴德？”

哈尔巴德说道：
16 “我同费奥瓦尔在一起，
整整五个漫长的冬天。
横行在小岛名叫常青，
征战不休杀掉不少人。
我俩纵情作乐把欢寻，
挑了许多姑娘作伴侣。”

托尔说道：
17 “什么姑娘配当你女人？”

哈尔巴德说道：
18 “我们要活泼快乐女郎，
照料得我们体贴入微。
我们要聪明慧黠姑娘，
痴心一片不移情别恋。

她们能把黄沙搓成线，
还能将深谷铲成平地。
我可对她们颐指气使，
我可对她们随心所欲。
我同七个姐妹[1] 同衾眠
赢得她们芳心与情爱。
与此同时你在干什么，
托尔？”

托尔说道：
19 “我杀掉了那个蒂阿兹[2]，
脾气狂躁粗暴的巨人。
巨人阿尔瓦蒂的儿子，
我剜出他双眼向上扔，
丢进了晴朗的天空里。
这都是我的赫赫功勋，
可以彪炳史册后人知。
与此同时你在干什么，
哈尔巴德？”

哈尔巴德说道：
20 “妖娆多姿娇娃我勾引，
背夫偷情倩女亦动心。
巨人里巴德色胆包天，

---

① 指大海女神列恩七个女儿(喜怒无常的七类波涛)，她们能将黄沙冲成线状和冲平深谷。

② 巨人，海洋之神。瓦尼尔部落众神祇的主神尼奥尔德娶他的女儿斯卡娣为妻。

赠我勾魂摄魄的魔杖。
我挥舞魔杖施展法术，
使他着迷被我所蛊惑。”

托尔说道：
21 “上好礼物人家赠给你，
以怨报德你太不该应。”

哈尔巴德说道：
22 “天下橡树虽说一个样，
一株繁茂另一株枯萎，
荣辱兴衰各人自己事。
与此同时你在干什么，
托尔？”

托尔说道：
23 “我在东面同巨人拼命，
邪恶的女人却很逍遥，
登山漫游她们乐淘淘。
倘若巨人个个活至今，
那个种族会硕大无比。
与此同时你在干什么，
哈尔巴德？”

哈尔巴德说道：
24 “我正在外国率众打仗，
煽动起君主穷兵黩武，
但决不调解弭兵媾和。

奥丁身边有的是贵族，
他们都打仗英勇阵亡。
而托尔周围全是农奴。”

托尔说道：
25 “纵然你的势力大无比，
也不能够一手遮住天，
厚此薄彼亲疏总难免。”

哈尔巴德说道：
26 “托尔尽管势力可通天，
可惜直肚肠子缺心眼。
胆小怕事竟受人愚弄，
一头钻进巨人手套里①。
不敢打鼾也不打喷嚏，
怕的是费雅勒尔听见。
你说托尔是付啥模样？”

托尔说道：
27 “哈尔巴德你这个混蛋，
非要砸碎你的天灵盖，
我若泅过河到你身边！”

哈尔巴德说道：

① 托尔和他同伴们前往洛基居住的尤特加尔德。途中他们在一处奇形怪状厅堂过夜，半夜被隆隆巨响惊醒，众皆悚然。翌日清晨巨人费雅勒尔告诉他们，隆隆巨响乃是他的打鼾，而托尔一行睡的铺盖是他的一只手套。

28 “你莫须泅水过来寻仇，
我们何苦结怨成对头。
与此同时你在干什么，
托尔？”

托尔说道：
29 “我在东面守卫着河流，
巨人斯瓦朗带着儿子，
接连攻打向我扔石头。
气势汹汹他们未得逞，
只好求饶劝我止住手。
与此同时你在干什么，
哈尔巴德？”

哈尔巴德说道：
30 “我在东面同情人相会，
喁喁细语情意更绵绵。
有个美妇人同我缱绻，
她肌肤白嫩娇躯若酥。
我赢得她的寸金芳心，
她使我愉悦春到人间。”

托尔说道：
31 “佳人到手你真有本事。”

哈尔巴德说道：
32 “若是我能保全这佳人，
全仰仗你大力来相助。

托尔！”

托尔说道：
33 “那要看是否合我脾胃，
我若不爱自不会去碰。”

哈尔巴德说道：
34 “我完全相信你靠得住，
但愿你不欺骗辜负我。”

托尔说道：
35 “我岂会暗偷他人的妻，
况且我并非敝屣旧鞋，
春天来到便随处乱扔。”

哈尔巴德说道：
36 “与此同时你在干什么？”

托尔说道：
37 “我在莱西埃岛上打仗，
对手是伯索克的妇女。
她们坏事做尽罪孽深，
所有男人全被蛊惑遍。”

哈尔巴德说道：
38 “你去同女人交手开战，
太不光彩真寒碜煞人。”

托尔说道：
39 “她们并非女人是母狼！
就差一步之遥快靠岸，
我坐的船被她们掀翻。
她们举铁棍要打死我，
追逐得蒂阿弗[1] 无路逃。
与此同时你在干什么，
哈尔巴德？”

哈尔巴德说道：
40 “我统率大军驻扎此地，
造起垛楼旗帜凌空飘，
还把长矛尖染成鲜红。”

托尔说道：
41 “你杀气腾腾莫非想说，
招兵买马要同我开战？”

哈尔巴德说道：
42 “为补偿我送你个戒指，
调停我们纠纷的中人，
非常乐意充当和事佬。”

托尔说道：
43 “你从哪个肮脏的角落，
找到如此下流的字眼。

---

① 雷神托尔的仆人。

我不敢相信自己耳朵，
竟听到这般淫秽语言。”

哈尔巴德说道：
44 “已去死的故人教会我，
他住在家里黄土垄中。”

托尔说道：
45 “把坟茔叫家里黄土垄，
这美名多亏你想出来。”

哈尔巴德说道：
46 “这种事情我自有见地。”

托尔说道：
47 “你油嘴滑舌在耍花招，
自己招惹祸势必遭殃。
倘若我能泅渡过河去，
我举起大锤朝着你砸。
你的哭喊声惨过狼嚎。”

哈尔巴德说道：
48 “你妻子正在家偷野汉，
那人才是你找的对头。
你不妨同他较量身手，
比试谁的蛮力赛过牛。”

托尔说道：

49 “你这个缺德的无赖胚，
血口喷人满嘴是鬼话。”

哈尔巴德说道：
50 “托尔，
我讲的句句都是真话。
你已磨磨蹭蹭老半天，
纹丝不动仍站在原地。
倘若你乘不上我的船，
休想赶路再要往前行。”

托尔说道：
51 “哈尔巴德，
你这个胆小的野兔子，
胡说八道将我来拖延。”

哈尔巴德说道：
52 “阿西尔部落好汉托尔，
却被摆渡的老者愚弄，
这真是我决未曾料到。”

托尔说道：
53 “我不妨好言好语相告，
奉劝你把渡船撑过来。
让我们停息斗嘴嘲弄，
快接玛格尼之父过河。”

哈尔巴德说道：

54 “我不会过去将你摆渡，
若要过河你绕过港湾。”

托尔说道：
55 “既然你不肯将我摆渡，
何妨说清方向指指路。”

哈尔巴德说道：
56 “指指路倒是区区小事，
走起来那才路途漫长。
你先走过粗木头一堆，
然后再沿岩石绕着行。
一路上都要朝向左转，
直到来至威尔兰地方。
你母亲费奥琴会来迎，
她给你带路往前蹿行。
返回奥丁之国聚亲朋。”

托尔说道：
57 “天黑前能否赶到那里？”

哈尔巴德说道：
58 “如今天暖冰消雪已融，
只消多费力气拼命奔，
太阳落山前可以赶到。”

托尔说道：
59 “我们唔谈半句没正经，

你嘻皮笑脸把我嘲弄，
还不肯将我摆渡过河，
下回见面我狠狠回敬。”

哈尔巴德说道：
“快滚吧，
但愿妖魔鬼怪抓着你！”

第　七　首

巨人希米尔的歌谣

1 有一回众神祇狩猎归来，
兴冲冲烟熏火燎烤野味，
再斟满蜜酒且畅饮开怀。
他们个个酒足肚皮吃饱，
便摇晃木片占卜下一回，
看看燔祭鲜血指定哪个。
他们发现艾吉尔① 被选中，
要为他们操办下次飨宴，
因为他家里有很多大锅。

2 巨人好端端闭门家里坐，
怎料到麻烦事自天而降。
他笑眯眯面对着来访客，
神情活像煮稠的麦芽糖。
奥丁长子② 瞅着他发了话：
“阿西尔众神祇相聚酒宴，
下一回应该由你来操办。”

3 托尔颐指气使这般腔调，

① 巨人，为海洋之神。
② 指托尔，因雷神托尔是主神奥丁的长子，妻子是西芙。

艾吉尔忿怒得两眼发直。
他一心作弄刁难众神祇，
便叫西芙的丈夫[1] 想办法，
给他赶快找一口大锅来。
艾吉尔说道：
“我务必用这大锅酿蜜酒，
才供得上所有神祇饮用。”

4 这一招为难煞了众神祇，
他们各显神通四处寻遍，
哪里也找不着这样大锅。
亏得可靠的提尔有主意，
他向托尔友善地劝告说：

5 “在埃里瓦格尔再朝东去，
那里仍是一片原始混沌。
天界边缘住着一个巨人，
希米尔聪明而通情达理，
勇敢的巨人就是我父亲。
他拥有一口宽沿的大锅，
从锅沿到锅底足深一里。”

托尔问道：
6 “你想能不能把锅弄到手？”
提尔答道：
“只能施展妙计智取才行。”

① 指托尔，因雷神托尔是主神奥丁的长子，妻子是西芙。

7 托尔和提尔那天一清早
便从阿斯加尔德动身走。
一口气走到埃吉尔[①] 家里，
两人这才歇歇脚喘口气。
托尔套好公羊拉的战车[②]，
两只羊头角都锃光瓦亮。
他们风驰电掣来到山峦，
那是巨人希米尔的地盘。

8 小提尔找到了他的祖母，
她的模样看上去真骇人，
身上竟长了九百个脑袋。
另一个女人倒长得俊俏，
浑身裹着黄金婀娜而行，
她为他们两人端来蜜酒。

9 “巨人的外孙呵，
我想你们最好藏匿起来，
两个人都躲在大锅底下。
我丈夫为人粗鲁脾气暴，
吝啬小气不懂待客之道。”

① 巨人，为蒂阿弗和罗斯克瓦的父亲。

② 雷神托尔乘坐一辆由两只公羊拉曳的战车远行。路上饥饿时，可宰杀公羊煮熟充饥。次日清早，他把公羊骸骨重新堆放成形，蒙上羊皮，用魔锤米奥尔尼尔敲击羊皮，公羊又能复活为托尔拉车。有一回，托尔住在埃吉尔家过夜。在托尔吃完公羊睡觉之后，埃吉尔的儿子蒂阿弗出于好奇将羊骨拆散并敲开骨头取出骨髓。次日，公羊跛瘸不能拉车。托尔大怒，便索取埃吉尔两个儿子为奴仆，以作赔偿。

10 巨人希米尔打完猎回家，
早已夜阑人静都入梦乡。
他长相奇形怪状叫人怕，
回来时满脸虬髯结满霜，
进厅堂身上冰柱响丁当。

巨人老太说道：
11 “你好哇，希米尔：
我们的外孙来到你厅堂，
自他出远门我们常牵挂。
巨人鲁德的对头陪他来，
那个年轻武士名叫威奥。

12 “你瞧他们簌簌抖把身藏，
竟然躲到厅堂的山墙下。
他们俩躲藏得十分巧妙，
庭柱恰好把他们俩挡住。”
可惜庭柱再粗也不管用。
巨人目光如炬胜过雷殛，
连横梁也折断成了两截。

13 八口大锅从横梁上倒下，
乒乒乓乓全跌得粉粉碎。
惟独千锤百炼的那一口，
摔了下来却一点未破碎。
他们两人赶紧往前去抢，
但见巨人早已怒目圆瞪，

虎视眈眈盯住了托尔瞧。

14 巨人虽不聪明却有记性，
他的脑筋一转回想起来：
认出眼前的人是个凶神，
此人杀戮巨人从不眨眼，
害得女巨人丧夫哭号啕。
这时三头公牛赶进厅堂，
希米尔吩咐要赶快煮熟。

15 他们每人割下一个牛头，
扔进滚沸的煮肉大锅里。
西芙的丈夫在睡觉之前，
独自吃掉了巨人两头牛。

16 希米尔不由得大吃一惊，
未想到托尔的饭量骇人。
昔日伦格尼尔[1] 儿时玩伴，
如今也两鬓霜染华发生。
巨人希米尔说道：
“明天黄昏我们都去打猎，
挣回来我们三人的饭食。”

17 托尔回答他宁可去打渔，
倘若巨人肯给他点鱼饵。
希米尔说道：

[1] 巨人，被雷神托尔所杀。

"若要鱼饵应去找牧羊人，
你怎么这点见识都没有。
巨人克星托尔不动脑筋，
竟弄不清鱼饵哪里去寻。

18 "我料定这乃是举手之劳，
你可以从公牛[①] 身上找到。"
托尔听罢匆匆直奔森林，
但见面前有头公牛哞叫，
皮毛漆黑一对犄角弯弯。

19 妖魔鬼怪的死对头托尔，
猛然一用力把牛角折断，
然后又把牛头拧了下来。
（以下原手稿本残缺。）[②]
希米尔怒喝道：
"你掌舵的本事太不高明，
托尔，倒不如安生坐着！"

20 平日乘公羊战车的托尔，
告诉猿猴后裔那个巨人，

---

① 相传钓大鱼需用牛羊的内脏为鱼饵。但钓巨蟒则必须用牛头为鱼饵方可。托尔想钓米德加尔德巨蟒，因而需寻找牛头。

② 原古文手稿从此处起模糊残缺一段。其情节梗概为：托尔一心要除害用牛头去钓米德加尔德巨蟒。他奋力划桨舟行如飞，不久即来到巨人希米尔平时钓比目鱼的所在。希米尔打算将船停下，可是托尔仍继续往前。希米尔告诫说若再往前有危险，因米德加尔德巨蟒常在这一带水域出没。托尔佯装未听见，仍划桨往前。希米尔十分生气怒火上升便发作起来。

把追波逐浪骏马[①] 往前驶。
可是巨人一口拒绝说道：
他不打算把船划得更远。

21 勇猛出名的巨人希米尔
一下子钓上两条大鲸鱼。
在船尾上奥丁长子托尔
却偷偷垂下了他的钓线。

22 托尔他是人类的保护神，
如今为民除害对付巨蟒。
米德加尔德巨蟒作恶多，
众神祇咬牙切齿恨入骨。
可是它蛰伏在地底深渊，
飘忽不定真奈何不得它。
如今巨蟒却自己上了钩，
咬住了托尔鱼钩的牛头。

23 英武的托尔勇敢超过人，
一把揪住滑溜溜的蛇身，
用尽力气把它往船上拉。
他高举起魔锤狠往下砸，
要把恶狼芬里尔的兄弟[②]，
以雷霆之势砸碎天灵盖。

① 此系指他们两人乘的小船，意为在海上疾驶如骏马。
② 相传巨蟒为火神洛基之子，恶狼之弟。

24 狼鳚在海里翻腾尖声嚎，
水底下岩下回荡轰鸣声。
古老的海岸塌泥沙俱下，
这条鱼蛇脱身沉入海底。
（以下原手稿本残缺。）[①]

25 他们转舵掉棹小船往回驶，
巨人的心里怒火纠结成团。
希米尔只顾划桨一言不发，
偶尔点点头脸上也冷冰冰。

巨人希米尔说道：
26 “你务必分担我一半活计，
先把鲸鱼扛回我庄园去，
再拴牢能淌水的公羊车[②]。”

27 托尔走到前面揿住船头，
把鲸鱼从舱水里拎出来。
他背上横架起桨和鱼笼，
独自双肩扛起那条鲸鱼。
跨过杂树丛生幽谷深壑，
一口气奔到巨人庄园里。

---

① 原古文手稿从此处起残缺一段。其情节梗概为：巨人希米尔一见钓起了米德加尔德巨蟒便吓得魂飞胆丧。正当托尔举起米奥尔尼尔魔锤要砸蛇头之际，希米尔挥舞利剑斫断了钓线，巨蟒沉入水中得以潜逃脱身。托尔大怒，将巨人希米尔从船上推入水中，但希米尔仍泅水爬回船上。在众神祇毁灭的世界末日之际，米德加尔德巨蟒与托尔重又交战，结果同归于尽。

② 指他们两人乘的小船。

28 巨人对托尔仍不甘示弱，
力气大小还要争辩分明。
他说道哪怕把船划如飞，
算不得真功夫难显力气。
倘若不能摔碎水晶酒杯，
又怎能称得上力大无穷？

29 那酒杯递到了托尔手上，
他使劲把它往石柱上砸。
他身下坐着个巨大石墩，
便朝着它把酒杯往下摔。
那酒杯纹丝不动无裂缝，
模样依旧回到巨人手中。

30 那个俊俏女人拉住托尔，
悄声细语提出了个忠告：
“朝着希米尔脑袋瓜上砸，
他的脑门硬过任何岩石，
哪个酒杯碰上都会粉碎。”

31 托尔不愧为公羊战车主，
他双膝微弯摆出骑马势。
用足浑身力气发出神威，
将酒杯朝巨人头上砸去。
那巨人的脑袋安然无恙，
而酒杯却已经碎片狼藉。

32 巨人希米尔哭喊放悲声：
“看到我双膝上酒杯碎片，
这才知我失掉无价之宝，
我心头堵得慌好生难过。”
那巨人还呜咽：“酒杯呀！
今后我怎能再说酒味醇。

33 “如今你们可以端走大锅，
只要你们有力气拿得动。”
战神提尔用力猛推两次，
那口大锅却分厘未移动。

34 莫弟的父亲托尔走上前，
使出巧劲掀起大锅锅沿。
顺着厅堂地面往前滚动，
西芙的丈夫手指扣锅沿，
将大锅一边顶在脑袋上，
大锅拖在脚后跟丁当响。

35 他们刚走出去没有多远，
猛听得身后传来嘈杂声。
奥丁之子转身定睛细看，
但见人头蜂拥杀来追兵。
越过悬崖峭壁自东而来，
领头的正是巨人希米尔。

36 托尔从肩上卸下那大锅，
身边掏出魔锤米奥尔尼尔。

他挥舞起魔锤转着圈打，
山里的魑魅魍魉全砸死。

37 他们刚走了不长一段路，
托尔的公羊拉不动战车。
牲畜的腿脚全都已跛瘸，
奄奄一息瘫倒在路旁边。
这都是可恶的洛基造成①！

38 你兴许已听到过这故事，
因为还有别人熟知神祇，
可以叙说一番他们逸事。
讲清巨人给了什么赔偿，
才使得托尔的怒火平息。
因为托尔已把两头公羊，
当做燔祭半途上已奉献。

39 托尔神力无比不辱使命，
把大锅扛到聚会的场地，
那口锅原本是希米尔的。
如今众神祇可不再犯愁，
每年冬天到艾吉尔家去，
兴高采烈个个开怀畅饮。
巨人艾吉尔真是倒了楣，
谁叫他满口答应办酒宴。

① 巨人埃吉尔之子蒂阿弗把为托尔拉曳战车的两头公羊敲骨取髓，以致公羊复活后成了跛瘸。蒂阿弗受火神洛基教唆而产生好奇所为，公羊死后蒂阿弗给托尔当侍从以作赔偿。

第 八 首

洛基的吵骂

说说艾吉尔和众神祇:艾吉尔又名吉米尔,他得到了上文所表的那口硕大无朋的大锅,便只得自认晦气,为阿西尔部落众神祇操办酒宴,开筵排席。盛宴当天,众宾客纷至沓来,云集在艾吉尔的厅堂。主神奥丁偕其妻弗丽嘉移驾光临。托尔东征边陲未及赶回,其妻西芙只得俦侣分飞孤身前来。布拉吉和伊敦恩伉俪情深夫妇两人一起来到。契约之神提尔翩然而至,晃动着独臂,他的手臂被恶狼芬里尔所咬断,而他受到契约担保的束缚而无法缩回手臂。前来凑趣酬酢的还有尼奥尔德偕同娇妻斯卡娣、弗雷和弗蕾娅,奥丁的儿子维达、火神洛基、弗雷的两个仆人比格维尔和其妻贝伊拉亦跟随主人而来。阿西尔部落众神祇和侏儒小精灵十之八九赶来享用盛宴。

艾吉尔家有两个仆人在席间伺候,他们是费玛芬和埃尔德尔。厅堂里已生了火,烈焰熊熊金蛇般火星迸溅飞舞,把大厅映照得灿烂辉煌。众宾客觥筹交错,举觞鲸饮。推杯换盏之际无不称赞东道主艾吉尔持家有方,非但佳馔美酒飨宴精美,而且仆佣曲意相迎伺候周到,享此盛宴真乃一大快事。岂知火神洛基闻听众口

洛基的吵骂。

交赞奴仆,误以为指桑骂槐在故意奚落自己。他不由得恶从心中起,拔刀斫杀了费玛芬。阿西尔部落众神祇无不大惊失色,各自操起兵刃盾牌,呼啸围拢上来向洛基问罪。洛基见势头不妙,便步步退却。众神祇将洛基追逐到荒山野林之中,然后又返回身来聚首欢饮。

不料洛基偷偷溜回来,在厅堂门外与仆人埃尔德尔迎面相遇。洛基向埃尔德尔搭讪:

1 “埃尔德尔,
你不消朝前再走近一步,
快把你听见的话告诉我。
厅堂里衮衮诸公众神祇,
他们狂饮之时在讲什么?”

埃尔德尔说道:

2 “厅堂里衮衮诸公众神祇,
不管是阿西尔部落众神,
还是来自地底的小精灵,
他们谈论自己兵刃锋利,
吹嘘他们打仗勇猛无比;
可是无人说你半句好话。”

洛基说道:

3 “放我进去,埃尔德尔,
我必须走进艾吉尔厅堂,
亲眼看看酒宴如何收场。
在席散前我要挑起争吵,

把怨怼拌在他们蜜酒里。”

埃尔德尔说道：
4 “你要想走进艾吉尔厅堂，
亲眼看看酒宴怎样散席。
倘若你出恶言挑起争吵，
把众位神祇得罪和诟骂，
他们会把你脏嘴擦干净。”

洛基说道：
5 “埃尔德尔，
你务必放明白点少吭声，
倘若你我站在门口拌嘴，
恶语相互诟骂定会伤人。
你若是胆敢再多说一句，
我自有厉害本事收拾你。”

后来洛基终于走进了厅堂，厅堂里原本欢声笑语一片喧哗。但见他人影一现，厅堂里顿时静寂，悄无人声。

洛基说道：
6 “我走进厅堂口渴得难熬，
因为我赶长路跋涉良久，
请求阿西尔众神祇开恩，
赏给我喝一杯蜜酒甘醇。

7 “你们为何个个噤若寒蝉？

诸位平素一贯横行霸道，
如今装聋作哑闷声不响。
快给我酒席上腾出席位，
要不然就叫我马上滚蛋。”

布拉吉说道：
8 “给你腾出席位断然不行，
众神祇从不会忍气吞声。
他们迎请宾客自有分寸，
分得清何许人才能入席。”

洛基说道：
9 “难道你竟忘了不成，奥丁？
记得在远古洪荒的时候，
你我歃血为盟结成兄弟。
你说有酒务须两人共醉，
不然你决不背后单独饮。”

奥丁说道：
10 “如此说来维达你快站起，
给恶狼的父亲① 腾出席位，
请他共享我们佳馔美酒。
洛基你若肚里有气难消，
在艾吉尔厅堂借酒浇浇。”

于是，维达站立起身来为洛基斟上一牛角

① 即洛基，他生出许多怪物，恶狼芬里尔即他所生。

蜜酒。洛基在喝酒之前先对阿西尔部落众神祇敬酒致意。

11 “阿西尔众神祇，
我为你们而干了这一觞。
阿西尔女神祇，
我也为你们干了这一觞。
诸位道貌岸然的神祇们，
我们大家都来干这一觞。
惟独坐在长凳最远处的
布拉吉却不配干这一觞。”

布拉吉说道：
12 “骏马和利剑我都可送你，
布拉吉再补偿你枚戒指。
你莫再怨恨阿西尔神祇，
免得激怒他们对你发泄。”

洛基说道：
13 “骏马和戒指你都保不住，
布拉吉你只是个软骨头。
在众神祇和小精灵中间，
就数你最胆小害怕打仗，
一见射箭就畏缩往后退。”

布拉吉说道：
14 “在艾吉尔厅堂高谈阔论，
还是在战场上冲锋陷阵，

我都是内行从来不曾输。
我明白若要消我胸中气,
除非我双手捧起你首级,
这才是给你谎言的回敬。”

洛基说道:
15 “你向来都是嘴硬骨头酥,
高谈阔论时你貌似英雄,
却哪敢动刀舞枪真拼命。
你气势汹汹举起了兵刃,
可是面前敌手嗤之以鼻,
他知道你马上会转身逃。”

伊敦恩说道:
16 “我求你千万克制,布拉吉,
为了我们的孩子和至亲。
你何必同洛基一般见识,
在艾吉尔厅堂争来吵去。”

洛基说道:
17 “赶快闭上你嘴巴,伊敦恩,
我可以在大庭广众宣布:
你是个淫荡成性的骚货,
见了男人就再按捺不住。
你伸出白净的弯弯玉臂,
勾住杀掉你兄弟的仇人。”

伊敦恩说道:

18 “我又没有将你洛基谩骂，
同你在艾吉尔厅堂吵架。
布拉吉喝得太多舌头长，
我劝他平息莫卷入是非。
我不愿见到无端起狂澜，
你们两人拔刀拼掉性命。”

女神格欧费茵① 说道：
19 “你们这两个阿西尔神祇，
何必舌剑唇枪争吵不休。
洛基分明是在戏谑胡闹，
难怪所有活生生的造物
都喜欢同火神呆在一起。”

洛基说道：
20 “闭上你的嘴巴，格欧费茵，
你的芳心如何被人勾引，
说出来下贱得叫人发噱。
哪个小白脸赠你串珠宝，
你便同他缱绻情意绵绵。”

奥丁说道：
21 “洛基，

① 女神格欧费茵乔装成女巫来到瑞典，与国王居尔弗数度幽会后向他索要一小块土地。国王慨然允诺赠给她一昼夜可开耕出来的荒地。当夜，格欧费茵杖犁，由她四个儿子变成的公牛拉犁，从瑞典中部犁走一大片土地移至丹麦，这块土地遂成为丹麦最大岛屿西兰岛，而瑞典中部被犁走土地的空洞涌入海水后遂成为瑞典最大的湖泊梅拉伦湖。

你怎能血口喷人胡乱说，
莫非失掉理智真发了疯。
你竟敢同格欧费茵作对，
个中利害自己要细思忖。
须知她通晓过去和未来，
能测算命运有如我自己。”

洛基说道：
22 “赶快闭上你的嘴巴，奥丁，
你首鼠两端总迟疑不定，
做出事情毫不光明正大。
明知对手胆怯不敢恋战，
却偏要手下人枉送性命，
因为你把胜利拱手相让。”

奥丁说道：
23 “你说我做的事情不应该，
明知敌人胆怯不敢恋战，
却把胜利存心拱手相让。[1]
请问八个冬天你在何处，
钻到地底同何人在鬼混？
那母马用奶汁养大孩子，[2]
你到处淫狎天理岂能容？”

---

① 奥丁为挑选武士来到英灵殿，保卫神祇居住的阿斯加尔德，便故意输掉战争，让门徒丧命魂归瓦尔哈拉宫。

② 洛基私通巨人的骏马斯瓦蒂弗里，生下八条腿的骏马斯莱泼尼尔，后来斯莱泼尼尔成了奥丁的坐骑。

洛基说道：
24 “还有一回在舍姆塞地方，
你竟施展巫术蛊惑女人。
你把大鼓擂得震天价响，
活像个巫婆体面全丢尽。
你常爱乔装改扮成术士，
出远门到人类中去鬼混。
淫秽邪狎天理岂能容你。”

弗丽嘉说道：
25 “你们陈年老古董的旧账，
本不该众目睽睽前昭示。
阿西尔两个神祇的宿怨，
事过境迁不如尘封搁置。”

洛基说道：
26 “闭上你的嘴巴，弗丽嘉，
你本是费奥琴家的闺女。
生性轻佻对男人太风骚，
奥丁的弟弟威还有维利，
你都把他们揽到怀抱里。”

弗丽嘉说道：
27 “你切莫胡来不识相，洛基，
我有个儿子乃是巴德尔，
他就坐在艾吉尔厅堂里。
若是惹恼了阿西尔神祇，
会有一场恶斗同你厮杀，

他们决计不肯轻饶过你。”

洛基说道：
28 “弗丽嘉，
难道你非要我把话挑明？
将我心底里的恶毒打算，[①]
一股脑儿统统和盘托出？
倘若我当真全都告诉你，
你休想能再见到巴德尔
骑马疾驰来到这个厅堂。”

弗蕾娅说道：
29 “你莫非真的昏了头，洛基，
你竟敢亲口告诉弗丽嘉
自己邪恶的打算和行动。
我相信弗丽嘉洞察秋毫，
虽则她嘴上并不曾明说。”

洛基说道：
30 “闭上你的嘴巴，弗蕾娅，
你表里不一我心里明白，
你岂是无疵可责的仙女。
这里阿西尔神祇和侏儒，
每个男的都是你的情人。”

---

① 火神洛基唆使光明神巴德尔的孪生弟弟黑暗神霍德尔射杀其兄。洛基用槲寄生草做成利箭，并且用手扶着瞎眼的霍德尔弯弓瞄准将巴德尔射死。

弗蕾娅说道：
31 “你嚼舌头根尽胡说八道，
猖猖狂吠瞎编下流谣言。
阿西尔部落男女众神祇，
都对你咬牙切齿恨入骨。
你迟早被他们抽筋扒皮。”

洛基说道：
32 “你且住嘴，弗蕾娅，
你是个淫荡成性的女巫。
蛊惑过的男人数不胜数，
连自己哥哥亦不肯放过。
兄妹乱伦众神都在取笑，
你却若无其事佯装不知。”

尼奥尔德说道：
33 “女人同丈夫或情人欢好，
乃区区小事天塌不下来。
倒是有个神祇风流偷情，
生出孩子① 领到此地现宝，
你说岂不是叫人吃一惊。”

洛基说道：
34 “闭上你的嘴，尼奥尔德，
你从东边被众神抓过来，

---

① 指八足骏马莱泼尼尔，系奥丁的坐骑，因奥丁乘坐前来赴宴而被拴在厅堂门外。

押到众神之国充当人质。
巨人希米尔的那些姑娘，
夜里个个把你充当尿壶，①
哗啦啦朝着你拉屎撒尿。”

尼奥尔德说道：
35 “我被押送到了众神之国，
路远迢迢充当和解人质，
也只好逆来顺受多忍耐。
多亏我的儿子无人怨恨，
当上了阿西尔部落显贵。”

洛基说道：
36 “你且住嘴，尼奥尔德，
休要恬不知耻脸面丢尽。
这个秘密我应再三缄口，
可是我委实无法再忍耐。
那儿子是你同妹妹所生，
兄妹私通你家一脉相承。”

提尔说道：
37 “弗雷是个最出色的好汉，
在阿西尔宫殿他最勇敢。
他不会使少女伤心哭泣，
也从不肯招惹别人妻子。

① 尼奥尔德为海洋之神。当时起夜解手多半奔向河边，而河水流入海洋，故有此说。

他的心地宽厚为人仁慈，
为犯人开镣铐放开禁锢。”

洛基说道：
38 “赶快闭上你的嘴巴，提尔，
你从来对人毫不守信用，
虽则你装出诚实敦厚相。
我要说一说你那只右手，
被芬里尔一口咬成两截，
便是你不守信用的见证。”

提尔说道：
39 “我虽则失掉了一只右手，
你却失掉了出名的恶狼。
我们两人都遭受了不幸，
恶狼的日子亦未必好过。
它被铁链紧紧捆绑成团，
只好眼睁睁等候末日到。”

洛基说道：
40 “你且住嘴，提尔，
我不妨说说你的好妻子。
她与我偷情生出了儿子，
你却什么补偿都未捞到，
既未到手鳗鱼更无钱财。
你这个笨蛋真太死心眼！”

弗雷说道：

41 “我瞧见那头狼趴在河口，
沉重铁链周身全都捆住。
直到末日来临众神毁灭，
它方可挣断枷锁再作恶。
你最好闭上嘴巴莫胡说，
不然也给你套上副枷锁。
让你害人不成反害自己，
为非作歹到头来受折磨。”

洛基说道：
42 “你为吉米尔女儿相思苦，
梦牵魂绕终于弄到了手。
用尽黄金重聘她才允婚，
你把魔剑也赔上给了她。
末日来临众神祇都拼命，
你却赤手空拳岂能迎敌。
你这个可怜虫受人愚弄。[1]”

比格维尔说道：
43 “我若有弗雷的高贵出身，
再有他那样的显赫地位。
我非要把可恶的老乌鸦[2]，
磨成齑粉比骨髓还要细。

---

① 弗雷暗恋上巨人吉米尔之女吉尔德。其父尼奥尔德派遣弗雷贴身仆人斯基尼尔前去巨人之国。斯基尼尔不辱使命果然说动吉尔德允婚，但吉尔德索取弗雷的魔剑为聘礼。弗雷无奈只得赍赠魔剑。魔剑飞行自如能随意取人首级，阿西尔众神祇将其倚为干城。魔剑既失，在末日来临时众神祇皆不能自保无一幸免。

② 指吉尔德之父，巨人吉米尔。

我要敲断他的每条腿脚，
让他终生只能跛瘸爬行。”

洛基说道：
44 “我眼前那小崽子是何人？
摆尾摇头一心急于讨功，
总是围在弗雷耳朵边转，
还躲在磨盘下喊喊喳喳。”

比格维尔说道：
45 “我的名字叫做比格维尔，
众神祇和人类都称赞我，
夸我手脚勤快干事利索。
我自豪跟主人来享盛宴，
同奥丁的亲朋一起上席。”

洛基说道：
46 “闭上你的嘴巴，比格维尔，
你从不肯同人分享吃食，
剩饭残羹你单独抢到手。
一旦主人拔刀拼命厮杀，
你立即躲进酒席长凳下，
钻到干草里无人能发现。”

海姆达尔说道：
47 “你已经喝醉了，洛基，
所以神志不清在发酒疯。
奉劝你且闭嘴莫再多言，

须知醉酒遮脸面皮变厚，
什么难听话都说得出口。”

洛基说道：
48 “闭上你的嘴巴，海姆达尔，
从远古洪荒起你就劳碌，
此生疲于奔命你命真苦。
为守护众神祇放哨巡逻，
还要趴在地上细听动静。
天意叫你背上沾满泥土。”

斯卡娣说道：
49 “你不识好歹太轻浮孟浪，
张牙舞爪日子不会久长。
在一块孤零零的礁石上，
你冷冰冰的肚皮朝天翻，
被众神祇绑住不能动弹。①”

洛基说道：
50 “纵然我落入众神祇手里，
被绑在孤零零的礁石上，
冷冰冰的肚皮翻转朝天。
我亦已夺到先机胜一筹，

① 指洛基为躲避追逐变为鳟鱼，却仍被阿西尔众神祇擒获。

蒂阿兹[1] 却把他的性命丢。

斯卡娣说道：
51 “纵然你抢到先机占上风，
蒂阿兹被你害掉了性命。
在我的圣所和神圣领地，
都愿与人为善将你规劝。”

洛基说道：
52 “你的话娓娓动听真入耳，
与人为善恐怕倒也未必。
你对我讲过的情话无数，
要我陪你上床入温柔乡。
既然你我都已相互指责，
何妨把这桩私情挑明说。”

此时，西芙走上前来给洛基的水晶酒杯斟满蜜酒，她说道：
53 “洛基你先举杯干了再说，
酒杯里已斟满陈年老醇。
不管好歹你务必要承认，
我乃是阿西尔众神祇中
无疵可责的绝无仅有人。”

① 巨人，斯卡娣的父亲。蒂阿兹绑架了掌管永葆青春的金苹果女神伊敦恩。因为这是洛基私约伊敦恩外出闯的祸，众神祇便勒令洛基前去搭救。洛基借用弗丽嘉的羽衣变成一只小鹰，潜入巨人蒂阿兹的城堡，将伊敦恩变成一枚核桃，衔在嘴里飞向阿斯加尔德。不料被斯卡娣发现，蒂阿兹闻讯变成一只隼鹰追赶上来。在即将追上之际，提尔点燃火把，将隼鹰烧死，巨人蒂阿兹便殒命。

洛基举起酒杯,一饮而尽,说道:
54 “倘若果真有人无疵可责,
惟你莫属若是冰清玉洁。
你对丈夫倒情深且意笃,
顾全名节不把男人勾引。
可是你白璧有瑕仅我知,
因为除了丈夫托尔之外,
你只悄悄拥有一个情人,
那便是卑劣下流的洛基。”

贝伊拉说道:
55 “外面山动地摇轰隆鸣响,
莫不是托尔已赶路回家。
他自会平息这一场争吵,
哪怕众神和人类气不消。”

洛基说道:
56 “你是仆人比格维尔妻子,
一肚皮坏水恶毒又刻薄。
阿西尔部落的女人堆里,
还没有哪个比你更下贱,
你这个人尽可夫烂婊子。”

托尔走进厅堂,说道:
57 “你这个狗东西,洛基,
闭上你的臭嘴休再饶舌。
我自有魔锤米奥尔尼尔,

神力万钧能够砸烂一切，
它会叫你永远开不得口。
你双肩扛的那颗石脑袋，
我把它从颈脖上砸下来，
你的性命也就呜呼哀哉。”

洛基说道：
58 “大地的儿子托尔回来啦！
你怒气冲天为点啥事情？
既然你气吞山河壮过牛，
为何不敢去同恶狼搏斗？
眼睁睁看它把奥丁吞掉。”

托尔说道：
59 “闭上你的臭嘴休得多言，
你这个混账东西，洛基。
我举起魔锤米奥尔尼尔，
管叫你永世不会再开口。
我把你扔在东征半路上，
今后再没有人见得到你。”

洛基说道：
60 “你休要在我面前夸自己，
东征之行你没有牛可吹。
钻进人家手套大拇指里，
缩成一团浑身直打哆嗦，
这副窝囊相哪像个英雄？
你真可笑，托尔！”

托尔说道：
61 “住嘴，你这个混蛋！
我举起魔锤米奥尔尼尔，
管叫你永世不会再开口。
我曾用右手砸杀过巨人，
伦格尼尔在我手下丧命。
如今再用右手高举魔锤，
把你周身骨头砸成齑粉。”

洛基说道：
62 “我本想活得长生不老，
未料到你用锤子恫吓我。
你以为巨人克雷米存心，
把背袋用坚韧皮带扎紧，
却不看他的食物袋开着。
你一路上没有东西果腹，
未被人打伤却几乎饿死。”

托尔说道：
63 “住嘴，你这个混蛋，
我举起魔锤米奥尔尼尔，
管叫你永世不会再开口。
杀死过伦格尼尔的英雄，
如今要把你打发进地狱，
那就在死尸之门的底下。”

洛基说道：

64 “面对阿西尔神祇和子孙，
我要把心里话对他们讲。
讲给他们听才乐趣无穷，
我兴致勃勃越讲越有劲。
可惜你这个人大煞风景，
我只得退避三舍先出去。
因为我知道你不说空话，
憨头憨脑说打就动真格。

65 “我有话对你讲，艾吉尔，
你费尽心思卖力巧安排，
把酒宴操持得花团锦簇。
可怜你不会再有此荣幸，
你的厅堂和所有的财产，
火巨人来光顾不留情面，
烈焰上下一舔全烧精光。
但愿你被烧得焦头烂额，
哭爹喊娘也是枉然徒劳。”

说说洛基：自从此次争吵之后，阿西尔部落众神祇与洛基结下了不解怨仇。后来，洛基为躲避众神祇追逐便变成一条鳟鱼，躲进法兰纳格尔瀑布里。阿西尔部落众神祇费尽周折，终于使他落网，逮住之后众神祇用他儿子纳尔里内脏做成的绳索将他捆绑。洛基的另一个儿子纳尔弗却侥幸逃脱，他变成一条恶狼伺机向众神祇报复。

斯卡娣寻得一条毒蛇。她将毒蛇倒悬在洛

基的脸部上端,毒蛇唾涎朝他脸上滴。洛基的妻子西格恩见状,赶紧端了脸盆遮在洛基脸前,接住毒涎。毒液淌满脸盆后,西格恩便端去倒掉。在此瞬间,毒涎滴到洛基脸上。洛基疼痛难熬,身躯剧烈抽搐扭曲,乃至大地亦随之震动。这就是而今地震的由来。

第 九 首

巨人特里姆的歌谣

1 托尔一觉睡醒就不自在，
满肚皮怒火立时要发作。
络腮虬髯硬得赛过钢针，
满头鬈发笔直倒竖起来。
夜间他的魔锤不翼而飞，
米奥尔尼尔已被人盗走。
大地的儿子[①] 懊恼千万分，
苦苦思索盗贼是何许人。

2 他冲口而出的第一句话：
“你好生听我把话讲，洛基，
天上地下竟然无人得知，
阿西尔部落有名的魔锤，
究竟被何人夜间来偷走?”

3 他们来到弗蕾娅的宫殿，
美丽的女神圣所亦美观，
托尔冲口而出第一句话：
“你肯不肯借给我，弗蕾娅，
那件带翅膀的蝉纱羽衣?

① 指的是托尔。

雷神托尔杀死恶狼芬里尔。

我们要飞出去四处搜索，
务必找回我丢失的魔锤。”

弗蕾娅说道：
4 “即便黄金打成我馈赠你，
哪怕白银镂就我送给你。”

5 于是洛基披上带翅羽衣，
风声飕飕他竟凌空而起。
转眼间飞出阿西尔宫殿，
不多时飞到了巨人之国。

6 特里姆这个恶魔的大王，
他憩坐在土丘的坟茔上，
用黄金给母狗揩成颈圈，
再为他的骏马梳理长鬃。

7 特里姆开口说道：
“阿西尔神祇近日可康泰？
那些小精灵一向可安宁？
为何你孤身只影不惮远，
闯进巨人之国想做什么？”

洛基说道：
8 “阿西尔部落出了大事情，
小精灵亦要跟着遭祸殃。
托尔的魔锤在夜间丢失，
是不是你拿来把它藏匿？”

特里姆狞笑说道：
9 “托尔的魔锤我顺手拈来，
藏匿在地底下八里格[①]深。
无人能够将它寻找出来，
除非弗蕾娅肯做我新娘。”

10 洛基急匆匆披上羽毛衣，
一个唿哨便凌空冲天起。
风声飕飕飞出巨人之国，
片刻后返回阿西尔宫殿。
托尔已在花园等候着他，
迎面冲口而出第一句话：

11 “你可曾弄清着落未白跑，
荡在空中赶快对我讲明。
多半是人一坐定就唠叨，
醉倒在地满嘴胡说八道。”

洛基说道：
12 “我这趟总算没有白辛苦。
恶魔之王特里姆告诉我，
你的魔锤乃是他偷盗去，
深埋密藏无人能寻找到。
想取回魔锤他索取补偿，
除非弗蕾娅肯当他新娘。”

① 长度名，一般每里格相当于3海里。

13 于是他们找弗蕾娅商量，
托尔冲口而出第一句话：
“快穿上新娘衣裳，弗蕾娅，
我送你出嫁到巨人之国。”

14 弗蕾娅闻此言怒不可遏：
柳眉倒竖鼻孔呼哧呼哧，
阿西尔神祇的这座宫殿，
随着她的吁喘摇来晃去。
那大串布里沁珍珠项链，
从她颈脖上滚落到尘埃。
她嗔怒不已尖声叫嚷说：
“即便我见了男人心就痒，
要我嫁到巨人国亦休想！”

15 于是众神祇聚首共商议，
阿西尔众女神也都到场。
众家神祇人人各抒己见，
个个献策设计显出神通，
要帮托尔找回他的魔锤。

16 海姆达尔讲出巧计良策，
他是阿西尔部落智多星。
韬略不比瓦尼尔部落少，
他目光如炬能察幽入微。

17 海姆达尔开口娓娓道来：

“不妨让托尔穿上新娘装，
把布里沁珍珠项链戴上。

18 “钥匙链缠得周身丁当响[①]，
把女人裙袍盖没他膝盖。
成串珠宝在他胸脯闪烁，
插金束银头上戴满首饰。”

19 托尔乃雄赳赳一介武夫，
堪为翘楚阳刚之气十足，
他岂肯忸怩作态扮女装。
他说道：
“我若让你们装扮成新娘，
岂不被众神祇笑掉大牙，
他们会把我叫做雌服雄。”

20 于是洛基好言苦苦相劝：
“稍安毋躁切莫执拗，托尔，
你若无法把魔锤找回来，
巨人马上就会前来攻打，
把阿斯加尔德城堡踏平。”

21 众人一齐动手打扮托尔，
给他戴上布里沁大项链，
钥匙链缠得周身丁当响。
再把女人裙袍盖住双膝，

① 钥匙乃当时出嫁的标志，为家中主妇之意。

成串珠宝在他胸脯闪烁，
插金束银头上戴满首饰。

22 于是洛基自告奋勇说道：
"我扮贴身女侍充作伴娘，
陪你一起前往更为妥当，
我们俩巨人之国闯一闯。"

23 他们套起两头公羊拉车，
把车辕绷紧嘴嚼子捂牢。
他们挥动长鞭驱动羊车，
一溜烟小跑便绝尘而去。
高山裂成两爿朝后倾倒，
大地狼烟滚滚烈焰冲天，
奥丁之子直奔巨人之国。

24 恶魔之王特里姆笑颜开，
他关照手下所有的巨人：
"送亲队伍马上就要来到，
个个站立笔直列队欢迎。
尼奥尔德的女儿弗蕾娅
将从诺阿通宫殿送过来，
当我新娘我真艳福不浅。

25 "我要让他们亲眼来见识：
此地物华天宝富甲天下。
金角的母牛挤满了圈栏，
浑身漆黑一根杂毛没有，

那样的公牛巨人才喜爱。
我拥有黄金成山银成堆，
我拥有奇珍异宝数不清。
天下的瑰宝我什么都有，
惟独缺少活宝贝弗蕾娅。”

26 黄昏前后新娘一行来到，
顿时间巨人们欢声雷动，
婚宴酒席上端来了蜜酒，
托尔独自吃掉一整头牛，
给女人吃的甜食全入肚，
还一口气吞下八条鳟鱼。
西芙的丈夫[①] 放开量鲸饮，
喝光了蜜酒整整三大桶。

27 恶魔之王特里姆开了口，
到此时不由得心生疑窦：
“这样的新娘你们可见过，
狼吞虎咽吃相全然不顾。
我从未领教过哪个女人，
有这般异乎寻常的胃口。
再说哪家姑娘有此海量，
能把这么多蜜酒喝下肚。”

28 新娘的侍女坐在他面前，
她素来精明能随机应变。

① 即托尔，西芙为他妻子。

见势不妙便出来打圆场，
她的回答顿释巨人疑团：
“弗蕾娅已有八天未进食，
她太着急嫁到巨人国来。”

29 巨人弯下腰想亲吻新娘，
他掀开新娘盖头的面纱。
蓦地里巨人猛然蹿起身，
脚步踉跄险些儿跌出门。
“为何弗蕾娅双眼大如炬？
目光炯炯她眼睛在喷火。”

30 新娘的侍女就在他面前，
她的回答顿释巨人疑团：
“弗蕾娅已有八夜未阖眼，
她太着急嫁到巨人国来。”

31 巨人的姐姐贪婪又刻薄，
她走进来问新娘讨礼物：
“赤金戒指快从手上退下，
送给我当新娘的见面礼。
这样你才能赢得我友情，
讨我欢心众人才抬举你。”

32 恶魔之王特里姆又发话：
“把魔锤米奥尔尼尔扛来，
快奉献给新娘作为燔祭，
洗涤她罪孽使她有福气。

快把魔锤放在她双腿上，
婚姻女神瓦尔前来证婚，
我俩成夫妻双双更圣洁。”

33 托尔胸中暗自狂喜不已，
他抓起魔锤出手疾如雷，
使出千钧力气砸了过去。
第一下打死魔王特里姆，
再横扫击杀巨人无其数。

34 他又砸死巨人的老姐姐，
可怜新娘见面礼未到手，
女巨人自己性命丧无常。
得不到钱财反而要挨打，
赤金戒指未曾戴上手指，
魔锤却叫她脑袋上开花。

如此这般，奥丁的长子终于夺回了他的魔锤。

第　十　首

阿尔维斯[①] 之歌

阿尔维斯说道：
1 “摆好长凳打扫干净房间，
新娘马上就要随我过门。
夜阑人静归家这等时分，
举行婚礼岂不嫌太仓促，
无怪说成家反不得安宁。”

托尔说道：
2 “有个矮子在我眼前晃动，
这个矮墩墩的家伙是谁？
两只鼻孔周围都白毵毵，
难道你陪死尸过夜不成？
你模样丑陋倒像个活鬼
命中注定媳妇娶不到手。”

阿尔维斯说道：
3 “阿尔维斯乃是区区姓名。

① 雷神托尔与一个素未谋面亦从未听说的侏儒不期而遇。原来此人欲求娶托尔之女为妻。托尔便提出一连串的问题，考测他对自然现象的知识，不料此人学识渊博，对答如流，托尔竟一时难不倒他。然而托尔本意并不在此，他秘而不宣的意图是拖宕时间，用智力问答缠住这个小矮人，不让他潜返地底下，待到太阳升起，小精灵被阳光一晒便会化为石头。这个小矮人名叫阿尔维斯，即“全知者”之意。

虽说名字本意是全知者，
其实我也不能百事通晓。
我久居地底层的深洞里，
在岩石底下我有间作坊，
丁丁当当铸造忙个不停。
有人赊欠兵器尚未付钱，
我特地前来催债要结清。
既然买卖契约明文保证，
切莫违反允诺不守信用。”

托尔说道：
4 “有桩契约我一定要违反，
尽管新娘亲口允诺婚姻。
我是她父亲应作主定夺，
她允婚时恰好我不在家，
未奉父命岂可妄谈婚嫁。”

阿尔维斯说道：
5 “你是什么人口气这般大，
竟说新娘允婚要你许可？
你凭什么硬说做得了主，
管束那位美貌娇艳姑娘？
你是区区小卒无名之辈，
江湖上好汉都不知有你，
请问谁是你的生身父亲？”

托尔说道：
6 “我曾闯荡江湖名叫托尔，

主神奥丁乃是我的父亲。
没有我许可婚事你休想，
你决不会娶到那位姑娘。”

阿尔维斯说道：
7 “你的许可既然理所应当，
我恨不得您马上就同意，
堂堂正正把她娶回家来。
天下肌肤似雪美女万千，
除了你闺女我谁也不爱。”

托尔说道：
8 “聪明的陌生人你听我言：
倘若你能说得出点名堂，
告诉我你到的各个世界。
有问必答让我称心满意，
那闺女的爱情不会夺走。

9 “请快告诉我，阿尔维斯，
我料定矮子肚里疙瘩多，
世上万物存在你都知晓。
请问普天之下各个世界，
他们把大地叫什么来着？”

阿尔维斯说道：
10 “人类把那地方叫做大地，
众神祇叫它无垠的平川。
瓦尼尔部落说一片田野，

巨人们说那泥土绿油油。
精灵说沃土能发芽抽长，
神灵却把它称之谓尘世。”

托尔说道：
11 “请你快告诉我，阿尔维斯，
我料定矮子肚里疙瘩多，
世上万物存在你都知晓。
请问普天之下各个世界，
他们把天空叫什么来着？”

阿尔维斯说道：
12 “人类叫它空荡荡的天上，
阿西尔众神祇叫它穹苍。
瓦尼尔部落管它叫风穴，
巨人惯用的叫法是上界。
小精灵称它美丽的顶棚，
侏儒叫它会滴水的天蓬。”

托尔说道：
13 “请你快告诉我，阿尔维斯，
我料定矮子肚里疙瘩多，
世上万物存在你都知晓。
各个世界哪里都看得见，
请问他们把月亮叫什么？”

阿尔维斯说道：
14 “人类称呼它皎皎的明月，

神祇叫它火焰般的月宫。
地狱里说月如飞轮催命，
巨人说月已升起要赶紧。
侏儒调侃说天上点亮灯，
精灵说月有残满好计时。”

托尔说道：
15 “请你快告诉我，阿尔维斯，
我料定矮子肚里疙瘩多，
世上万物存在你都知晓。
各个世界哪里都看得见，
请问他们把太阳叫什么？”

阿尔维斯说道：
16 “人类叫它暖融融的太阳，
侏儒骂它特瓦林哄骗者[①]。
巨人管它叫不灭的火炬，
精灵称它红彤彤的火轮，
阿西尔神祇叫它大亮光。”

托尔说道：
17 “请你赶快告诉我，阿尔维斯，
我料定矮子肚里疙瘩多，
世上万物存在你都知晓。
各个世界都淋得湿漉漉，
下雨前天上云絮叫什么？”

---

① 特瓦林为小精灵名字。侏儒和精灵皆昼伏夜行。

阿尔维斯说道：
18 “人类说乌云密布要下雨，
众神祇说是云雾湿濛濛。
瓦尼尔部落说风筏飘荡，
巨人们管它叫做露水堆。
精灵说此乃暴风雨前兆，
地狱里说是不透风头罩。”

托尔说道：
19 “请你快告诉我，阿尔维斯，
我料定矮子肚里疙瘩多，
世上万物存在你都知晓。
各个世界全都能吹得遍，
请问他们把风叫做什么？”

阿尔维斯说道：
20 “人类说树梢摇曳刮大风，
众神祇说穹苍有点抖动。
万能的神灵说嘘了口气，
巨人说天空呼呼有声音。
精灵说顺风扬帆能远行，
地狱里吹的是惨惨阴风。”

托尔说道：
21 “请你快告诉我，阿尔维斯，
我料定矮子肚里疙瘩多，
世上万物存在你都知晓。

请问普天之下各个世界，
风止浪息叫做什么来着？”

阿尔维斯说道：
22 “这情形人类说风平浪静，
阿西尔神祇说海潮已停。
巨人说眼下正好是背风，
精灵说老天被哄得睡着，
侏儒说这样才太平安宁。”

托尔说道：
23 “请你快告诉我，阿尔维斯，
我料定矮子肚里疙瘩多，
世上万物存在你都知晓。
各个世界都去那里划船，
请问他们把大海叫什么？”

阿尔维斯说道：
24 “人类把它叫做汪洋大海，
众神祇叫它无边的水潭。
瓦尼尔部落说一锅浑水，
巨人们说那是鳗鱼老窝。
精灵说波涛滔滔浪连天，
侏儒说大泽水深底不见。”

托尔说道：
25 “请你快告诉我，阿尔维斯，
我料定矮子肚里疙瘩多，

世上万物存在你都知晓。
各个世界都有地方燃烧，
请问他们把火焰叫什么？”

阿尔维斯说道：
26 “人类惊呼叫喊烈火冲天，
众神祇偏说刚有点火苗。
瓦尼尔部落说火浪烤人，
巨人说火舌会舔焦毫毛。
侏儒说碰到它就会烧死，
地狱说心急火燎掉眉毛。”

托尔说道：
27 “请你快告诉我，阿尔维斯，
我料定矮子肚里疙瘩多，
世上万物存在你都知晓。
各个世界里都成片成荫，
请问他们把森林叫什么？”

阿尔维斯说道：
28 “人类说森林葳蕤树繁茂，
众神祇说山谷长出毫毛。
地狱说海藻长到山坡上，
巨人们说那是烧火劈柴。
精灵说七杈八桠真壮观，
瓦尼尔叫它一丛丛枝条。”

托尔说道：

29 “请你快告诉我,阿尔维斯,
我料定矮子肚里疙瘩多。
世上万物存在你都知晓,
各个世界哪里都能看见,
他们把诺尔之女叫什么?”

阿尔维斯说道:
30 “人类把她称为茫茫黑夜,
众神祇干脆叫她作天黑。”
巨人们说四周不见光亮,
精灵说黯黑得正好睡眠。
侏儒们却叫她梦之女神。”

托尔说道:
31 “请你快告诉我,阿尔维斯,
我料定矮子肚里疙瘩多,
世上万物存在你都知晓。
只有人类会把种子撒播,
请问各个世界叫它什么?”

阿尔维斯说道:
32 “春华秋实播种为了收成,
人类说谷物能果腹充饥。
众神祇不食五谷与粮食,
所以只把它叫成是果实。
瓦尼尔部落神祇也一样,
只说它是种植物能发芽。
巨人说那颗粒填不饱肚,

精灵说偌大麦穗真解馋，
地狱里说有它便无饿鬼。”

托尔说道：
33 “请你快告诉我，阿尔维斯，
我料定矮子肚里疙瘩多，
世上万物存在你都知晓。
各个世界人人喜爱喝酒，
请问他们把酒叫做什么？”

阿尔维斯说道：
34 “人类无酒不欢但求一醉，
众神祇更是酿造蜜酒忙，
瓦尼尔部落把它叫醉水，
巨人说酒如甘霖放量喝，
地狱说蜜酒桶浸泡醉鬼。
巨人苏东最先学会酿酒，
他把喝酒称为无上享受。”

托尔说道：
35 “我未曾见过哪个人能够
如此博学通晓古今知识。
只可惜再多讲也是枉然，
皆因为我是在哄你上当。
如今天光大亮太阳升起，
你厄运难逃将变成石头，
当阳光照亮厅堂的时候。”

第十一首

巴德尔的噩梦[1]

1 阿西尔部落的各位神祇
步履匆匆赶来聚首商议，
阿西尔的女神祇亦来到。
这些权势显赫的众神祇，
聚到一起商议一件大事：
巴德尔为什么做个噩梦，
预感有人要下手暗害他。

2 那年事已高的主神奥丁，
他站起身来要出门远行。
八条腿的骏马斯莱泼尼尔，
早已披上鞍鞯收拾停当，
风驰电掣来到尼弗海尔，
那是地狱之国的最边缘，
他却被地狱的恶犬拦截。

3 那条恶犬胸前血渍斑驳，

① 奥丁之子，光明之神巴德尔做了一个噩梦，预感将遭到暗算。阿西尔部落众神祇无不为此凶兆深感惊骇。主神奥丁遂乔装改扮去地狱打听确切音讯。在地狱之国边界上，奥丁将已亡故的女占卜者弄醒询问究竟。女占卜者告诉说巴德尔不久后将被孪生兄弟黑暗之神霍德尔所射杀。奥丁追问中露出马脚，女占卜者遂不肯再多讲。

它朝众神之父狺狺狂吠。
奥丁顾不得对付仍疾驰，
马蹄敲击路面隆隆轰鸣。
一口气来到巍峨的宫殿，
那里住着死亡女神海尔。

4 奥丁策马行至东面大门，
他找到女占卜者的坟茔。
从他嘴里喃喃低声诵念，
一道催死尸复苏的符咒。
顷刻女占卜者开口讲话，
虽然仍是死人闭着眼睛。

女占卜者说道：
5 “究竟是什么人如此霸道？
我同他素不相识无往来，
凭什么强逼我跋涉奔波？
我栉风沐雨沿路受罪多，
穿过冰天雪地又遭暴风，
路途迢迢露水浸湿衣裳。
我已经亡故了许多年头，
何苦再要死人遭受罪过。”

奥丁说道：
6 “我名叫大路上威格坦姆，
是屠夫瓦尔坦姆的儿子。
我只知道上面世界情景，
想请问阴曹地府的状况：

长条座位上点缀着黄金，
板凳上放戒指迎接何人？”

女占卜者说道：
7 “这里放蜜酒迎接巴德尔，
酒桶上挂盾牌防备暗箭。
阿西尔部落的众多亡灵，
早已伸脖仰头苦苦鹄候。
我本当守口如瓶不吱声，
泄露了天机已后悔莫及。”

奥丁说道：
8 “切莫缄口不语，女占卜师，
我要问话什么都想知道，
刨根究底我要全弄明白。
请问巴德尔是何人暗害，
谁夺去奥丁儿子的性命？”

女占卜者说道：
9 “霍德尔放暗箭射死哥哥，
把出名的英雄送到冥府。
他是暗算巴德尔的凶手，
他夺去奥丁儿子的性命。
我本当守口如瓶不吱声，
泄露了天机已后悔莫及。”

奥丁说道：
10 “切莫缄口不语，女占卜师，

我要问话什么都想知道，
刨根究底我要全弄明白。
有谁能向霍德尔报此仇，
杀巴德尔凶手必遭惩罚，
是谁把他押到火刑堆上？”

女占卜者说道：
11 “林德生个儿子名叫瓦利，
他在西边厅堂呱呱坠地。
奥丁的儿子迎风就长大，
刚过一昼夜能上阵打仗。
他不洗双手也不梳头发，
直到抓住巴德尔的仇敌，
把他押上葬礼的火刑堆。
我本当守口如瓶不吱声，
泄露了天机已后悔莫及。”

奥丁说道：
12 “切莫缄口不语，女占卜师，
我要问话什么都想知道，
刨根究底我要全弄明白。
为爱而泣三个姑娘是谁，
她们扯下头饰扔向天空？”

女先知说道：
13 “虽然你再三想让我相信，
偏偏自己问话露出破绽。
听口气，你不是威格坦姆，

我猜想你倒是奥丁自己。
为人类你曾甘愿当牺牲，
露马脚是因为上了年纪。”

奥丁说道：
14 “你亦不是女占卜师亡灵，
更不是凡胎肉身的女人。
你本是三个女儿的母亲，
她们是执掌命运三女神。”

女占卜者说道：
15 “到底猜出来了算你聪明，
但犯不着因此得意忘形。
赶快骑马回家去吧，奥丁，
此地你莫久留不宜再来。
洛基已挣脱枷锁逃出来，[①]
众神祇的末日即将来临，
无人幸免个个粉身碎骨。”

① 光明神巴德尔被黑暗神霍德尔射杀乃是命运女神向神祇之族发出的预兆警诫，提醒他们末日即将来到，而阿西尔部落对此却置若罔闻。

第十二首

里格的赞歌

古老的故事中常说起，阿西尔部落有一位神祇，名叫海姆达尔。他有一回出门漫游，走到海滩边，进人家屋里做客，自称名字叫里格。这首诗叙述的就是那段故事。

1 很久以前沿着碧绿的小径，
走来了一位阿西尔的神祇。
他虽有点年纪身板还硬朗，
精神抖擞结实强壮有力气。
他非但知识渊博学问精深，
而且头脑敏捷处世很精明，
眼下他自称是漫游者里格。

2 他顺着小径一直往前走，
来到了一户人家的门前。
草屋的两扇柴扉全敞开，
里格毫不客气闯了进去。
房屋正中火塘里笼着火，
火塘边坐着一对老夫妻。
祖爷爷艾耶和祖奶奶埃达，
他们都已到了老耄之年，
头上裹着老掉牙的头巾。

3 里格趾高气扬坐下身来，
一屁股就坐到长凳中间，
老两口只好陪坐在两边。
他们谈天说地闲话家常，
里格问寒问暖体恤关切。

4 埃达奶奶端上来了饭食，
那是又糙又硬的黑面包，
里面掺夹着一颗颗麦粒。
她又用托盘端来个大碗，
放到桌子中央吱吱做声。
滚烫的热汤里有片牛肉，
那是款待客人吃的佳肴。

5 里格也不同他俩多客气，
吃饱了肚皮就要去睡觉。
他一头躺到大木床中间，
老两口只好睡在他两边。

6 他在那户人家住了三天，
然后又顺着道路往前走，
星移斗转九个月已过去。

7 埃达奶奶竟生下个儿子，
皮肤漆黑粗糙得像亚麻。
她给孩子洒水洗净身体，

老两口起名叫他特拉尔[1]。

8 孩子身健体壮活得很好，
眼看着他一天天在长大。
他的双手皮肤皱皱巴巴，
每个关节弯曲得伸不直，
十根指头粗大而有力气。
他的相貌非常丑陋难看，
弓腰驼背竟是个大罗锅，
脚后跟长得注定没鞋穿。

9 他浑身力气也天天见长，
起先帮家里搓麻做绳索，
又把细枝嫩条编成筐篓。
后来他上山去砍樵打柴，
扛回家柴火整日不歇息。

10 有一天他家来了个姑娘，
两条腿往外撇带点伤残，
双脚溅满泥浆脚底有疤。
两条胳膊晒得已经褪皮，
满脸雀斑鼻尖儿往下钩
她的名字叫特莱林娜。[2]

11 两个年轻人坐到了一起，

① 意为“农奴”。
② 意为“女农奴”。

姑娘端坐在长凳的中间，
那小伙子陪坐在她身旁。
他们起先高声说说笑笑，
他们后来不断喁喁细语，
他们再后来就同眠同宿。
特拉尔和特莱林娜一起，
两人辛辛苦苦整天劳碌。

12 这对糟糠夫妻倒很恩爱，
清贫的生活也甘之若饴。
接二连三生出一堆孩子，
他们的儿子个个有名字：
雷依姆[1] 与弗奥斯尼尔[2]，
克吕尔[3] 与克莱格[4]，
凯夫塞尔[5] 和弗尔尼尔[6]，
德鲁姆勃[7]、底格拉尔德[8]，
德鲁特[9] 和霍斯维尔[10]，
路德[11] 和莱格依阿尔德[12]。

---

① 意为“日晒雨淋”。
② 意为“小马倌”。
③ 意为“壮汉子”。
④ 意为“粘糊糊”。
⑤ 意为“粗坯”。
⑥ 意为“口臭者”。
⑦ 意为“矮胖墩”。
⑧ 意为“小胖子”。
⑨ 意为“懒汉”。
⑩ 意为“脸色苍白的”。
⑪ 意为“蠢人”。
⑫ 意为“长脚杆”。

他们垒起了家园的围墙，
他们给田地施下了粪肥，
他们养猪放羊还挖泥炭。

13 两夫妻还生了一群女儿：
特鲁姆贝① 和库姆贝②，
厄克文卡尔伐③ 和阿林纳芙雅④，
伊斯雅⑤ 和阿姆蓓特⑥，
艾依金特雅斯娜⑦、
托特鲁格希普雅⑧，
还有特鲁恩纽比娜⑨。
她们的孩子世代当农奴，
这就是农奴家族的由来。

14 里格顺着道路再往前走，
来到一座瓦房门未上闩，
他叩了叩门便走了进去。
屋里正中火塘里笼着火，
夫妇俩忙着干活手不停。

① 意为“矮胖女人”。
② 意为“粗壮的”。
③ 意为“小牛犊”。
④ 意为“牛鼻子”。
⑤ 意为“吵闹的”。
⑥ 意为“农家女”。
⑦ 意为“长舌妇”。
⑧ 意为“扁屁股”。
⑨ 意为“鹳鸟腿”。

15 那个男的正用刀削木头，
要把圆木收拾成根横梁。
他的连腮美髯梳得整齐，
一绺鬈发垂到了眉毛上。
他身上衣衫挺括又合身，
地面上还放着一只箱笼。

16 他的妻子坐在箱笼上面，
手持绕线杆正在纺着纱。
她抻了又抻把细线弄直，
这样才好凑手马上织布。
她的头上戴着一件头饰，
身上紧裹着一件长罩袍。
颈脖上还缠着一条围巾，
双肩都佩戴着圆锥饰针。
这家原来只有他们两人，
老爹爹阿瓦和奶奶阿玛。

17 里格打了招呼坐下身来，
一屁股就坐到长凳中间，
瓦房的主人陪坐在两旁。

18 阿玛奶奶端上来了饭食，
她用托盘捧来一口大锅。
加调料的小牛肉煨得烂，
香气四溢引人馋涎欲滴。

19 里格没有同他们多推让，

他吃饱了就抽身去睡觉。
叉开手脚躺在大床中间，
二老只好睡在他的两旁。

20 他在那户人家住了三天，
然后又顺着道路往前走，
光阴荏苒九个月已过去。

21 阿玛奶奶生下了个儿子，
她洒水给孩子洗净身体，
他们起名把他叫做卡尔。[①]
那孩子长得很讨人喜欢，
粉红的脸蛋头发红似火，
一双明亮的眼睛圆溜溜，
身子裹在新布的襁褓里。

22 他眼看着一天天在长大，
转眼间就开始去学放牛。
后来又持耙扶犁垄阡陌，
修盖房屋谷仓和牲口棚，
心灵手巧还会造出马车。

23 他赶着马车去迎接新娘，
新娘腰带上系了串钥匙，
身上披着崭新的羊皮袍。

① 意为“农夫”。

这位姑娘名字叫斯纳尔①，
她喜孜孜蒙着新娘面纱，
嫁给卡尔帮他操持家务。
新郎新娘互换结婚戒指，
新床上铺上崭新的被褥，
他们俩结为夫妻成了家。

24 小两口生活得安逸恬适，
生下一大群孩子绕膝转。
儿子名叫哈尔② 和特莱恩③，
霍尔德④、坦恩⑤ 和斯迈德⑥，
布莱德⑦ 和邦德⑧，
布德林斯格⑨、布埃⑩ 和布德⑪，
还有布拉特斯格⑫ 和塞格⑬。

25 他们的女儿名叫斯诺特⑭，

① 意为“家主妇”。
② 意为“男人”。
③ 意为“士兵”。
④ 意为“少年”。
⑤ 意为“乡绅”。
⑥ 意为“铁匠”。
⑦ 意为“宽广的”。
⑧ 意为“农夫”。
⑨ 意为“虬须者”。
⑩ 意为“有房者”。
⑪ 意为“居住”。
⑫ 意为“平滑的胡须”。
⑬ 意为“伙伴”。
⑭ 意为“女士”。

勃鲁德① 和斯凡纳②，
斯瓦莱③ 和斯普莱克④，
弗里奥德⑤、斯普隆德⑥ 和维芙⑦，
费依玛⑧ 和里斯梯尔⑨，
她们的后裔世代是农夫，
这就是农夫家族的由来。

26 里格沿着道路笔直往前，
他来到一座巍峨的厅堂。
两扇大门朝南气势非凡，
门虽半阖门框上却有铃。

27 他气度轩昂举步踱进去，
厅堂地面上铺满了干草。
有一对夫妻面对面坐着，
他们相互对视交换眼色，
手指却仍旧玩耍个不停。
老两口名叫法德尔和玛德尔，
就是人类的父亲和母亲。

---

① 意为“新娘”。
② 意为“多情的”。
③ 意为“聪明的”。
④ 意为“说话者”。
⑤ 意为“贵妇人”。
⑥ 意为“惹人爱的”。
⑦ 意为“妻子”。
⑧ 意为“害羞的”。
⑨ 意为“火花般的”。

28 男主人端坐着在绕弓弦，
面前放着弯弯的榆木弓，
利箭都插上锋利的尖镞。
女主人在观赏她的双臂，
压压平衣料抻抻直袖子。

29 她的秀发梳得光亮别致，
胸前挂着一颗宝石垂饰。
身穿浅蓝色亚麻布裙袍，
外罩一件短短的小披肩。
她的双眉弯弯颜色很淡，
胸脯高耸颈脖比雪还白。

30 里格客气一番坐下身来，
趁人不备溜到长凳中间，
男女主人只得分坐两边。

31 玛德尔铺上了亚麻桌布，
雪白布料绣有他们名字。
她端来了香喷喷的面包，
是用雪白的面粉烤出来，
放到桌布上显得更雪白。

32 她又端来了精美的碟盘，
整整一套全都为了用餐，
白银镂刻亮得闪光耀眼。
桌上的佳肴一道又一道，
鲜嫩的肥猪肉油光发腻，

喷香美味的各种烤家禽。
刻花的酒杯斟满了醇醪，
宾主对酌一边喝还聊天，
一直畅饮直到太阳落山。

33 里格无法同他们再客气，
他酩酊大醉倒头就睡着，
四仰八叉躺在大床中间。
他在那户人家住了三天。
然后顺着道路再往前走，
光阴似箭九个月已过去。

34 玛德尔生下了一个儿子，
她给他洒水洗干净身体。
用绸缎将他裹在襁褓里，
他们起名把他叫做雅尔[1]。
孩子的头发是一片金黄，
双颊娇嫩得如鲜花开放。
可是他的双眼炯炯有神，
目光犀利宛若小蛇吐信。

35 幼小的雅尔长大得很快，
他学会了高举盾牌防身。
还学会了把弦安到弓上，
他弯弓射箭箭镞尖又长。
他还会投掷标枪舞长矛，

---

① 为统治一个地方最高权贵的头衔。

骑着马带上猎犬去狩猎，
他也学会了击剑和游泳。

36 里格此时忽然不请自来，
他从灌木丛中显出身形。
他告诉了雅尔真名实姓，
并说自己是他生身父亲。
他教会雅尔罗纳古文字，
央求他去夺回祖宗基业。
那基业原来是大片疆土，
那里村落四布人烟稠密。

37 雅尔厉兵秣马率军出征，
他骑马穿过黝黑的森林。
他越过冰雪覆盖的山顶，
身先士卒冲进一座宫殿。
他举着椴木盾牌来护身，
用足气力把长矛投出去。
他疾驰如飞挥舞着利剑，
尸骸成堆战场染成血红。
为了拓阔疆土征战不休。

38 他独自开拓十八片疆土，
君临天下拥有无数财富。
他把财宝赏给手下分享，
珠宝首饰和骏马都赏赐，
黄金戒指送人毫不心疼，
大块金砖凿开来再均分。

39 说媒的使者已络绎不绝，
栉风沐雨匆忙跋涉而来，
一心要同君主攀鸾和凤。
他终于娶到了窈窕淑女，
明眸皓齿容貌美艳无双，
十指纤纤素手既灵又巧，
她的芳名叫埃尔娜。

40 他派使者到女家去提亲，
他们又把新娘迎接进门，
她披着婚纱同君主成婚。
他们夫妻生活得很恩爱，
伉俪情深生下一群结晶。

41 长子叫布尔[1] 老二是巴恩[2]，
还有约德[3] 和阿达尔[4]，
阿尔弗[5] 和莫格[6]，
尼德[7] 和尼特隆恩[8] 常一起玩，

① 意为“儿子”。
② 意为“儿童”。
③ 意为“婴儿”。
④ 意为“贵族”。
⑤ 意为“继位者”。
⑥ 意为“后裔”。
⑦ 意为“子孙”。
⑧ 意为“亲戚”。

索恩① 和斯文② 会游泳和下棋，
还有个儿子叫克恩德③，
最小的那个叫库恩④。

42 雅尔的继位人都已长大，
他们个个善于骑乘骏马。
他们惯于手持盾牌防身，
他们精于射箭百步穿杨，
他们挥舞长矛武艺高强。

43 惟独小库恩学会了罗纳，
学会文字真是受益无穷。
他通晓人生能洞察世事，
可以占卜未来预测命运。
他有本事解救黎民百姓，
消弭兵燹战祸力挽狂澜。

44 他听得懂鸟语还会灭火，
他悲天悯人能化解悲哀。
他息事宁人会劝止争端，
宵衣旰食有八个人精力。

45 他曾同里格比试过智慧，
在罗纳文字上谁胜过谁。

① 意为“小可爱”。
② 意为“男孩”。
③ 意为“血统”。
④ 意为“国王”。

里格虽然是开山的鼻祖，
库恩知道的诀窍却更多，
连里格竟然也自叹弗如。
于是库恩得到无上荣誉，
说是师承里格亲授文字。

46 年轻的小库恩骑着骏马，
穿过沼泽地和大片森林。
射出一支支不带镞的箭，
吓得鸟儿啁啁啾啾乱叫。

47 于是有只仍栖在树上的
乌鸦张开嘴喙呱呱说道：
“年轻的君主呀，
你为什么有此闲情逸致，
居然吓唬鸟儿闹着玩耍，
岂非虚度韶华嗟悔无及。
你本该戎马倥偬征战忙，
率大军金戈铁马去冲杀，
开拓疆土建立殊功奇勋。

48 “你难道不睁眼看看周围，
达恩和邓普这两个君王。
他们有华贵绝伦的宫殿，
他们的疆土远比你辽阔。
他们知晓如何驾舟出海，
挥动刀剑斫出致命伤口。”

第十三首

海恩德拉之歌[①]

这首诗歌是从弗蕾娅踏进女巨人海恩德拉的洞穴开始：

弗蕾娅说道：
1 “醒来吧，姑娘中的顶尖，
醒来吧，我的朋友，
海恩德拉，我的姐姐！
你孤身隐居在洞穴里，
形影相吊没有人作伴，
洞里黑得伸手不见五指。
我们俩应该快骑上骏马，
驰骋直奔瓦尔哈拉宫，
去向圣殿祭祀奉献牺牲。

2 “让我们恭敬虔诚地祷求，
但愿主神会给我们庇佑。
奥丁待人非常慷慨仁慈，

① 女神弗蕾娅想要帮助她的情人莽汉子奥塔击败对手安格恩梯尔，在争夺继承权的斗争中取胜。奥塔必须自报家门，说得出自己的血统和家谱，但他对此却一窍不通。于是，弗蕾娅将他变为一头金鬃毛的小公猪。她骑着这头猪去见女巨人海恩德拉，向她探询奥塔的家族和身世。

他常常赏赐黄金给扈从。
他赏给了赫尔默德
一顶头盔和一袭铠甲，
赐给西格蒙德一把宝剑。

3 “他把战争胜利拱手让人，
也馈赠给另一些人财富。
他给了不少人雄辩的才能，
又把知识赐给另外一些人。
出海的人他开恩赐给顺风，
诗人他赋予措词押韵本事，
他还把英勇气概赏给武士。

4 “我务必奉献牺牲给托尔，
我务必为此事而祈祷。
求他总是真心庇佑你，
虽说他并不在乎巨人姑娘。

5 “你在厩里豢养了不少恶狼，
何妨眼下就放出一头来，
让它奔跑追逐我的身影。
我胯下坐骑是一头小公猪，
它虽拔开四蹄却走得慢悠悠，
我不情愿让我的骏马飞奔
将它劳累得精疲力竭。”

海恩德拉说道：
6 “你很不诚恳老实，弗蕾娅，

你盘问我时目光带着奸诈。
你固然登门来探望我，
只不过顺道就便送个人情，
你想陪情人去瓦尔哈拉宫。
这情人就是年轻的奥塔，
他是英斯坦恩的儿子。”

弗蕾娅说道：
7 “你昏头昏脑莫不是中了邪？
海恩德拉，
我相信你是发痴在做梦！
你说我来看你只不过顺路，
为的是陪情人去瓦尔哈拉宫。
我的公猪好去大出风头，
金鬃毛在那里闪光发亮。
手艺高超的两个小精灵，
戴恩和纳比，
为我造出了这头小公猪。

8 “且让我们停止这场龃龉，
何妨坐到一起闲谈一番，
聊聊各个君主的身世，
还有哪些人是神祇的后嗣。

9 “年轻的奥托和安格恩梯尔，
他们两人在明争暗斗，
为的是抢夺外国来的黄金。
我们理应出手给予相帮，

让那个年轻的武士奥托
能够继承父辈传下的财产。

10 “他为我建造了一座祭坛，
祭坛正面铺了光洁的石板。
他虔敬地献祭连绵不断，
把公牛的鲜血到处泼洒，
新的祭坛淋得一片殷红，
石板上居然长出了青草。
奥托对阿西尔的女神祇，
虔诚敬仰抱有无限信任。

11 “现在让我们查查祖先血缘，
排一排各家族出生的后裔。
请问：
哪些人是斯基奥邓恩家族？
哪些人是斯基尔芬家族？
哪些人是奥德林家族？
哪些人是伊林恩家族？
哪些人生来就在农夫家？
哪些人降生到君主门第？
在米德加尔德[1] 城堡之中，
世间人虽同类出身皆不同。”

海恩德拉说道：
12 “奥托你本是英斯坦恩之子，

① 即人类居住的大地。

英斯坦恩的父亲是老阿尔弗。
阿尔弗乃是乌尔弗的儿子，
乌尔弗的父亲是赛法里，
赛法里是红头发斯万所生。

13 “你父亲同个姑娘热恋，
用项链将她打扮成天仙，
那姑娘生下你当了母亲。
她的名字大概叫莱蒂斯，
我仿佛记得她是个女祭司。
她的父亲名叫弗洛狄，
弗里恩德乃是她的母亲。
这个家族的血统最优秀，
相传他们的世系最悠远。
一直可追溯到远古的初民，
所以这个世家血统最纯正。

14 “阿里过去曾经雄踞一方，
叱咤风云是最有权势的人。
在斯基奥邓恩家族之中，
要数他的身份最为显赫，
连哈弗邓恩也稍逊一筹。
这两家历来是冤家对头，
君主们结下宿怨世代难消。
他善战能征的威名远播，
在苍空穹窿下遐迩皆知。

15 “他同伊蒙德家联姻结成盟，

这姻亲使得他如虎添翼。
他挥舞起冰凉的剑锋，
斫下了西格特鲁格的首级。
他娶了阿尔姆维格为妻室，
她是姑娘中最出色的佳丽，
他俩一共生了十八个儿子。

16 “这些儿子们不断繁衍生息，
后嗣分成不同的脉络世系，
代代相传就成了一个个家族。
从他们之中分出了：
斯基尔芬家族、
奥邓林家族，
还有伊林恩家族。
有的艰难稼穑祖辈当农夫，
有的冠盖璎珞世代袭君主。
在米德加尔德城堡之中，
世间人虽同类出身皆不同。
所有这些人都是你的亲戚，
莽汉子奥托！

17 “阿里之妻是阿尔姆维格，
她的母亲是希尔德古恩。
斯瓦伐和塞库恩老两口，
是她的外公和外婆。
所有这些人都是你的亲戚，
莽汉子奥托！
你弄弄明白至关要紧，

你还想要知道点什么？

18 “达格娶了吐拉当老婆，
她生下了一大群武士，
许多史册彪炳的大英雄，
都是从那个门第里出来。
弗莱德玛尔和薏德，
还有法兰克纳两兄弟，
阿姆、洛斯苏玛尔，
还有老阿尔弗。
你弄弄明白至关紧要，
你还想要知道点什么？

19 “凯蒂尔是他们的朋友，
也是克虏普的继承人。
他是你母亲的外公，
再往上一辈是卡莱。
他的上一辈是弗洛底，
再往前数是哈拉尔弗，
他的父亲是希尔德。

20 “诺卡维之女南纳也是你亲戚，
她的儿子是你爸爸的大舅。
这些亲戚都是从远古算起，
年代太久湮没得无人知晓。
若要刨根究底我可再往前数，
我知道还有布罗德和霍维尔，
所有这些人都是你的亲戚，

莽汉子奥托。

21 “伊索弗和阿索弗，
乃是乌尔姆德的两个儿子。
他们的生母是斯库尔希尔德，
她是斯凯基尔的女儿。
你可以列出一长串君主，
他们所有人都是你的亲戚，
莽汉子奥托！

22 “那一长串名字有：
大堡垒贡纳尔，
还有削刮者格里姆，
还有铁盾牌吐里尔，
还有打呵欠乌尔弗。

23 “厄尔瓦德和希尔瓦尔德，
拉恩纳和安格恩梯尔，
布埃和布拉默，
巴里和雷弗尼尔，
蒂恩德和梯尔芬，
还有狂暴斗士[①] 哈定两兄弟，
所有这些人都是你的亲戚。
莽汉子奥塔！

① 哈定两兄弟是名为狂暴斗士的十二条好汉中最年幼的两个。狂暴斗士上阵前必先狂饮迷住本性，再长啸疾走，十二个人联手布阵合力迎敌方能显出神威。在《挪威诸王传》和英格兰史诗《贝奥武甫》中均有记载。

24 “往东而去居住在布尔姆，
阿恩格里姆和妻子埃芙拉，
他们俩生下了一群儿子。
安尼和奥米都是狂暴斗士，
他们打仗先狂饮啸声震天。
在大海上奋身向前如狂飚，
在陆地上冲锋陷阵似火焰。
横扫穷凶极恶的厉鬼恶魍。
所有这些人都是你的亲戚，
莽汉子奥托！

25 “我还知道布罗德和霍尔弗尔，
他们在给老鲁尔夫充当侍从。
他们来自约蒙莱克家族，
那位屠龙壮士西古尔德
是他们的连襟弟兄。

26 “那位鼎鼎有名的大英雄
乃是出身于伏尔松家族。
他的生身之母希尔蒂丝，
出身名门来自劳尔邓恩家族。
不过他外祖父埃依里米，
却又来自于奥德林世家。
所有这些人都是你的亲戚，
莽汉子奥托！

27 “吉乌基的继承人乃是
贡纳尔和霍格尼，

还有他们的妹妹古德隆恩。
古特乌姆不能算这家的人，
尽管他称呼他们俩为兄长。
所有这些人都是你的亲戚，
莽汉子奥托！

28 “战齿王哈拉尔德① 的父亲
贺勒里克慷慨得出了名，
任意挥霍胡乱送人戒指。
他的母亲是富有心计的奥德，
奥德又是暴风雪伊凡的女儿。
拉德巴德才是拉恩弗的父亲。
他们都受到神祇的保佑，
所有这些人都是你的亲戚，
莽汉子奥托！

29 “巴德尔遭到暗算殒命，
有十一个神祇在场看见，
他栽倒在圆丘上便咽了气。
瓦利一生下来就立下重誓，
非要为兄长报此仇不可，
誓让杀人的凶手以命抵偿。
所有这些人都是你的亲戚，
莽汉子奥塔！

30 “巴德尔之父是布尔的儿子，

① 又名希尔迪滕，系丹麦一传奇国王，在布拉韦利尔战役中被主神奥丁杀死。

弗雷娶的是慧黠的吉尔德，
那位丽姝是吉米尔的女儿，
她的母亲是女巫师奥尔布达[①]。
他们都出身于巨人家族世系，
巨人蒂阿兹虽然是他们亲戚，
不过他滥杀无辜凶残成性，
他的女儿斯卡娣却和他不同。

31 “我已经告诉你许多家谱，
我的肚里记牢的还更多。
我指望你能弄弄明白，
你还想要多知道点什么？

32 “在凡德纳的一群儿子中间，
哈基[②] 亦可算是庸中的佼佼。
凡德纳的父亲是希尔瓦尔德，
再往上数的父辈排行是：
海德和偷马贼罗斯休弗，
他们的祖先是冰雪巨人，
那个巨人名叫罗姆尼尔。

33 “各个家族操的行当也不相同：
占卜者出自维多尔弗家门，
巫师大多来自维尔米德家族，

① 女巨人，即古尔维格，为巨人吉米尔之妻，火神洛基的情妇，并同洛基一起生下恶狼、巨蟒、凶犬等怪物。

② 据《挪威诸王传》记载，哈基为狂暴斗士，绑架了灵厄里克国公主拉克希尔，挪威国王黑王哈夫丹营救出公主，哈基遂自杀身亡。

斯伐塞霍弗底家擅长施法术，
所有的巨人都是伊米尔后裔。

34 “我已经告诉你许多家谱，
我的肚里记牢的还更多。
我指望你能弄弄明白，
你还想要多知道点什么？

35 “在悠悠的远古洪荒混沌，
诞生了天地之间第一人①。
他是神的儿子力量无穷，
武艺娴熟善于舞刀挥矛。
九个女巨人一齐用力生下他，
在大地的边缘呱呱坠了地。

36 “我已经告诉你许多家谱，
我的肚里记牢的还更多。
我指望你能弄弄明白，
你还想要多知道点什么？

37 “吉阿尔普是他所生，
格里伊普是他的孙子。
女巨人艾伊斯脱拉
生下了他还有埃尔及雅弗。
他又生下乌尔弗鲁恩、
安吉伊娅、伊姆德和阿特拉，

① 系指阿西尔部落众神祇的守护神海姆达尔。

还有铁剪刀伊恩赛克萨，
她嫁给托尔生个儿子玛格尼。

38 “那个天地之间第一人，
他神威莫测力气大无比。
茫茫大地和冰凉的海洋，
还有燔祭牺牲的鲜猪血，
都赋予他无人能敌的神力。

39 “我已经告诉你许多家谱，
我的肚里记牢的还更多。
我指望你能弄个明白，
你还想要多知道点什么？

40 “洛基勾引女巨人奥尔布达，
生下了那头恶狼芬里尔。
他又诱惑母马斯伐蒂法里，
生下八足骏马斯莱泼尼尔。
最凶邪的恶魔也是他所生，
那便是米德加尔德巨蟒。
比赖斯特是洛基的弟弟。

41 “洛基正在吞噬女人的心肝，
放在椴木火堆上炙烤着，
半生不熟就往肚里咽下去。
岂知那女人原本生性邪恶，
洛基吞下心肝后便怀身孕，
他生下了大地上的虫豸蛇鳖。

42 “大海掀起狂涛暴风雨来到，
浊浪滔滔扑天排空在翻腾。
巨浪裂岸空气吓得直抽噎，
它缩成一团变成片片雪花，
大雪纷扬寒风凛冽刺入骨，
众神祇的末日就快要到来，
天意如此注定他们遭毁灭。

43 “天地之间第一人不同凡响，
一生下来个头就超过常人。
他拥有大地赋予的神奇力气，
他比别的君主拥有更多财富。
这位君主同他周围所有的人，
都是亲戚至爱有血缘关系。

44 “可是后来要来另外一个人①，
这个人比他更神通广大，
他的名字我只字都不敢提。
几乎没有人能预测未来，
主神奥丁被恶狼吞噬之后，
世界将会是副什么模样。”

弗蕾娅说道：
45 “烦请你倒出点记忆之酒，
赏赐给我那头笨公猪喝。

① 据后人考证，这“另外一个人”系指基督，但说得十分隐晦。

这样他才能记得住你讲的一切，
第三天他要同安格恩梯尔较量，
他才能背得出他自己的家谱，
将我们告诉他的血缘和世系，
一家一户分得清楚说得明白。”

海恩德拉说道：
46 “你们快从这里滚出去吧，
我想睡觉不要再来打扰，
我讲的家谱你并不用心听，
我的那些话不太使你高兴。
高贵的女神呵，
既然如此你倒不如出去，
在黑夜里撒开脚丫奔跑。
就像母羊海德隆恩发情，
总是跟在公羊后面追逐。

47 “你何妨奔跑得稍快一些，
去把你丈夫奥德追回来，
他必定朝思暮想渴念你。
再不然你施展出诱惑手腕，
会有更多男人投入你怀抱。”

弗蕾娅说道：
48 “我已经燃起了女巫之火，
烈焰狂炽将这里团团围住。
你休想从此地脱身逃走，
纵然插翅怕是亦飞不出去。”

海恩德拉说道：
49 “我已看见烈焰熊熊火光闪，
浓烟滚滚四处都在燃烧。
多半要等到危难情急之时，
才想到赶快救赎自己性命。
这里有杯你要的记忆之酒，
求你端过去送到奥托手中。
酒里已掺了毒药和厄运，
但愿他喝了能安然无恙。”

弗蕾娅说道：
50 “你的诅咒没有什么用处，
尽管你想用毒药害我们两人。
巨人的姑娘呵！
他将喝干这杯珍贵的酒，
我自会请各神祇伸出手，
保佑奥塔必定安然无恙。”

第十四首

伏尔隆德短曲

尼德乌德是瑞典一个国王的名字，他有两个儿子和一个女儿，女儿名叫布德维尔德。当时有三个兄弟，他们是拉普兰[1] 国王的儿子，长子名叫斯拉格芬，次子名叫埃吉尔，幼子名叫伏尔隆德。他们时常结伴远行，乘坐雪橇去狩猎野兽。有一回，他们来到了乌尔弗峡谷，在那里建造了一座精舍。峡谷里有一条小河蜿蜒流过，小河的名字叫乌尔弗河。

清晨熹微之中，他们看见有三个倩影徜徉在小河岸边。走近一看，竟然是三位绝色丽姝正在纺织亚麻。在她们身旁放着天鹅的羽衣，原来她们都是瓦尔基里氏仙女[2]，有两个是路德维尔国王的女儿：天鹅白拉德古恩和纯雪白赫尔伏尔。另一个是瓦兰德[3] 国王的女儿乌尔隆恩。他们把三位丽姝领回到精舍之中。埃

① 瑞典和芬兰北部，大多为高原和山地，由拉普族人聚居。拉普人以驯鹿狩猎为生。

② 主神奥丁手下的女侍从。奥丁派遣她们分赴各个战场，去挑选作战奋勇捐躯战场的勇士，将他们的英灵幡引到瓦尔哈拉宫（即英灵殿），由主神奥丁和他们一起饮宴。众仙女戎装打扮，浑身披铠束甲，在天上乘马疾驰盔甲闪闪发光，这便是北极光的由来。

③ 意为外国，通常指法兰西的北部。

吉尔相悦乌尔隆恩;斯拉格芬同天鹅白拉德古恩有缘;伏尔隆德便要了纯雪白赫尔伏尔。他们缱绻恩爱,在一起度过了七个冬天。后来,三个仙女奉命要奔赴战场,她们便一齐飞上天去。这一去便无影无踪,再也不曾回来。于是,埃吉尔忍耐不住,套上冰鞋去寻找乌尔隆恩的芳踪。斯拉格芬亦去寻找天鹅白,只剩下伏尔隆德独自一人蜗居在乌尔弗峡谷。

伏尔隆德乃是远古传说中尽人知晓的顶天立地的好汉。尼德乌德打听到了他的下落音讯,便派出人马前来偷袭捉拿他。诗歌这样唱道:

1 三位仙女一齐往南飞去,
飞过默尔克森林不见踪影。
年轻的纯雪白体态轻盈,
善于追波逐浪潜泳嬉水玩。
三位南国丽姝徜徉岸边,
她们手里纺着贵重的亚麻。

2 她们之中有一个爱上埃吉尔,
朝着他伸出了弯弯的双臂。
另一个是天鹅白拉德古恩,
她身穿天鹅羽衣爱上他兄长。
第三个姑娘是她们的妹妹,
双臂勾住伏尔隆德雪白颈脖。

3 这三对有情人在一起生活,
轻怜蜜爱度过了七个冬天。

第八个冬天她们犯了乡愁，
魂绕梦牵想要回到家乡去。
第九个冬天他们只好分手，
三对恋人不得不各奔东西。
三个丽姝归心似箭忙回家，
飞过黑黪黪的森林倏忽不见。
年轻的纯雪白体态轻盈，
善于追波逐浪潜泳嬉水玩。

4 那三个年轻壮士日晒雨淋，
狩猎归来伊人已逝楼已空。
三个人里里外外都搜个遍，
然后又到附近四周去寻觅。
埃吉尔往东去追赶乌尔隆恩，
斯拉格芬往南去找天鹅白。

5 可是伏尔隆德却不动声色，
他独自呆在乌尔弗峡谷里，
铸造了赤金再镶嵌上宝石，
做成了一个个精美的戒指。
他在苦苦等待美丽的妻子，
指望她早日回到他的身边。

6 尼亚拉尔人的国王尼德乌德，
打听到音讯说只有伏尔隆德，
独自一人苦守在乌尔弗峡谷，
他便派出大批武士来偷袭他。
那些武士趁着月黑风高前来，

身上披挂重铠盔甲钉了铆钉，
乌朦朦月色中盾牌闪出凶光。

7 他们在精舍的门前下了马，
蹑手蹑脚贴着墙根往前冲。
他们推门排闼直入到屋内，
但见四壁空荡荡阒无一人。
房顶上垂下来椴木的嫩茎，
一串串戒指足足有七百个，
这都是房屋主人亲手锻造。

8 他们把戒指摘下又放回去，
可是他们存心隐匿了一个。
日晒雨淋的壮士伏尔隆德，
他走了漫长的路才回到家。

9 他从兜里掏出块雌棕熊肉，
要放在火上把这块肉烤熟。
风干的木柴堆垛在他面前，
他用冷杉针叶点旺了火苗。

10 他坐在熊皮上数了数戒指，
发觉少掉一个四处找不见。
小精灵的君主数了多少遍，
他猜想路德维尔之女来过。
那枚戒指保准是被她取走，
年轻的纯雪白终于回来啦。

11 他坐着遐思太久竟睡了过去，
待到醒来时却失去这份温馨。
他觉得双手被紧紧地捆绑住，
冰凉的镣铐把两只脚都禁锢。

伏尔隆德吼道：
12 “哪个武士有这样的本事，
居然能用麻绳将我绑住！”

13 如今尼德乌德开口审问，
这位尼亚拉尔人国王说：
“你从哪里偷走我的黄金，
把它藏到了乌尔弗峡谷？
小精灵的君主，伏尔隆德。”

伏尔隆德说道：
14 “骏马格兰尼[1] 曾驮过窖藏财宝，
但黄金不是在那条路上找到。
再说我们的国家辽阔而僻远，
离开莱茵宝藏[2]足有千里之遥。

15 “拉德古恩和赫尔伏尔姐妹，
路德维尔国王的两个女儿。
瓦兰德国王之女乌尔隆恩，
都已遭不测被人蛊惑杀害。”

---

①② 骏马格兰尼是屠龙壮士西古尔德的坐骑，他杀掉恶龙法弗尼尔后，把恶龙地窖里的莱茵宝藏全都放到格兰尼骏马的马背上驮回。

16 尼德乌德的王后站立在门外，
她是个居心叵测的恶毒女人。
此时她大摇大摆走进了厅堂，
站在地面中央放沉声音说道：
“从森林抓回来的那个小伙子，
我看他凶相毕露必定不安分。”

尼德乌德国王把他从伏尔隆德的那串枝条上搜来的金戒指给他女儿布德维尔德戴上。他自己腰间的佩剑就是伏尔隆德的宝剑。王后又开口说道：

17 “当这柄宝剑出现在他面前时，
他居然面目狰狞地咬牙切齿。
看见布德维尔德手上的戒指，
他怒目圆瞪活像是毒蛇吐信。
快去割断他两条腿上的胫腱，
然后把他关在塞瓦斯达第尔。”

一切都按照王后的吩咐办理。伏尔隆德自膝盖处被割断两腿的胫腱。然后他被押送到靠近陆地的名叫塞瓦斯达第尔的荒岛上去。他在那里服苦役，为国王锻造出各种巧夺天工的珍奇首饰。除了国王之外，没有人敢去接近他。

伏尔隆德说道：
18 “尼德乌德腰带上系的宝剑，

我曾把它回火精淬再锻炼。
用砥石将它磨得锋利无比，
它挥舞起来能够得心应手。
如今这柄寒光闪闪的利剑，
早已离我而去归属了他人。
我这辈子里恐怕再难见到
它回到伏尔隆德的铁砧上。

19 “赤金戒指归了布德维尔德，
我新娘的首饰戴到她手上。
这样的掠劫再也无法补报，
因为它使我的心流血不止。”

20 他整天坐在那里挥动铁锤，
连晚上也不睡觉忙碌敲击。
他做出了美仑美奂的首饰，
一件件珠宝交到国王手里。
有一天两个小孩溜到岛上，
来看看工匠是怎样做珠宝，
这两个是尼德乌德的儿子。

21 他们走向箱子向他索要钥匙，
贪婪的欲望已再也克制不住。
他们两人目光专注细细搜索，
箱子里竟有一大堆珠宝项链。
每件都是赤金锻造价值连城，
两个小崽看来这是一座宝藏。

伏尔隆德说道：
22 “你们两个小孩听着要记住，
过一天再悄悄地来到这里。
我准备好了黄金送给你们，
千万不可告诉那些使女们，
更莫对厅堂里别的人说起，
你们两个曾经来这里看我。”

23 第二天清早他们把彼此叫醒，
两兄弟都说让我们去看戒指。
他们走向箱子向他索要钥匙，
贪婪的欲望已再也克制不住。

24 他斫下了那两个小崽的头颅，
把身体藏在风箱旁锻炉底下。
两颗长在头发底下的小脑袋，
他用白银包裹再在外面镂刻，
要把这份礼物送给尼德乌德。

25 他们两个的眼睛做成了宝石，
形状奇妙而且富有异国情调。
他要把这份礼物去送给王后，
尼德乌德那心肠邪恶的妻子。
他们两个的牙齿裹上了黄金，
锻打成两个华贵无比的胸针，
这份礼物要送给布德维尔德。

26 布德维尔德手上的那枚戒指，

不停地闪烁着黄澄澄的光华。
可是她却故意将它折成两截，
于是她便来找伏尔隆德修理，
她说："除了你我不敢告诉别人。"

伏尔隆德说道：
27 "这戒指虽已断裂我能够修好，
保管你父亲会觉得它更光亮。
你母亲也寻不出断裂的痕迹，
你自己会觉得它和以前一样。"

28 他用麦酒制服了美丽的姑娘，
成其好事后她在长凳上沉睡。
他说道："现在我已报仇雪恨，
只剩下双膝上那可恶的伤痕。"

29 "我还算走运！"伏尔隆德呼喊道，
"我居然还能用双脚站立起来，
尼德乌德的武士枉费了心机。"
伏尔隆德仰面大笑立得笔直，
布德维尔德徐徐地苏醒过来。
她掩面哭泣从小岛上离开去，
为了爱人历尽了艰险而哀怨，
为了父亲要大发雷霆而忧伤。

30 尼德乌德那心肠邪恶的王后，
她站立在厅堂外面已经很久。
如今她大摇大摆走进了厅堂，

尼德乌德瘫成一团动弹不得，
悲伤万分心头纠结成一坨冰。

尼德乌德喊道：
39 “塔克拉德，我最能干的奴仆，
快去把布德维尔德给我找来。
那娇艳似花雪白如玉的女儿，
我要她佩带首饰身穿着盛装。
快来见她父亲我有话对她讲。

40 “这难道是真的，布德维尔德？
有人已经把真情实况告诉我，
说是你同伏尔隆德有了私情，
你们两人一起生活在小岛上。”

布德维尔德说道：
41 “你讲的一点都不假，尼德乌德，
我和伏尔隆德一起住在岛上。
我永远无法忘记施暴的片刻，
后来却变成千金一刻的良宵。
我不知道如何违抗他的意志，
再说我身不由主无力抗拒他。①”

① 伏尔隆德与布德维尔德发生爱情之后，便日夜谋划要逃出尼德乌德的牢笼。他的二哥埃吉尔闻知伏尔隆德被囚在荒岛难以逃脱，便设法营救。他射下一只金色的野鹅托布德维尔德交给伏尔隆德。伏尔隆德用野鹅的翅膀锻造成一对黄金羽翅，借助了这对羽翅和布德维尔德手上那枚戒指的魔力，将自己变成了一只天鹅飞出了囚禁他的荒岛回了家。在埃吉尔的帮助下，伏尔隆德率领一支大军攻打尼亚拉尔人并攻破城堡，杀掉了尼德乌德国王和心地邪恶的王后。他救出被囚禁的布德维尔德，两人成亲。他们的儿子维底亚后成为日耳曼人的大英雄。

第十五首

海尔吉·希奥尔瓦德松谣曲

希奥尔瓦特和西格林

有一位国王名叫希奥尔瓦德，他有四个妻子。第一个妻子名叫阿尔芙希尔德，他们生下的儿子是赫定。第二个名叫赛里依德，生下的儿子是霍姆隆德。第三个名叫辛里奥德，生下的儿子是希姆林恩。

希奥尔瓦德国王曾发下重誓，非要把天下最美丽的姑娘娶到手不可。他听说斯瓦弗尼尔国王有个女儿乃是绝色佳人，那姑娘闺名叫西格林。希奥尔瓦德国王手下的雅尔[①] 名叫伊德蒙德，他有个儿子名叫阿特里。阿特里受命派去以国王的名义向西格林求婚。阿特里在斯瓦弗尼尔国王的王宫里度过了整个冬天。那里的雅尔名叫弗伦玛尔，也是西格林的养父，他自己的亲生女儿名叫阿洛芙。这位雅尔劝说西格林拒绝这门婚事。于是，阿特里只得无功而返，动身回家。

在阿特里动身之前，有一天他站立在小树丛里，一只小鸟栖息在他头顶的枝梢上。鸟儿

① 中世纪以前北欧诸国国王的宰辅，以最高官吏身份协助国王主持行政事务。

婉啭啼叫，说道他的手下人都在窃窃私语，议论说最美丽的女人都嫁了希奥尔瓦德国王。鸟儿啾唧细语，阿特里侧耳倾听。

小鸟说道：
1 “你可见过斯瓦弗尼尔的女儿，
西格林乃是天下最美的姑娘。
希奥尔瓦德国王的几个妻子，
居住在格拉西斯的园林里面。
她们的模样儿倒还讨人喜欢，
可惜比不上那个绝代的佳人。”

阿特里说道：
2 “头脑聪明又通晓百事的鸟儿，
难道你不愿告诉我更多事情，
阿特里乃是伊德蒙德的儿子。”

小鸟说道：
“我很乐意倘若向我献上燔祭，
不过我想要什么来充当牺牲，
须由我自己在国王宫中挑选。”

阿特里说道：
3 “切不要选中希奥尔瓦德国王，
千万不可从他的儿子中物色。
更不能选国王想娶的那姑娘，
也不着眼于国王的几个妻子。
让我们两个能做成这笔交易，

但是不可亲痛仇快弄得糟糕。”

小鸟说道：
4 “我要挑选有许多祭坛的神殿，
国王园中的金色头角的牲畜。
倘若西格林自己去投怀送抱，
心甘情愿跟随国王回到宫中。”

这番遭遇是在阿特里启程归家之前发生的。当他甫抵家门，国王便来询问他有无喜讯。阿特里说道：

5 “我尽了努力但未能达到目的。
我的骏马翻山越岭耗尽力气，
可是它还要涉水泅过赛蒙河。
我向斯瓦弗尼尔的女儿提亲，
那个不知趣的姑娘一口拒绝。”

国王命令他们再去第二次，这一回他亲自出马前去求婚。当他们抵达高山之巅，向下俯视时，他们看见斯瓦瓦兰国成了一片火海，滚滚浓烟恰似万马奔腾卷起的沙尘。国王策辔徐行，下得山来。当晚便在一条小河旁边安营扎寨憩息过夜。阿特里担当警戒监视四周动静，他越过小河，看见颓垣断壁之中却还残留一幢房舍，屋顶上栖伏着一只大鸟。这头隼鹰担当守卫本该彻夜不阖双目，可是它竟已酣然入梦睡兴正浓。阿特里猛不丁掷出长矛将隼鹰刺死。他走进那幢房屋，发现屋里赫然两人，竟是斯瓦弗尼尔国王的女儿西格林和弗伦玛尔雅尔的女儿阿洛芙。他便将她们带回营寨。

原来栖伏在屋顶上的那只隼鹰是弗伦玛尔雅尔施展法术所变成的化身。他护送两个姑娘从危城中逃脱出来，沿途昼夜警觉保护她们免遭敌军荼毒，辛劳过度乃至打起盹来。

此次事变缘起于有个国王名叫鲁德玛尔，他苦苦向西格林求婚而屡遭拒绝。于是他老羞成怒兴兵来犯。他杀死了斯瓦弗尼尔国王，纵军洗劫蹂躏了斯瓦瓦兰国，并且将这个国家焚烧成焦土一片。于是，希奥尔瓦德便娶了西格林为妻。阿特里则娶了阿洛芙为妻。

希奥尔瓦德国王和西格林婚后生下一子。这个儿子长大起来，身材魁梧，面貌英俊，可是沉默寡言，从少小到成人一直未被起名字。[①]

一日，他闲坐在坟墩上，看见九个瓦尔基里氏[②] 仙女骑马经过。其中一个最引人注目的丽姝开口说道：

6 “海尔吉[③]，
很久后你才能用戒指赏赐人，
成为战乱中脱颖而出的英雄，
统治了广袤的罗多尔斯平川。

① 古代北欧和日耳曼人对有些幼小时候看来不会有出息的孩子故意不起名字，待到年长之后方才命名。

② 为主神奥丁挑选阵亡壮士英灵的女侍。

③ 本意是“神圣的”。

常言说隼鹰比别的鸟啼得早，
可是你却沉默寡言十分木讷，
虽然你具有刚毅不拔的性格，
我的君主。”

海尔吉说道：
7 “既然你给我起名字叫海尔吉，
你送给我什么来做命名礼物①？
碧眼金发的姑娘，
在回答前你先细细斟酌停当，
除非我能把你一块儿娶到手，
否则你说的那些我一样不要。”

瓦尔基里氏仙女说道：
8 “我知道在西加尔霍尔姆地下，
埋藏锋利的宝剑五十缺四把。
其中有一把要远远超过别的，
它能把桦木盾牌一劈成两爿，
它的剑柄是用黄金镶嵌而成。

9 “剑柄上有个圆环包含着勇敢，
剑尖使人对持剑者望而生畏。
在剑刃上有条鲜血染成的蛇，
剑把是条首尾相衔的巨蟒。”

有个国王名叫埃依里米，他有个女儿斯伐

① 古代北欧诸国传统，凡起名字或诨名者均须收到礼物，以表明愿接受命名。

娃。她是个瓦尔基里氏仙女,时常骑马穿越长空和海洋。给海尔吉起了那个名字的丽姝就是她。她还常常在战斗中庇佑海尔吉。

海尔吉说道:
10 “希奥尔瓦德,我的父亲,
你乃万军之主是位英明统帅,
受到子民们颂扬和顶礼膜拜,
但白璧微瑕尚还嫌闭目塞听。
你眼看烈焰熊熊遍地成火海,
听凭老岳父的王国毁于兵燹,
无动于衷皆因自己未受伤害。

11 “可是鲁德玛尔却在犒赏三军,
使用的全是我们至亲的金银。
那个君主不消为性命而忧虑,
他满心想要将那个王国吞并,
因为那个家族没有儿子继承。”

希奥尔瓦德国王回答说:如果海尔吉当真想为外祖父报仇,他将调兵遣将大军归他统麾。于是海尔吉便按图索骥,去把斯伐娃指点给他的宝剑寻找到手。他和阿特里率领大军前去讨伐,诛杀了鲁德玛尔。后来他又鏖兵沙场,建立了许多奇功殊勋。他还趁巨人哈蒂孤身独坐在悬崖之际,发动偷袭将巨人杀死。

一天晚上海尔吉和阿特里将他们率领的大小战船停泊在哈塔港湾。当夜阿特里负责上半

夜的警戒,他一直伫立在船头环视四周动静。哈蒂的女儿,女巨人里姆盖德忽然出现,走过来说道:

12 “哈塔港湾究竟来了些什么人?
你们的战船上盾牌排列整齐,
你们的行踪十分诡谲而大胆。
看来你们心里没有什么害怕,
告诉我你们的国王姓甚名谁?”

阿特里说道:
13 “统率大军的乃是王子海尔吉,
你无计可施伤害不了这个人。
王子战船上全有铁板作屏障,
女巨人哪能够攻击得了我们。”

里姆盖德说道:
14 “身强力壮的武士你自己是谁,
想要同你攀谈应该怎么称呼?
那个王子似乎对你十分信任,
因为他派你站在漂亮的船头,
叫你来守夜放哨警戒着四周。”

阿特里说道:
15 “我的名字叫做阿特里,
对你来说这名字本意是残忍,
我对女巨人全都是深恶痛绝。
我常等候在寒露淋湿的船头,

摧残折磨黑夜里出现的妖魔。

16 “你这个急于找尸骸吃的女巫，
你的名字叫什么你父亲是谁？
你本该藏匿在地底九个里格[①]，
你的胸脯上该长出松柏树丛。”

里姆盖德说道：
17 “我名叫里姆盖德我父是哈蒂，
据我知道他是最可怕的巨人。
他把许多姑娘掳掠来当新娘，
直到那天海尔吉砍掉他脑袋。”

阿特里说道：
18 “女妖魔你站在王子船队前面，
把你的身体挡住了港湾出口。
你企图把国王的勇士喂海神，
倘若长矛没有捅穿你的胸脯。”

里姆盖德说道：
19 “你已受到蛊惑中了邪，阿特里，
我料定你大概是痴人说梦话，
你双眼紧阖还未从梦里醒来。
挡住王子船队去路是我母亲，
被我淹死的是路德瓦德之子。

① 长度名。

20 “你在发情唿唿嘶叫，阿特里，
可惜你已遭阉割早已去了势，
否则里姆盖德乐意竖起尾巴。
我想你的心早已不在胸膛里，
反而长到了大腿根上，阿特里，
虽然你还有种马般的好嗓门。”

阿特里说道：
21 “倘若我能舍舟登陆我定让你
尝到种马的厉害你不妨试试。
倘若你果真对我有急切情意，
我会让你骨酥筋麻浑身瘫痪，
弄得你连尾巴也直往下耷拉。
里姆盖德！”

里姆盖德说道：
22 “要是你对自己精力深信不疑，
何妨快到岸上来，阿特里，
让我们到瓦林斯海湾去幽会。
只要我的巴掌抓住你，小崽子，
你的肋骨根根会被我抻直。”

阿特里说道：
23 “战士们未醒来之前我不能下船，
因为我还在为王子的船队守夜。
说不定你女巨人会使出个坏招，
钻到船底下去把我们掀到海里。”

里姆盖德说道：
24 “快醒过来，海尔吉，
你既然手刃了我的父亲哈蒂，
你就该付给我里姆盖德赔偿。
倘若她能够同王子一夜销魂，
她的血海深仇便可一笔勾销。”

海尔吉说道：
25 “对人类来说你的模样太丑恶，
要娶你的是长满粗毛的洛顿，
那个怪物居住在吐尔莱岛上。
他是个聪明的巨人并非妖魔，
他同你相匹配两人非常合适。”

里姆盖德说道：
26 “如此说来你最好娶那个仙女，
她为你整夜在港湾窥探敌军。
这一个浑身金光灿灿的姑娘，
模样娇小力气却比我大得多。
她从大海里探出身来上了岸，
把你们船队平稳拖曳到岸边。
她只身一人保全了王子船队，
庇佑你们免得被我摧残歼灭。”

海尔吉说道：
27 “听着，里姆盖德，
如果我能减轻你心中的悲哀，
你是否原原本本向我说明白。

保护船队的究竟只有一个人，
还是许多仙女一齐自天而降?”

里姆盖德说道:
28 “一共九个仙女分成三批而来，
那个姑娘总是骑马走在最先，
铁盔底下露出她白生生的脸。
她们的骏马甩了甩猎猎长鬃，
寒露便洒落到深渊幽谷中去。
森林里顿时下起了阵阵冰雹，
使得瘠土肥沃带给人类丰饶。
我看在眼里心头涌起了憎恶。”

阿特里说道:
29 “现在你朝东边看，里姆盖德，
你想一举把海尔吉置于死地，
可是诡谲的命运帮他击败你。
他的船队在海上毫没有损失，
他的战士在陆地上也很安全。

30 “如今天光已破晓，里姆盖德，
阿特里我一直陪你闲谈聊天，
因为你见到阳光就必定死亡。
顷刻间你变成一块坚硬石头，
将成为港湾岸边可笑的标志。”

海尔吉国王是一位杰出的武士。他来到埃依里米国王面前，要求娶他的女儿斯伐娃为妻。

海尔吉和斯瓦娃相互许下了忠贞不渝的婚誓，两人爱笃情深。海尔吉戎马倥偬率领大军四处征战，斯伐娃则住在她父亲的家里，她一如以往仍是个瓦尔基里氏仙女。

海尔吉的长兄赫定居住在挪威他父亲希奥尔瓦德国王的王宫里。有个年三十傍晚他从森林里回家，途中与一女巨人邂逅相遇。那个女巨人胯下骑着一头狼，手持巨蟒当做缰绳。她提出要收赫定做她的伴侣。他断然说："不。"女巨人勃然大怒，说道："你将在祝酒许愿时为此而付出代价。"到了晚上，年终许愿仪式开始，用作燔祭牺牲的公牛牵了出来。男人们都将手伸直，按住许愿杯边沿起下重誓。赫定在许愿时，不知怎的脱口而出，发誓说非要将埃依里米国王的女儿娶到手不可。话一出口，他立即懊悔莫及，因为他知道斯伐娃是海尔吉的心上人。于是他失魂落魄地从挪威徒步跋涉前来会见他的弟弟海尔吉。

海尔吉说道：
31 "欢迎你，赫定，
有什么消息从挪威带到这里？
为什么你离开了自己的国家，
孤身一人到这里来探望我们？"

赫定说道：
32 "一桩骇人的罪行我已经犯下，
我竟然手按许愿杯立下重誓：

非要娶那姑娘来作我的新娘，
她是国王的女儿你的心上人。
我不知道怎样向你赎罪弥补。”

海尔吉说道：
33 “不必过分自怨自艾，赫定，
因为我们两人既然举杯起誓，
就非要将诺言付诸实施不可。
鲁德玛尔的儿子阿尔弗王子，
向我提出挑战要在岛上决斗，
三天之后我就动身到那里去。
我怀疑这一去能否活着回来，
若是我无法生还事情就好办。”

赫定说道：
34 “海尔吉，
你时常说赫定应该受到报答，
可获得你的宠信和最高恩赐。
与其低声下气去同仇敌媾和，
不如用我颈血染红你的利剑。”

于是海尔吉说道：他疑心自己命中注定逃不过此劫。赫定邂逅相遇的那个骑在狼背上的女巨人正是前来找他索命的女无常。

那个提出挑战的阿尔弗国王是被他手刃的鲁德玛尔的儿子。他为三天之后同海尔吉决斗而忙着打桩，要收拾停当一个决斗场。

海尔吉说道：
35 “天黑时女巨人骑着狼出现了，
她提出要求赫定做他的伴侣，
她明明已知道西格林的儿子，
将要在西格瓦尔决斗中丧生。”

　　那场决斗厮杀得云愁雾惨，天昏地暗，海尔吉不幸遭到了致命的巨创重伤。

36 海尔吉派出西加尔快马加鞭，
去向埃依里米的独生女送信。
要禀告她急速打点尽快赶来，
倘若她想见到王子最后一面。

西加尔说道：
37 “海尔吉派我来禀告你，斯伐娃，
一定要我见到你本人当面说。
王子说他非常渴望见你一面，
在这位了不起的人物归天前。”

斯伐娃说道：
38 “希奥尔瓦德国王之子海尔吉，
他究竟遭受到什么凶险创伤，
是被大海吞噬还是利剑刺穿？
痛彻心肺的悲哀正向我袭来，
我要为他报仇宣泄胸头怒火。”

西加尔说道：

39 “今天大清早在法兰克斯坦恩，
万军之主受了重伤倒在战场，
他是太阳照耀下最好的君王。
这一回阿尔弗竟赢得了胜利，
按理说这类意外本不该发生。”

海尔吉说道：
40 “祝福你，斯伐娃，
你务必要坚强不要过分伤心，
这是我们在人世最后的相见。
对手一剑几乎刺进我的心脏，
鲜血汩汩从王子的伤口涌出。

41 “我求求我的新娘，斯伐娃，
且忍住心头痛苦莫要放悲声。
你必须听我话同赫定共枕衾，
嫁给这个年轻君主恩爱生活。”

斯伐娃说道：
42 “我早已在自己祖国说得明白，
海尔吉选中了我赠给我戒指。
倘若我的君主果真撒手人寰，
我不会再投入无名之辈怀抱。”

赫定说道：
43 “吻我一下为我祝福，斯伐娃，
我决不会活着见到家乡山川，
洛格平原或者是罗多斯高山。

除非我为希奥尔瓦德的儿子，
手刃仇敌报了这笔血海深仇，
他是阳光照耀下最好的君主。”

据说海尔吉王子和斯伐娃仙女后来都转生再世结成了夫妻。

第十六首
海尔吉·匈丁斯巴纳[①]
的第一首谣曲

伏尔松家族之歌里吟唱海尔吉·匈丁斯巴纳和胡德布罗德两位君主之间相拼血战的谣曲从这里开始：

1 很久以前隼鹰忽然尖声啼叫，
希明费尔山上圣水滔滔流下。
于是堡格希尔德在布拉隆德
分娩生下品格高贵的海尔吉。

2 黑夜降临到这个地方的时候
命运三女神也随着来到这里。
为这位君主编织一生的命运。
她们预言这位君主享有盛名，
他必定是位功勋卓越的武士。

3 她们用足力气缠绕命运之树，
布拉隆德城堡震裂出了罅隙。
她们捻搓出了一股黄金细线，
细线挂到苍穹中月亮的厅堂。

① 匈丁斯巴纳为海尔吉的外号，“匈丁的屠夫”之意。由于匈丁是匈奴兰国的国王，因而亦可泛指为“匈奴人的屠夫”。

4 东面和西面的细线拉得笔直，
两者之间是君主的全部国土。
奈丽三姐妹[①] 把北面的线拴牢，
那根绳索一直扣在她们掌心。

5 伊尔芬部落人人都欢呼雀跃，
他的生身父亲更是欣喜若狂，
年轻的妻子生了一个好儿子。
饿得发慌的乌鸦栖在高枝上，
它们呱呱啼叫："听着，我知道：

6 "西格蒙德的儿子出生才一天，
可是他已能披盔挂甲去打仗，
两眼炯炯有神犀利得像武士。
他必定会使狼群有尸骸可吃，
我们也可以沾光啄食吃个饱。"

7 在百姓眼里他是天生的君主，
他们奔走相告："好年头来了！"
那位当父亲的却是征尘未息，
刚从沙场上人马喧声中回家。
他给那襁褓之中的幼小君主，
带来一柄形状像春韭的利剑。

8 他给婴儿起个名字叫海尔吉，

① 即命运三女神。

还给了他这么多领地作采邑：
伦斯塔德、苏尔山、斯诺雪山，
西加平原、林斯塔德和哈托恩，
还有希明瓦恩，
连同那柄镶嵌着宝石的利剑，
全都给了辛费厄特里[①] 的弟弟。

9 这位出身天潢贵胄的小君主，
在他亲人怀抱里茁壮地长大，
如同一棵欣欣向荣的小榆树。
他毫不吝啬将黄金赏赐扈从，
连奇珍异宝也可以随意送人。

10 他等待厮杀的时间不算很长，
十五个冬天一晃眼就已过去，
他这才初次崭露非凡的身手。
残暴的匈丁长期统治这地方，
他却巧施妙计居然杀死匈丁。

11 匈丁的儿子向他索取赎罪金，
他必须付出一大笔金银财宝。
因为他们要西格蒙德的儿子[②]，
为他们遭到蹂躏掠劫的家业，
为他们被杀害的父亲付赔偿。

① 西格蒙德的长子，为海尔吉同父异母的兄长。
② 即海尔吉。

12 年轻的君主拒绝付任何赔偿，
哪怕杀人的赎罪金也不肯给。
他说道等待他们的是大风暴，
奥丁的怒火还有灰色的长矛。

13 各路头领都赶到了洛伽山上，
他们聚集开会商量如何打仗，
弗洛狄的和平① 已被双方撕毁。
奥丁的狼群正在朝岛上奔来，
它们饥饿地等待战场的尸骸。

14 那位君主在会场上坐下身来，
在此之前他已经杀了不少人。
他亲手杀戮了匈丁的儿子们：
阿尔弗和埃约尔弗死在鹰岩下，
希奥尔瓦德还有哈伐尔德。
这个善于使用矛枪的异族部落，
全被杀戮殄灭得一干二净。

15 洛伽山顶上闪现一道光芒，
光焰耀目令人睁不开眼睛。
天空中雷轰电闪霹雳交加，
希明费尔山来了瓦尔基里氏，
众仙女的盔甲被鲜血浸湿，
她们的长矛荧荧寒光闪烁。

---

① 传说中的丹麦国王。弗洛狄善于在仇敌之间折冲樽俎，化解刀兵之灾，因而在他统治期间，曾有长时间太平繁荣。

16 不久之后他离开山上的狼窝，
他向南方来的众仙女询问说：
她们是否愿意带走壮士英灵，
天黑后榆木弯弓在呜咽悲鸣。

17 西格隆恩乃是霍格尼的女儿，
这位仙女端坐马上启齿发话，
盾牌喧声停息后她对他说道：
“我想我们应该干点正经名堂，
总不能陪着慷慨的君主喝酒，
虽则他把金镯砸开赏给扈从。

18 “我的父亲曾亲口允婚，把女儿
许配给格伦玛尔残暴的儿子。
不过，海尔吉，
我说胡德布罗德虽是个国王，
色厉内荏胆子小得像只猫咪。

19 “那个国王几天内就来到这里，
除非你向他挑战要决一雌雄，
再不然把姑娘从他怀里抢去。”

海尔吉说道：
20 “不要害怕，西格隆恩，
那个家伙虽曾杀掉过伊苏恩，
只要我有口气总不会放过他。”

21 无所不能的君主派出了使者，
走遍陆地和大海去召集军队。
他用河上火焰般闪亮的黄金，
赏赐给武士和武士们的儿子。

22 他命令他们快上船立即出发，
戎装持戈从布兰岛启碇开船。
这位君主翘首鹄候在那地方，
直到赫定岛的大批人马到达。

23 在斯塔弗斯岬角的海滩上，
一艘艘大船被拖到了岸边。
满船都装着光灿灿的黄金
海尔吉向约尔莱弗发问说：
“你可曾搜查过那些鬼机灵？”

24 年轻的君主又吩咐别的头领，
点清特朗诺埃来的盟军人数。
因为这要耗费不知多长时间。
这艘装着恶龙做船头的艨艟，
沿着乌尔瓦海峡朝大海驶去。

25 足有一千二百名可靠的勇士，
在哈托恩还可召集另一半人。
王室军队浩浩荡荡声势强大，
海尔吉发出誓言：
“我将要金戈铁马麾军去冲杀。”

26 王子一声令下卸掉船舱帐篷，
沉睡的武士个个都被他叫醒，
王家的军队看见拂晓的熹微。
在瓦林峡湾挂起帆才能兜风，
他们在主桅杆上升起了风帆，
那是编织精良的白色大苫布。

27 桨起桨落海面上迸溅出珠帘，
刀剑林立磕碰得发出丁当声。
盾牌成列一个紧挨着另一个，
战士们奋力划桨前合又后仰。
战船如同脱弦之箭般地飞驶，
王家船队离开陆地愈来愈远。

28 不久之后他们听到风声呼啸，
长船在浪尖涛谷中迂回穿行。
科尔嘉的姐妹们[1] 对他们施虐，
就像礁岩同拍岸惊浪在较量。

29 海尔吉命令赶快放下大风帆，
这条海浪上的骏马正要转身。
海神艾吉尔令人可畏的女儿，
巨掌扇过来想要把战船掀翻。
就在这千钧一发的生死关头，
战士们眼明手疾避开了巨浪。

---

[1] 为海神艾吉尔的女儿。海神艾吉尔共生有九个女儿，分管各种不同的波浪。

30 骁勇善战的仙女西格隆恩，
在天上庇佑着他们和战船。
王室的海上猛兽突然转身，
掉棹转向格尼帕隆德而去，
终于挣脱海神伦恩的魔掌。

31 薄暮时分他们来到乌纳海湾，
那艘了不起的艨艟浮在水面。
斯瓦林高地来的敌军的前锋，
正在急切地搜寻这一彪人马。

32 古德蒙德[1] 屈尊纡贵地喝问道：
“这群乌合之众的头领是何人，
是何人把亡命之徒带到岸上？”

33 辛费厄特里举手往后边一撂，
红色金沿的盾牌撂到桁端上。
他倒是粗中有细为人很谨慎，
深知如何同君主辩争和答问。

34 他说道：
“告诉我你今晚何时去喂牲畜，
给母狗公猪喂食是农奴本分。
勇士们来自东边伊尔芬部落，
他们在半道上的格尼帕隆德，
就磨拳擦掌急于要投入厮杀。

① 系胡德布罗德的弟弟。

35 “胡德布罗德寻找海尔吉决战，
可是王子从来不会临阵逃脱。
他时常留下尸骸给隼鹰叼食，
你只会躲在石磨边吻抱女奴。”

古德蒙德说道：
36 “你这位君主记不住昔日往事，
用谎言假话来嘲弄别的君主。
你自己争食恶狼的残羹剩渣，
你还亲手杀死了自己的兄弟。
你到处招人痛骂又惹人憎恨，
只好用冰凉的嘴唇吮舔伤口，
只好钻进乱石岗里面去容身。”

辛费厄特里说道：
37 “你是瓦林岛上的一个坏巫婆，
善于欺诈又擅长诽谤和中伤。
你曾说除了辛费厄特里以外，
哪个顶盔束甲的男人都不要。

38 “你是一个面目可憎的坏巫婆，
你是心地邪恶的瓦尔基里氏。
为奥丁去挑选亡灵叫人恶心，
武士亡灵还要为你彼此残杀，
你这个心计歹毒的刁猾女人。

39 “在萨迦角地生下了九条恶狼，

它们的父亲并非别人就是我。”

古德蒙德说道：
40 “你决不是恶狼芬里尔的父亲，
虽说你年纪比那群狼大一些。
我记得巨人女儿已把你阉割，
在格尼帕隆德的托尔斯岬角。

41 “你本来是火神洛基的亲生子，
西格吉尔只不过是你的继父。
你晚上睡在狼窝的稻草堆里，
在森林里听惯了狼群的嚎叫，
所有不体面的丑事你都干过。
你还把亲兄弟的胸膛刺穿洞，
这些邪恶行径使你名誉扫地。”

辛费厄特里说道：
42 “你曾是骏马格朗尼的新娘，
在那偏僻的布拉瓦尔平川。
你嘴里咬着黄金的马嚼子，
随时准备拨开四蹄去跳跃。
我曾骑着你驰骋在山坡上，
时常累得你快要瘫倒在地。
你在马鞍底下显得很娇小，
你这个淫荡成性的贱女人。”

古德蒙德说道：
43 “你是个伤风败俗的小崽子，

你曾给古尔尼尔当过男宠，
甘心情愿为她的山羊挤奶。
另一回是同伊姆德的女儿，
几乎光着身子同她在鬼混。
莫非你还要同我拌嘴下去？”

辛费厄特里说道：
44 “在法兰克斯坦恩我本当应该
将你剁得稀烂去喂乌鸦吃饱，
而不该再让你能够狼吞虎咽，
用猪狗饲料塞饱你那个肚皮，
但愿你难逃厄运被魔鬼抓去。”

海尔吉说道：
45 “辛费厄特里，
赶快准备战斗前去上阵厮杀，
让隼鹰不再饥饿有尸骸啄食。
这样对你来说似乎更加适宜，
远胜过拌嘴说些无用的空话，
那些国王都是心狠手辣的人。

46 “我并不过分看重胡德布罗德，
格伦玛尔之子没有多少能耐。
不过老实说他亦不可太小觑，
在莫英斯海姆他打了个胜仗，
他并不缺少挥剑杀人的勇气。”

47 他的儿子骑上骏马前去报警，

斯维布德和斯凡约德两匹马。
马不停蹄直奔到苏尔海姆去。
它们跳跃过露水未干的溪谷，
它们冲刺奔驰在黑暗的平川。
奔马的神速竟胜过了北极光，
使瓦尔基里氏仙女黯然失色。

48 那位国王在芳草萋萋的斜坡，
接见了火速前来报警的骑者。
他们气急败坏地向他禀报说，
海尔吉王子率领大军来征战。
胡德布罗德闻此言猛然站起，
他头戴铁盔身上是戎装打扮。
凝视着飞赴到他面前的儿子，
他沉吟良久才开腔责备说道：
“尼芬隆部落难道竟如此可怕？”

古德蒙德说道：
49 “他们已把战船靠上这边海滩，
条条战船都有龙骨和高桅杆。
那些装龙骨的船行驰得飞快，
还装着桁索可任意升降帆桁。
操纵起来非但轻快而且敏捷，
船舷两侧成行的盾牌很整齐，
两排刨得平滑的桨伸在外面。
那是海尔吉王子大军的船队，
伊尔芬部落无人不为他骄傲。

50 “十五批战士已经登陆上了岸，
在索格恩峡湾还有七千人马，
埋伏在格尼帕隆德的围栅里，
他们整装待命随时可以登上
遮掩船身黄金船头的大战船。
大军云集人多势众浩浩荡荡，
海尔吉会不误戎机发动攻击。”

胡德布罗德说道：
51 “让上了辔头的战马去打头阵，
斯普尔华弗前往斯巴林荒原，
梅尼尔和米尼尔去默克维德。
任何人都不准赖在家里不来，
能挥动利剑的人务必上阵去。

52 “快去把霍格尼传唤到这里来。
再把里恩格的儿子们全召集：
阿特里、英格维和老阿尔弗，
他们都跃跃欲试想要去打仗。
我要给伏尔松家族迎头痛击。”

53 两军相遇恰如雷电交加一般，
他们在弗莱克斯坦恩大决战，
人吼马嘶雪亮的矛尖在飞舞。
在厮杀得最激烈凶险的地方，
都可见到海尔吉在以命相拼。
这个曾经杀戮过匈丁的勇士，
他总是奋不顾身冲在最前面。

从来不曾想过后退或者逃跑，
他胸中有一颗坚如磐石的心。

54 沙场上血战方酣杀声震天响，
长矛相刺锋镝呼啸铿锵不绝。
瓦尔基里氏众仙女自天而降，
她们顶盔束甲前来保护王子。
这些在空中飞来飞去的仙女，
她们所到之处都是尸骸狼藉，
饿狼前来觅食乌鸦饱了口福。
西格隆恩满怀深情开口说道：

55 “祝福你，我的君主，
你将发扬光大英格维[①] 的遗志，
统治广阔的国土和万千子民。
你的一生必将显赫荣耀无比，
因为你能够杀掉胡德布罗德。
他逃跑不掉被你斩下了首级，
那个国王杀过海神罪恶极大。

56 “祝福你，我的君主，
你可毫无愧色戴上赤金戒指，
你该同最聪慧的仙姝结成婚。
祝福你，我的君主，
如今这场战争已经告捷结束，
霍格尼的女儿将做你的配偶。

① 伏尔松家族也就是伊尔芬部落的祖先。据说英格维即是丰饶神弗雷的化身。

你在首府林斯塔德励精图治，
永享昌隆的国运和盛世太平。”

第十七首
海尔吉·匈丁斯巴纳的第二首谣曲

西格蒙德国王是伏尔松的儿子，与来自布拉隆德的堡格希尔德结婚。他们生下一个儿子，依照着海尔吉，希奥尔瓦德亦给他取名为海尔吉。海尔吉的养父是哈加尔。

匈丁是一位雄踞一方，八面威风的国王，那个国家就是用他的名字叫做匈奴兰国。他是个了不起的武士。他有许多儿子，他们四出为他征战掳掠。匈丁国王和西格蒙德国王之间存有宿怨，后来又添了新仇，因为他们都有骨肉至亲被对方杀死。西格蒙德既是伏尔松家族后嗣，亦隶属于伊尔芬部落。

海尔吉乔装改扮前往匈丁国王的王宫中去刺探军情。匈丁的儿子赫明恩恰好在家里。海尔吉离去之时遇见一个放牧少年。他说道：

1 “告诉赫明恩说海尔吉记得清，
那个披铠甲的武士被谁杀害。
你们宫中躲进一条灰色的狼，
匈丁国王以为那就是哈玛尔。”

哈玛尔是哈加尔的儿子。匈丁国王派兵前往哈加尔家中搜捕海尔吉。海尔吉被堵在屋里无路可逃，他便穿上侍女的服饰到磨房去推磨。士兵们四处搜索，未能发现他的踪迹。此时，阴鸷狠毒的盲者说道：

2 “哈加尔的侍女目光如此犀利[①]，
推磨的决非出身低贱的下人。
且听那沉重的磨石正在坍塌，
石磨的木柄也在断裂成碎片。”

哈加尔回答说道：
3 “石磨底座震颤不必大惊小怪，
扶柄推磨的人是国王的女儿。
这个姑娘曾横空飞越过云端，
打起仗来像海上武士般凶猛，
在海尔吉将她生擒活捉之前，
她是西加尔和哈格内的妹妹，
伊尔芬部落姑娘眼睛都吓人。”

海尔吉终于脱险逃走，登上了一艘战船。后来，他剪除了匈丁国王，由是声名大噪，被称为“匈丁的屠夫”。他率领船队四出征伐，有一回把船队停泊在布隆港湾，上岸掳掠洗劫，逮住牲畜便立时屠宰，茹毛饮血食生肉。

有个国王名叫霍格纳，他的女儿名叫西格隆恩。她是个瓦尔基里氏仙女，时常骑着骏马

① 古老北欧传说中大凡英雄人物目光必定犀利，能穿透盲人眼睛的云翳，无法伪装躲避。

横越过天空和大海。她是斯伐娃的转世再生之身。

一日,西格隆恩策马来到海尔吉的战船旁边。她问道:

5 “什么人竟把船队引领到这里,
在峭壁林立的海岸边下了锚。
你们从什么地方来,好汉们?
你们到布隆港湾来有何贵干?
你们的船队航向将朝着哪里?”

海尔吉说道:
6 “哈玛尔引领船队到这边海岸,
我们来自有个小岛名叫莱西。
在布隆港湾是等待海上起风,
我们船队将朝正东方向航行。”

西格隆恩说道:
7 “你的兵刃曾在何处大显身手,
使得古恩[1] 的乌鸦有尸骸啄食?
为什么你的胸甲上溅满鲜血?
为什么你戴着头盔竟吃生肉?”

海尔吉说道:
8 “伊尔芬部落后嗣才刚狩完猎,
你要知道那地方在大海以西。

① 为一个瓦尔基里氏仙女的名字。

我在布拉加隆德猎杀了熊罴，
用剑尖戳着生肉喂隼鹰叼食。

9 “我的姑娘，吃生肉出于无奈，
我们飘泊海上无法生火烧烤，
现在我已对你讲清原委始末。”

西格隆恩说道：
10 “你已把战争来龙去脉讲清楚，
匈丁国王栽倒在海尔吉面前。
都为了至亲骨肉报仇启战端，
鲜血从剑尖上汩汩流淌下来。”

海尔吉说道：
11 “你怎么知道我们鏖战尚未休，
为了替至亲骨肉去雪恨报仇，
才智过人的姑娘，
要知道天下英雄好汉的儿子，
看模样都像是我们的亲兄弟。”

西格隆恩说道：
12 “昨天清早凶神恶煞遇到克星，
他丧生时我就在不远的地方，
你这位万军之主。
我觉得西格蒙德之子[①] 很滑头，
说起话来支吾期艾毫不诚恳，

① 指海尔吉。

总是想把光辉业绩一笔带过。

13 “有一回我曾见你在海上厮杀，
昂然屹立在鲜血染红的船头，
哪顾得浪涛几乎把战船倾覆。
如今王子想要对我隐瞒自己，
霍格纳之女却认出了海尔吉。”

有位国王名叫格伦玛尔，居住在斯瓦林斯豪格，平素作威作福，鱼肉百姓。他有许多儿子，长子名叫胡德布罗德，老二名叫古德蒙德，老三名叫斯塔卡德。在各个国王盟约聚会之际，胡德布罗德趁便向霍格纳求娶他女儿西格隆恩为妻，霍格纳一口应承，遂订下了这门婚事。

西格隆恩闻听音信，便同别的瓦尔基里氏仙女一起纵马越过天空和大海来寻找海尔吉。

海尔吉正在洛伽山同匈丁的儿子们恶战不休。他已杀掉了阿尔弗和埃亦尤尔弗，希奥尔瓦德和赫尔瓦德。他筋疲力尽从战场返回，坐在阿拉斯坦巉岩下憩息片刻。西格隆恩一眼瞅见他便张开双臂扑上去拥抱亲吻，并且告诉他此次前来所为何因。

14 西格隆恩见到了胜利的王子，
她伸出双臂勾住海尔吉颈脖，
泣涕涟涟亲吻戴头盔的王子，
王子立时热恋上了这个仙女。

15 她倾诉自己早已将芳心暗许，
此生定嫁给西格蒙德的儿子。

西格隆恩说道：
16 “在赳赳武夫们的国王大会上，
我竟许配给胡德布罗德为妻，
可是我此生早属于我的君主。
我害怕至亲兄弟会怒火中烧，
因为我违背了父亲许婚承诺。”

17 霍格纳之女不隐瞒她的打算，
她说她要占有海尔吉的爱情。

海尔吉说道：
18 “不必担心霍格纳会怒气冲天，
也不要理睬至亲们义愤填膺。
你我两人结为夫妻恩爱在一起，
我一点不害怕你的至亲兄弟，
年轻的姑娘。”

海尔吉立即调集起一支庞大的船队，浩浩荡荡驶往法兰克斯坦恩。在大海里，他们遭遇到一场可怖的风暴。雷电在他们头顶上闪闪轰鸣，狂飚几乎把他们的战船掀翻。正当船队被吹得七零八落，危急万分的关头，他们看见天空中蓦地出现了九个瓦尔基里氏仙女纵马疾驰而来。他们认出了西格隆恩也在行列之中。风暴霎那间止息，海面顿时恢复平静。他们的船队得以平安抵达陆地。

他们船队缓缓驶入港湾之际，格伦玛尔的儿子们早已在悬崖峭壁上严阵以待。古德蒙德跨上一匹快马，冲下峭壁来到一块靠近港湾的巉岩背后窥探动静。伏尔松家族的大军纷纷忙于收帆落篷，下锚停船。

古德蒙德·格伦玛尔松说道：
19 “统率战船前来的是哪位头领，
他的船头上竟敢插金色旗帜？
看来你们船头并非朝向和平，
一场恶战等着峡湾里的好汉，
血与火的厮杀将把天空映红。”

辛费厄特里说道：
20 “但愿你能够一眼认出海尔吉，
胡德布罗德！
这位勇士从来不会临阵脱逃，
率领大小艨艟决不畏缩退却。
他曾经征服过费奥斯恩部落，
那里是你们兄弟至亲的巢穴。”

古德蒙德说道：
21 “如此说来我们只得兵戎相见，
在法兰克斯坦恩要摆开阵势。
让手上的兵刃平息这场争端，
胡德布罗德我的兄长！
我们忍气吞声已有很久年头，

报仇雪耻的时机如今已来到。”

辛费厄特里说道：
22 “你早先是个羊倌只配放山羊，
在陡峭的石壁山岩爬来爬去。
你手里常握着摘榛子的铁钩，
那招式比舞宝剑要老练得多。”

海尔吉说道：
23 “辛费厄特里！
赶快准备战斗前去上阵厮杀，
让隼鹰不再饥饿有尸骸啄食。
这样对你来说似乎更为适宜，
远胜过拌嘴说些无用的空话。
那些国王都是心狠手辣的人！

24 “我并不过分看重胡德布罗德，
格伦玛尔之子没有多少出息。
不过老实说亦不可太小觑他，
在莫英斯海姆他打了个胜仗，
他并不缺少挥剑杀人的勇气。”

古德蒙德立即策马回辔，前去报警。格伦玛尔的儿子们立即召集大军。许多国王亦统兵前来助战，西格隆恩的父亲霍格纳和他的两个儿子布拉蒂和达格竟也在阵上。这一场恶战只杀得天昏地暗云愁雾惨，人翻马仰血肉横飞。格伦玛尔的儿子全都殒命殄灭。前来助战的国王和头领除了霍格纳之子达格·霍格纳松侥幸逃脱之外也全都陈尸疆场。

达格·霍格纳松向对手求和罢战，却又暗自发下重誓：有朝一日非要向伏尔松家族讨还血债不可。

西格隆恩来到尸骸狼藉的战场，她行走之中看见了奄奄一息的胡德布罗德。她说道：

25 "从赛伐山上下来的西格隆恩，
她不愿投身到你的怀抱中去。
垂死的胡德布罗德国王！
格伦玛尔之子性命已快结束，
灰色狼群等着吞噬你的尸体。"

后来，她见到了海尔吉，不由得欣喜雀跃。海尔吉说道：

26 "我带给你的并非全都是喜讯，
看来命运难驯造化会捉弄人。
聪明的姑娘！
今天一清早在法兰克斯坦恩，
霍格纳和布拉蒂都捐躯沙场，
杀人父兄不是别人恰恰是我。

27 "罗尔劳格的儿子们全都丧生。
斯蒂尔克莱弗的斯塔尔卡德，
那个国王也丢掉了他的性命。
他是我见过的最凶悍的斗士，

脑袋虽被斫掉身躯还在拼搏。

28 “你的至亲几乎都倒在战场上，
他们都已变成了一具具尸体。
上了战场全凭命运给你安排，
想要阻止杀戮亦无回天之力，
而你是挑起这次交战的端由。”

于是西格隆恩放声痛哭起来，海尔吉说道：

29 “休得难过，西格隆恩，
你历来是庇佑我们的女战神，
那些君主逆天妄动咎由自取。”
西格隆恩说道：
“我但愿捐躯的至亲死而复生，
我仍愿把你紧紧拥抱在怀里。”

海尔吉娶了西格隆恩为妻，他们生下几个儿子。可怜海尔吉天年不享，不久即遭仇杀。霍格纳之子达格为了替父兄报仇，向主神奥丁奉献了牺牲。奥丁慨然允诺，并将他的长矛借给了达格。达格同他的妹夫海尔吉在一处名叫弗奥托尔隆的地方作殊死决斗。他用奥丁的长矛刺进了海尔吉的胸膛，海尔吉应声倒下。达格便飞马赶到赛伐山，将此噩耗告知西格隆恩。

达格说道：
30 “我的妹妹，

我非常难过告诉你这一噩耗，
无奈何我只好让我妹妹哭泣。
今天大清早在弗奥托尔隆德，
人世间最好的君主毕命栽倒，
他曾傲踞于别的君主头顶上。”

西格隆恩说道：
31 “但愿你已经起下的所有重誓，
凡是落到海尔吉头上的祸祟，
桩桩件件都会在你身上应验。
清澈晶莹的生命之河滔滔流，
冰凉潮湿的怨怼顽石缩成团。

32 “但愿你的战船无法行驶向前，
哪怕顺风已兜得风帆鼓囊囊。
但愿你的战马失蹄不能奔驰，
纵然敌人追兵即将把你擒获。

33 “你挥舞的利剑决不为你杀敌，
反倒嗖的一声把你脑袋斫下，
海尔吉归天必将由你来抵命。
你必将失去所有财产和欢乐，
成为茫茫森林里的一条饿狼，
没有吃食只好吞噬自己尸骸。”

达格说道：
34 “莫非你已经发疯失掉了理智，
怎可如此恶毒诅咒你的兄长，

我的妹妹！
这一切不幸全都是奥丁造成，
他把敌意仇恨投到至亲之间。

35 “你的哥哥奉献给你赤金戒指，
凡恩狄斯维和维格达尔峡谷，
两块地方全都划归你的名下。
我情愿用我们国家一半领土，
来补偿你失掉丈夫莫大哀痛，
你和你的儿子可以安享尊荣。”

西格隆恩说道：
36 “我在赛伐山此心如槁木死灰，
清晨我只得孑然只身候日出，
夜晚我无奈冷衾孤枕难入眠。
若要我心头快活能重享人生，
除非阳光照耀下王子作伴侣，
除非王子骑着他那匹骏马来。
维格布莱尔的黄金嚼衔俱在，
我却再也迎接不到王子归来。

37 “海尔吉把仇敌吓得望风逃遁，
连他的至亲也都会谈虎色变。
恰好似胆怯的山羊在狼面前，
为保性命抱头鼠窜逃下山去。

38 “海尔吉同别的君主站在一起，
就像挺拔的梣树长在荆棘旁。

又像浑身沐浴着朝露的牡鹿，
秀美得让人只能自愧弗如他。
他可以高昂起头在他们中间，
一对犄角在天空中灼灼发光。”

一座高大的坟墩为海尔吉修筑起来。当他来到瓦尔哈拉宫英灵殿，主神奥丁却要求同他并肩共同来统治一切。

于是海尔吉吩咐说道：
39 “匈丁你这个下贱的奴才痞子，
我吩咐你给每个人端洗脚盆，
把火塘里火生好再把狗拴牢。
查看一遍马匹再把猪都喂饱，
这是你睡觉前要干完的活计。”

一天傍晚时分，西格隆恩的侍女走过海尔吉的坟茔。她蓦然瞅见海尔吉高高骑在马上，大群扈从前呼后拥浩浩荡荡走进坟墩。侍女说道：

40 “我看见死人骑马难道是眼花？
要不然是最终末日就将来临。
你是策马往前要去别的地方，
还是上苍允许你回家来探望？”

海尔吉说道：
41 “你所亲眼见到的并不是眼花，

虽说你被惊吓得瞪大了眼睛，
并非末日来临人类不会完结。
我们公干在身须策马再往前，
上苍没有允许我们回家探望。”

侍女立即飞奔回去，向西格隆恩禀告一切：

42 “快点出去，你快到赛伐山上，
西格隆恩！
如果你想要同万军之主相见。
坟墩裂开顶海尔吉已经显灵，
他的伤口仍在汩汩流着鲜血，
王子央求你去给他吮吸创伤。”

西格隆恩疾步奔进坟墩，果然见到海尔吉，她便说道：

43 “此刻我真快活我俩又再相会，
心情急不可耐像是贪嘴隼鹰。
当它得知哪里已摆下了战场，
它便焦躁地等待刚死的尸骸，
哪怕被夜露浸身也挨到天明。

44 “我先要亲吻失去生命的王子，
在你脱下血渍斑驳的铠甲前，
你的秀发沾满白皑皑的冰霜。
王子脸庞被鲜血染成了酡颜，

霍格纳女婿[1] 双手黏糊又冰凉。
我的君主,我怎样为你吮伤?”

海尔吉说道:
45 “从赛伐山上下来的西格隆恩,
你的泪水把海尔吉浑身湿透。
你哭泣吧,金光闪闪的姑娘,
在入梦前把苦涩的眼泪哭干。
阳光般令人眩目的南方姑娘,
滚滚的泪珠洒在王子胸膛上。
每一滴都冰凉清澈好似朝露,
每一滴都灼热滚烫如同炭火,
每一滴都盛满悲哀无比稠厚。

46 “我们应该干一杯甘醇的蜜酒,
虽然已失掉国土和生的欢愉。
我们却不要别人的悲号哀歌,
尽管我胸膛上伤痕赫然在目。
如今我的姑娘来到坟墩里面,
国王的女儿陪死尸坐在一起。”

西格隆恩在坟墩里铺好一张床。她说道:

47 “我在这里铺好一张床,海尔吉,
你可以无忧无虑在此地安息,
伊尔芬部落的后嗣长眠于斯。

① 即海尔吉。

在你的双臂里我亦将入梦去，
终身厮守永不渝一如你生前。”

海尔吉说道：
48 “没有任何事情更出乎人意料，
在赛伐山从前今后都不会有。
你竟然想睡在死人的怀抱里，
霍格纳之女① 要与我生死同穴。
可是美丽的姑娘，
你是天潢贵胄尚还活在人间。”

海尔吉率领他的扈从策马扬鞭绝尘而去。西格隆恩只得满怀悲伤返回家去。次日傍晚时分，西格隆恩差遣侍女到坟茔去守候。薄暮天黑，西格隆恩自己来到坟茔旁边。她说道：

50 “他若是想来此刻早就该显灵，
西格蒙德之子仍在奥丁宫殿。
想同王子相会的希望已渺茫，
此刻隼鹰早就栖息在梣树上，
家家户户全都已进入了梦乡。”

侍女说道：
51 “你千万不要发痴，高贵的夫人，
独自一人闯进鬼魂的住宅里。
须知在黑夜死人常横行霸道，

① 即西格隆恩。

直到天破晓他们才销声匿迹。”

西格隆恩悲伤哀怨过度,不久便郁郁而终。古时有一种信念,就是人死之后可以辗转重生。现时这种信念已被说成是老妇人的无稽之谈。然而相传海尔吉和西格隆恩这对恩爱恋人也转世重生,以续再生之缘。下一世的姻缘中,他再生成为海尔吉·哈定吉雅·达玛吉尔。她再生成为哈尔弗丹的女儿卡拉,也仍是个瓦尔基里氏仙女。这个传说见诸于《卡拉之歌》,惜乎这首歌谣未能保存,至今已湮没无闻。

第十八首

辛费厄特里之死

伏尔松的儿子西格蒙德乃是法兰克兰的国王,辛费厄特里是他的长子,次子是海尔吉,幼子是哈姆恩德。西格蒙德的续弦之妻堡格希尔德有个弟弟,那个弟弟和她的继子辛费厄特里向同一个女子求婚。两人争风吃醋,乃至拔刀相向,辛费厄特里一时性起结果了那个弟弟的性命。他返回去时继母堡格希尔德已闻得凶讯,痛斥怒骂之余要将他立即逐出家门。可是西格蒙德出面来劝阻,并且给了她一笔可观的赎罪金,她只得忍气吞声接受下来。

在她弟弟的葬礼酒宴上,堡格希尔德端着麦酒频频飨客劝饮。她将毒药兑入酒内,斟满一只大牛角杯,捧到辛费厄特里嘴边。他朝牛角杯里瞄了一眼,顿时明白酒已下毒,于是他便抽身走到西格蒙德跟前,禀告说道:“父亲,此酒浑浊似成云翳状。”西格蒙德亦不搭理,接过牛角杯一饮而尽。相传西格蒙德体格强健、功力深湛,任何毒药休想损伤他分毫,不管是肌肤或者吃喝入体内中毒,他都能分解排泄。然而他的儿子们功力尚未达到如此炉火纯青的地步,尚只能抗御化解肌肤中毒。

堡格希尔德转过身来,又向辛费厄特里奉

上第二杯毒酒。辛费厄特里依然不饮,他父亲饮了结果亦同前次一样。第三回堡格希尔德奉上毒酒时,她大肆奚落,讥讪辛费厄特里胆小多疑,连她捧上的酒都不敢尝一口。辛费厄特里仍如同前两次一样禀告西格蒙德。不料他父亲迎头喝道:“你不妨用胡须把酒吮舐干净!”辛费厄特里被迫无奈,只得昂脖饮尽,立即中毒暴卒。

西格蒙德抚尸大恸,他将儿子尸体兜在怀里行走良久,来到一处地形窄长的峡湾 。岸边有一小舟停泊,船首站立一老翁。那老翁愿意将西格蒙德摆渡至对岸。可是将尸体摆上船后,这才发觉小船已满载再无立足之地。老船翁便叫西格蒙德沿岸绕峡湾而行徒步走到对岸。说罢,小船撑离岸边,一下飞驶得无影无踪。[①]

西格蒙德自与继妻堡格希尔德结婚以来,曾在她的王国丹麦滞居多年。而今他蒙受丧子之痛,便只身返回法兰克兰南部他自己的王国中去。

他又娶了埃依里米国王的女儿希尔蒂丝为妻,生下了儿子西古尔德。数载后,西格蒙德被仇家匈丁[②] 的儿子们所杀。希尔蒂丝便另行择夫,改嫁给希阿泼莱克的儿子阿尔弗。西古

---

① 老船翁系主神奥丁的化身,前来引渡辛费厄特里的亡灵前往瓦尔哈拉宫英灵殿。

② 即匈奴兰国国王。

尔德在继父家中度过童年。

西格蒙德和他所生的所有儿子都身高力大，勇气十足，非但胆略过人而且武艺娴熟。他们个个卓越超群，令常人只能望其项背，而西古尔德又是他们兄弟之中最出类拔萃者。古老的传说全都众口一词称赞他为人中豪杰和最令人敬畏的统军主帅。

第十九首

格里泼尔的预言

格里泼尔是埃依里米之子，希尔蒂丝的兄长。他统治着广袤的国土和众多的子民，是一位异人智叟，亦是善于占卜过去未来的先知者。

一日，西古尔德独自骑马来到格里泼尔的王宫。西古尔德器宇轩昂非同常人，易于被认出来，王宫殿堂外有一人上前同他搭讪攀谈。此人自称名叫吉依梯尔。于是西古尔德向他致意问候，并且说道：

1 “请问你统治这座城堡的是谁，
这里万民之主是哪一位国王？”

吉依梯尔说道：
“此地臣民的君主是格里泼尔，
他统治着广袤的土地和百姓。”

西古尔德说道：
2 “请问这位英明国王在不在家，
国王是否介意同我说几句话？
一个无名后辈有事需当面谈，
我希望能早日见到格里泼尔。”

吉依梯尔说道:
3 “那位仁慈的国王会问吉依梯尔,
陌生人有何事要对格里泼尔说?”

西古尔德说道:
“我叫西古尔德是西格蒙德之子,
母亲希尔蒂丝是国王的亲妹妹。”

4 于是吉依梯尔禀告格里泼尔:
“外面有个客我不知他何处来。
人长得雍容大方一副好气派,
他非要求见你不可,我的君主。”

5 于是这位万民之主踱出殿堂,
他由衷欢迎正在进来的王子:
“欢迎你,西古尔德外甥,
你本该早点来免得我常牵挂,
吉依梯尔你快去照料他的骏马。”

6 甥舅俩促膝交谈不少事情,
十分投缘皆因惺惺惜惺惺。
西古尔德说道:
“请你告诉我若是你知道,舅舅,
西古尔德这一生的荣枯祸福。”

格里泼尔说道:
7 “你将成为,我的外甥,
邈远蓝天之下最荣光的豪杰,

你高于别的君主可睥视群雄。
挥霍起黄金来你毫不会吝啬，
可是叫你后退却是难上加难。
你仪表堂堂有一副侠骨义胆，
天赋聪颖谈吐中蕴涵着睿智。”

西古尔德说道：
8 “你若未卜先知不消等我追问，
直截了当告诉我，英明的国王。
在我走出你的王宫庭院之后，
我命运中第一件壮举是什么？”

格里泼尔说道：
9 “第一件壮举乃是，我的王子，
你立志为你的父亲报仇雪恨，
还有遇害的外祖父埃依里米。
你将匈丁的儿子们悉数殄灭，
英勇地打了大胜仗重振家声。”

西古尔德说道：
10 “请告诉我，高贵的国王，
我真高兴有如此圣明的舅舅，
我们可以直言相告毫无顾忌。
你看西古尔德将来建功立业，
哪一件堪称是苍穹下的绝顶。”

格里泼尔说道：
11 “你独自杀掉鳞光闪闪的恶龙，

那条恶龙凶狠无比而又贪婪，
它的巢穴就在格尼塔荒原上。
除了杀掉那条恶龙法弗尼尔，
你还将手刃你那个养父雷金，
格里泼尔的预言不会有舛误。”

西古尔德说道：
12 “倘若我果真能赢得这些胜利，
一如你预言推断的那样正确，
我的王国便会疆土辽阔广袤。”

格里泼尔说道：
13 “非但如此，我的外甥，
你还在法弗尼尔的洞穴底下，
发掘出一处光焰万丈的宝藏。
骏马格朗尼驮回来金银财宝，
你凯旋而归径直去找吉乌基①。”

西古尔德说道：
14 “你以鞭辟入里的语言谈人生，
使我明达事理通晓我的命运。
我在吉乌基家做客后就离开，
随后我的一生又有什么壮举？”

格里泼尔说道：

① 为西古尔德的岳父，哥特王国国王。他有三子一女：长子贡纳尔、次子霍格纳和螟蛉子古特乌姆，女儿古德隆恩。

“有位国王的女儿昏睡在高山，
15 海尔吉死后就裹在锁子甲里，
她举止端庄出落得仪容万千。
你务必举起那柄锋利的宝剑，
屠龙壮士把锁子甲全都砍断。”

西古尔德说道：
16 “锁子甲斫断后公主开口讲话，
她从昏睡之中徐徐苏醒过来。
公主有什么话对西古尔德讲，
可曾给王子带来好运和幸福？”

格里泼尔说道：
17 “她将会教你喁喁细语的情话，
那奥秘所有的男人都想得到。
世上语言各异情话无人不讲，
它乃是明效大验的灵丹妙药。”

西古尔德说道：
18 “学会了人生的真谛儿女情长，
我将策马离开那里再往前行。
今后的去向望你帮我费点神，
难道你不肯多讲点给我听听？”

格里泼尔说道：
19 “你找到公主的养父海依米尔，
快乐地在他王宫中做客盘桓。
我对你未来的预测到此为止，

西古尔德你何苦要刨根究底，
我认定再往前推算已不值得。”

西古尔德说道：
20 “你的这番话使得我心如刀割，
因为你的法眼看遍我的未来。
你明明知道，我的国王，
西古尔德即将遭受巨大不幸，
可是你却搪塞敷衍守口如瓶。”

格里泼尔说道：
21 “你一生中青春年代最为辉煌，
我可预测出来看得最为清楚。
我作的推断已向你和盘托出，
谈不上正确更遑论先知先觉。”

西古尔德说道：
22 “据我所知世上再也没有别人，
能像你一样对未来如数家珍。
若是祸祟逼近使我受到伤害，
说出来固然丧气但强似隐瞒。”

格里泼尔说道：
23 “你戎马倥偬身后未落下恶名，
我的话你可以相信，我的王子。
只要人类在世上还生存下去，
你的英名必将牢记不会湮没，
因为你挥舞起兵刃胜似狂飚。”

西古尔德说道：
24 “这是我想像得出的最坏结果，
白跑一趟对命运乃一无所知。
倘若你情愿，我的舅舅，
央求你高瞻远瞩指点出一切，
命运之神为我安排下的道路。”

格里泼尔说道：
25 “既然如此我也只得实言奉告，
西古尔德，我的君主，
是你苦苦相逼我才道出隐情，
每桩事都确凿毫无半句谎言：
不久后的一天你将惨遭横死。”

西古尔德说道：
26 “我并不愿听国王的呵斥训责，
却愿接受舅舅你的苦口良言。
眼下我急于知道迭起的波澜，
虽然这将使西古尔德很难过。”

格里泼尔说道：
27 “海依米尔有个养女貌若天仙，
她的闺名叫做布隆希尔德。①
天生铁石心肠是布狄里之女，

① 匈奴女子，为匈奴兰国国王布狄里之女，她兄长艾特礼在布狄里死后继位为匈奴兰国国王。

抚养她长大的却是海依米尔。”

西古尔德说道：
28 “海依米尔家有个好看的姑娘，
这与我未来的命运有何相干？
请你一语道破玄机，格里泼尔，
因为我的今后逃不过你法眼。”

格里泼尔说道：
29 “她将把欢乐从你的手中攫走，
海依米尔家这个好看的养女。
你将夜不成寐无心过问国事，
心目中除了她看不见别的人。”

西古尔德说道：
30 “你这番话醍醐灌顶令我酣畅，
快告诉我你的预见，格里泼尔，
我是否将她娶回家来做妻室，
这位貌若天仙的国王的养女？”

格里泼尔说道：
31 “你们俩海誓山盟相约到白头，
字字泣血句句都鹣鲽情意深。
可惜你却言而无信不守诺言，
在吉乌基家做客一夜变了心。
你竟把布隆希尔德丢诸脑后，
可怜的海依米尔国王的养女。”

西古尔德说道：
32 “此话从何说起，格里泼尔舅舅，
难道你把我当作无赖的小人。
你可曾看得出我的性格之中，
何尝有过背信弃义不守承诺。
就算我违背了对姑娘的盟誓，
试问我自以为爱上哪位姑娘？”

格里泼尔说道：
33 “你将成为另一场骗局的牺牲，
古德隆恩之母格里姆希尔德，
嫁女心切竟想出个恶毒主意。
在你身上移花接木巧作安排，
逼你娶她的金头发女儿为妻。”

西古尔德说道：
34 “那么我可曾当贡纳尔的妹夫，
把古德隆恩娶回家结为夫妻？
其实这宗婚事也还差强人意，
倘若悲哀没有带来揪心痛楚。”

格里泼尔说道：
35 “格里姆希尔德要你僵桃李代，
唆使你去向布隆希尔德求婚，
充当哥特国王贡纳尔的替身。
你经不住她花言巧语的蛊惑，
乖乖地答允立即上路去求婚。”

西古尔德说道：
36 “不难看出我必将遭殃受连累，
西古尔德误入歧途难再回头，
我竟然代替别人去向她求婚，
而那位姑娘又是我的心上人。”

格里泼尔说道：
37 “贡纳尔、霍格纳兄弟还有你，
三个人立下重誓不走漏风声。
在半道上你们易容改换模样，
贡纳尔和你彼此对换了肉身，
千真万确格里泼尔不打诳语。”

西古尔德说道：
38 “做这番手脚究竟为什么缘故，
为何我们俩半道上相互易容？
内中谅必有不可告人的奸诈，
阴险的毒计真令人毛骨悚然，
请快告诉我，格里泼尔！”

格里泼尔说道：
39 “你换上了贡纳尔的容颜和举止，
可是依然保留着你的口才天禀！
你以西古尔德名义向她去求婚。
可惜替他人作嫁衣自己却无份，
你娶不到那品德高尚的天仙。”

西古尔德说道：

40 “这是我能想像得出的最坏结局，
男子汉做出如此伤天害理勾当。
必将受人糟践垢骂留下恶名声，
我不愿卑劣地诱她入这个圈套，
那位高贵的姑娘曾是我心上人。”

格里泼尔说道：
41 “你这个万军之主艳福真非浅，
务必陪着那姑娘同衾共枕眠。
却不许染指她有越轨的举动，
只能像婴儿躺在母亲的身边。”
正因光明磊落没有秽行苟且，
所以你口碑载道英名得永存，
世世代代流传下来不曾忘记。”

西古尔德说道：
42 “贡纳尔娶了那位好姑娘为妻，
众人无不称赞永结鸾俦凤侣。
可是世上事情居然如此离奇，
是你对我亲口说的，格里泼尔，
我竟陪伴新娘睡了三个夜晚。”

格里泼尔说道：
43 “两对婚礼在吉乌基厅堂举行，
西古尔德和贡纳尔换回新娘。
你们回到家就恢复本来面目，
音容笑貌全和以往一模一样。

西古尔德说道：
44 “我和姻亲之间谅必闹得很僵，
请快告诉我，格里泼尔。
究竟是贡纳尔占上风而得意，
还是我自己终于能扬眉吐气。”

格里泼尔说道：
45 “你回忆起了当初的海誓山盟，
懊恨莫及可是你宁愿不吱声，
因为你爱古德隆恩为了她好。
布隆希尔德发觉自己上了当，
她想尽办法要报复奸诈之徒。”

西古尔德说道：
46 “什么样赔偿那个姑娘肯接受？
既然我们设下圈套欺骗了她，
给她赔偿补报本属情理应当。
我曾经起誓允诺了姑娘婚约，
却违背了诺言欺骗她的爱情。”

格里泼尔说道：
47 “她却对贡纳尔说得斩钉截铁，
说道你旧情难忘竟背信弃义。
在三天里做下对不住他的事，
违背了你对贡纳尔起的重誓。
吉乌基的继位者贡纳尔国王，
他虽聪明但信任你竟未提防。”

西古尔德说道：
48 “此话真是血口喷人，格里泼尔，
难道你把我当成无赖的小人，
我怎样证实自己无辜受冤枉。
还是姑娘迷途知返变了初衷，
她终于承认说谎诬赖我清白，
请快告诉我，格里泼尔！”

格里泼尔说道：
49 “那姑娘心中纠结着悲愤怒火，
痛彻肝肠的哀怨使她报复你。
你本性不愿伤害那个好姑娘，
误中王后[①] 所施毒计身不由己。”

西古尔德说道：
50 “难道像贡纳尔这样绝顶聪明，
竟也会听从妻子的唆使挑拨？
还有他两个弟弟古特乌姆和霍格纳，
莫非吉乌基之子不顾姻亲情分，
非要用我的颈血染红他们利剑？
请快告诉我，格里泼尔！”

格里泼尔说道：
51 “在她的兄弟们把你杀死以后，
古德隆恩就从此失去了欢乐。
她为丧偶而心碎再也未恢复，

① 系指格里姆希尔德，哥特王国的王后。

这一切全要怪格里姆希尔德。”

52 “想开点吧，万军之主，
烦恼忧伤毫无用处于事无补，
这是上苍已为你安排的命运。
在阳光照耀下的苍茫大地上，
无人比你的功勋更百世流芳，
西古尔德，我的君主。”

西古尔德说道：
53 “让我们握别互道一声多珍重，
命运乃是上苍安排无法抗争。
多谢你，格里泼尔舅舅，
你尽全力按我央求作出推断，
本想多讲点我一生中的功绩，
可惜你虽有此心却无力回天。”

第二十首

雷金的歌谣

西古尔德来到希阿泼莱克国王的养马场，他为自己挑选了一匹骏马，它就是后来名噪一时的格朗尼宝马。希阿泼莱克是他养父雷金的父亲，不久后雷金也来到王宫中探望他的父亲。雷金心灵手巧能锻造出各色首饰，是个身材挺拔的侏儒。他为人圆滑而狡黠，阴鸷而凶猛，知识很渊博，又精通魔法。雷金收养了西古尔德之后，对他十分疼爱，言传身教使西古尔德大有长进。

一日，雷金同西古尔德谈天，讲了不少他生身父母的往事。雷金忽然提到了这样一件昔日逸事：

奥丁、汉尼尔和洛基三位神祇来到恩德瓦拉湍流，因为在这条溪流里有数不清的游鱼。有个小精灵名叫恩德瓦尔，他变形化成一条狗鱼在这条溪流里生活了许多年头，平日亦靠捕食游鱼度日。

雷金说道：我有个兄弟名叫奥托，也时常到那条溪流里去捕鱼，他喜爱变成一只水獭跃入急流之中嬉戏捕捞。那一天他刚巧捕获了一条鲑鱼，随后就在岸边憩息闭目养神。这时洛基从背后悄悄走来朝着水獭脑袋砸了一石头，就这样把我兄弟砸死了。可是阿西尔部落神祇们却浑然不知，他们以为交好运发了一笔横财，于是三人动手剥下水獭皮做成一个口袋。

当天晚上，他们投宿到雷德玛尔① 家中，他们不知房东是奥托的父亲，便取出他们捕获的水獭来炫耀一番。于是，我们将这三个人生擒活捉，并且勒令他们付出赔偿金来赎命，否则便结果他们的性命。赎命的黄金必须足以装满水獭皮口袋，还要从外面将尸体盖得严实。他们无奈只得派洛基去筹措这笔黄金。

洛基前去寻访海神雷恩，问她借到了她的渔网。然后他来到安德瓦拉湍流，在狗鱼出没之处张网待捕。那条狗鱼在水里往前一跃，恰好落入网中。

于是，洛基说道：
1 “这是一条什么样的鱼儿，
在湍流里摇头摆尾游弋，
却不在乎避凶险趋平安。
你若想避死神保全脑袋，
除非把窖藏黄金献出来。”

狗鱼说道：
2 “我的名字叫做恩德瓦尔，
父亲就是小精灵厄依恩，
我在这条湍流生活多年。

① 系奥托、雷金的父亲，法弗尼尔的养父。

因为在很久之前有一天，
我无意中得罪命运女神，
她对我降下惩罚的诅咒，
我只能变条鱼苟全性命。”

洛基说道：
3 “告诉我，恩德瓦尔，
倘若有人帮你恢复人形，
使你回到人类殿堂生活，
他们能得到什么样报答？
因为要破解符咒的魔力，
他们每人都会受到伤害。”

恩德瓦尔说道：
4 “恩人们将得到丰厚报答，
不过他们必须自己去拿，
涉水泅渡过瓦格美尔河。
你可是说话务必要算数，
你的允诺若有半句虚假，
必将永远遭受天谴神罚。”

洛基看到了恩德瓦尔的窖藏黄金，可是当恩德瓦尔交出全部黄金时，他故意隐匿掉一个戒指。原来那只戒指具有魔力，能够永远不断孵化出黄金来。洛基眼明手疾，一把夺过了这枚戒指。

小精灵倏然钻进一块岩石中去，说道：

5 “这戒指曾是盖斯特所有，
它将会使两兄弟送掉命。
而且会使八个王子纷争，
我的财宝对谁都无好处。”

阿西尔神祇们便向雷德玛尔交纳赎罪金。他们把水獭皮铺在地上摊平，再把四条腿脚撑开。阿西尔神祇把黄金倒在水獭皮上，直到看不见皮毛。做完这些事情后，雷德玛尔走上前来验看，发现仍有一根獭毛竖直伸出在外面。他便吩咐说这根硬毛亦必须盖上。奥丁无奈只得掏出恩德瓦尔宝藏中的那枚黄金戒指套在那根竖毛上。

洛基说道：
6 “黄金已经交给你作赔偿，
一分一厘都不曾有短少。
为活命我只得忍痛破财，
付出的代价真大得吓人。
这笔财富不会带来好运，
你们两个必将贪财丧生。”

雷德玛尔说道：
7 “你的赔偿并非厚爱馈赠，
根本没有丝毫诚心挚意。
我本当可轻易取你性命，
若是早点晓得你要诅咒。”

洛基说道：
8 “还有桩比这更坏的事情。
我相信我已经预见出来，
你家祸起萧墙骨肉相残。
有两个尚未出生的王子①，
在胎里已受到仇恨濡染。”

雷德玛尔说道：
9 “十足赤金我家里有的是，
只要我活着财富自会来。
你的恫吓我一点不害怕，
现在你滚回去离开此地。”

雷德玛尔的两个儿子法弗尼尔和雷金向他父亲提出：他们兄弟奥托之死的赔偿金亦应有他们每人一份，因而他们亦要索取黄金，但却遭到雷德玛尔严词拒绝。法弗尼尔怀恨在心，趁他父亲熟睡之际，将利剑刺入他的胸膛。雷德玛尔将两个女儿召唤到他面前，说道：

10 “吕恩希海依德和洛弗海依德，
你们要知道我丧命已在顷刻，
贪婪竟使法弗尼尔失去人性。”
吕恩希海依德说道：
“虽然我们不幸失去自己父亲，
可是很少听说过有女流之辈

① 系指吉乌基家族的贡纳尔和霍格尼。

动手向自己兄弟报杀父之仇。”

雷德玛尔咽气身亡。法弗尼尔便鲸吞了他父亲的全部金银财宝。雷金前去索取他名下应该继承的那一份遗产,却遭到法弗尼尔蛮横拒绝。于是雷金找他的姐妹吕恩希海依德来商量他应如何夺回他应继承的那份遗产。

吕恩希海依德说道:
12 “你应该和颜悦色露笑容,
好声好气同你兄弟商量,
才能取得你名下的一份。
千万不可为了争夺家产,
拔剑相向同法弗尼尔厮杀,
兄弟阋墙伤了手足情谊。”

雷金把这桩事情告诉了西古尔德。一日,西古尔德又来到雷金的住所,他受到盛情款待。

雷金说道:
13 “西格蒙德的后嗣来看望,
小伙子的头脑十分机灵,
也比那些老人更为勇敢,
他来此胸中必定有打算。
我对他抱有莫大的期望,
但愿从饿狼手上分杯羹。

14 “我务必端上美酒和佳肴,

来款待骁勇善战的壮士。
你祖先英格维不会愧疚，
有这样英武勇猛的后裔。
他将成为阳光照耀之下，
最为超群拔萃的大豪杰。
他一生之中的彪炳业绩，
将在各地世代传诵下去。”

畅饮之后，雷金便挽留西古尔德在他家小住数天。雷金告诉西古尔德说道：法弗尼尔已变成一条恶龙，盘踞在格尼塔洞穴里。他有一顶法力无边、恐怖之极的头盔，任何生灵只消瞅上一眼就惊骇得不能自已，活生生被吓死。

雷金为西古尔德铸造了一柄利剑，起名为格拉姆宝剑。这柄宝剑锋利至极，据说倘若将剑放进伦恩河里，再放一绞羊毛到河里随波漂流，那柄宝剑可以将一绞羊毛都削为两截。西古尔德不大相信，便举剑顺手朝雷金的铁砧上轻轻一砍，那铁砧应声被劈成两爿。

自此之后，雷金说话不再婉转迂回，而是直截了当怂恿西古尔德去杀法弗尼尔。

可是西古尔德回答说道：
“匈丁的儿子会嗤鼻冷笑，
他们曾夺去埃依里米性命。
倘若你一心要得到黄金，
而不是想要报杀父深仇。”

希阿泼莱克闻听西古尔德立志要报杀父之仇,便愿相助一臂之力。他调遣战船和士卒给西古尔德率领前往。船队在海上遇到可怕的风暴,被刮到一处岩石嶙峋的岬角。有一个耄耋老者站立在巉岩上翘首观望。

他说道:
16 “他们是谁?
竟敢在咆哮轰鸣的怒海,
驾驭海神的骏马在狂奔。
战船随着汹涌巨浪颠簸,
然而还挂着风帆的骏马,
犹自挣扎却已精疲力竭。
激浪迸溅出排空的水帘,
原该劈波斩浪的大海船,
却再吃不消波浪的冲击。”

雷金说道:
17 “这是西古尔德和我自己,
站在还能浮水的木船里。
我们遇到一场极大风暴,
险些儿送了我们的性命。
层层顶头浪高得像尖塔,
扑上来高过船头和船尾。
这条破船眼看就要沉没,
在岸上问话的是什么人?”

耄耋老者说道:

18 “他们全都管我叫尼卡尔[①]，
伏尔松家族里的年轻人。
只要他们上阵前去厮杀，
乌鸦便高兴有尸骸可啄。
你们可叫我山上的老人，
弗恩或者是费奥恩尼尔，
我想随你们乘船去对岸。”

他们将船靠岸，耄耋老者上了船。说也奇怪，风暴竟立时止息。

西古尔德说道：
19 “请你告诉我，尼卡尔，
你对两件事知道的一切。
若是即将上阵拼搏厮杀，
神祇和人类面临的预兆，
挥剑之始什么兆头最好。”

尼卡尔说道：
20 “挥剑之始有不少是吉兆，
只消人们能够看得懂它。
我想这算是可靠的吉兆，
黑色乌鸦飞来相随武士。

21 “另一个吉兆是踏出门外，
准备动身前往战场拼搏。

① 主神奥丁出巡时常用的假名之一。老者系奥丁化身，前来保佑他们化险为夷。

你忽然看见路上有吵闹，
两人争路各不肯退一步。

22 “第三个吉兆是你耳听得，
梣树底下有饿狼在嚎叫，
预示好运正在等待着你。
戴头盔的敌人必定打败，
倘若你能抢先看见他们。

23 “没有人敢面朝太阳厮杀，
阳光刺得你睁不开眼睛。
背对太阳才能看清敌人，
方可执着先机施展本领。
打仗必须要会布设阵势，
要把大军排成楔形队形。

24 “你若脚步踉跄绊跌一跤，
那真是飞来横祸楣要倒，
说不定就此断送了性命。
造化爱在战场上作弄人，
看你受到伤害便暗中笑。

25 “每个有心计好汉都知道，
清晨起来务必梳洗整齐，
然后再从容把肚皮吃饱。
因为晚上能否平安回家，
上阵打仗谁也不敢断定。
慌张腌臜匆忙赶去厮杀，

乃是祸祟临头的忌讳凶兆。”

西古尔德同匈丁之子吕恩维和他的兄弟们交战，大获全胜而归，那三兄弟全部伏诛。在这场战事结束之后，雷金说道：

26 “如今浑身溅满血的隼鹰，
栖在西格蒙德仇敌背上，
嘴里叼着一柄锋利的剑。
无人比西古尔德更厉害，
贪嘴的乌鸦更是乐开颜。”

西古尔德凯旋班师，回到希阿泼莱克国王的王宫里。自此后，雷金更变本加厉唆使西古尔德去杀掉法弗尼尔。

第二十一首

法弗尼尔之歌

西古尔德和雷金一起来到格尼塔荒原。他们找到了恶龙法弗尼尔从洞穴出来蜿蜒而行到水边去所留下的痕迹。于是,西古尔德在恶龙必经之路上挖了一个大坑,他跳到坑里蹲下埋伏。不久,恶龙法弗尼尔从洞中黄金堆上爬下来要去水边。法弗尼尔蠕动身躯蜿蜒向前,一路上从鼻孔中喷出的毒雾如同瓢泼一般滂沱而下,劈头盖面浇得西古尔德浑身湿漉漉。就在法弗尼尔的身躯游过大坑的一瞬间,西古尔德间不容发将利剑朝上猛力戳去,那利剑正好刺入恶龙的心脏。法弗尼尔顿时全身抽搐颤抖起来,龙头和龙尾翻滚抽打不已。西古尔德觑个空隙,跳出坑外。他同恶龙相互对峙打量良久。

法弗尼尔吼道:
"竟是个乳臭未干的毛头小伙,
你是谁家的孩子父亲是何人?
哪个部落哪个家族的后嗣?
你怎敢前来行刺法弗尼尔,
用我的鲜血把你的利剑染红,
利剑的尖刃还留在我的心中。"

西古尔德没有如实说出他的真实姓名，因为在古时候人人有此信念：在临死前直呼仇家姓名所起下的诅咒，其法力灵验要远胜过平时。

于是西古尔德说道：
2 “我没有姓大家都叫我拔尖的，
自幼失怙从小就死掉了母亲。
若问到父亲我不知他是何人，
按说这也司空见惯不足为奇。”

法弗尼尔说道：
3 “你说问起父亲你不知是何人，
按说这也司空见惯不足为奇。
你可知出生时有何奇迹征兆？”

西古尔德说道：
4 “我的血统说出来你未必知晓，
我的真姓实名谅必亦无耳闻，
老实告诉你我名叫西古尔德。
我的生身父亲乃是西格蒙德，
我敢于直说是我一剑刺死你。”

法弗尼尔说道：
5 “什么人怂恿你下这样的毒手，
你为什么愿意前来把我杀害？
目光犀利的小伙子，
你父亲谅必是个大无畏的人，
生出来的儿子也不知道害怕。”

西古尔德说道：
6 “我的勇气怂恿我前来杀掉你，
我的双手相帮我把大功告成，
还有我的利剑亦是必不可少。
很少有人长大后能变得勇敢——
倘若他们童年之时是个孱头。”

法弗尼尔说道：
7 “你若在亲人怀抱里长大起来，
率大军所向披靡人人会喝采。
可是眼下你只是一个马前卒，
被人驱赶上阵去拼命当杀手，
人们说受羁縻的人爱打哆嗦。”

西古尔德说道：
8 “你休想来挖苦我，法弗尼尔，
讥刺我缺少父亲身上的气质。
可是我决非受人羁縻的杀手，
纵然我此生身心拴牢在战场，
我仍是自由之身不受人拘束。”

法弗尼尔说道：
9 “你耳濡目染全是仇恨的语言，
可是我却要对你说句真心话：
那黄金铿锵那珍宝光焰冲天，
丁丁当当都为你敲起了丧钟。”

西古尔德说道:
10 “人们聚财敛富岂知有个尽头,
直到呜呼哀哉也决不肯撒手。
惜乎人人都逃不过临终之日,
黄金再多带不进地狱怎奈何?”

法弗尼尔说道:
11 “命运之神自会作出最后审判,
哪怕是白痴她们也不会放过。
若注定要溺水毙命惨遭横死,
哪怕微风轻拂海上没有波浪,
可是命中注定的人在劫难逃。”

西古尔德说道:
12 “告诉我,法弗尼尔,
人家说你知识渊博又很精明,
三个命运女神中究竟是哪个,
宁可母亲难产死去却留婴儿?”

法弗尼尔说道:
13 “我知道命运女神并非亲姐妹,
她们三个人来自不同的部落,
有的是阿西尔神祇,
有的是小精灵,
有的是侏儒特瓦林的女儿。”

西古尔德说道:
14 “告诉我,法弗尼尔,

人家说你知识渊博又很精明。
火巨人苏尔特光顾阿西尔部落，
众神祇被火焰逼得走投无路。
尸骸烧成焦炭鲜血染红大地，
那场大火发生在哪一个岛屿？”

法弗尼尔说道：
15 “末日的渊薮是乌斯库尼尔岛，
众神祇投出长矛再挥舞棍棒，
混乱成了一团却也无济于事。
他们不少人刚刚逃出城堡门，
比尔鲁斯特彩虹桥便烧断掉，
连人带马跌落进汹涌的波涛。”

16 “我带着恐怖的头盔来吓唬人，
每当我蜷身蛰伏在珍宝堆上。
我曾以为雄冠天下没有匹敌，
想不到竟栽倒在少年的脚下。”

西古尔德说道：
17 “恐怖的头盔保不住人的性命，
天怨人怒之时群起以命相拼。
若是和周围人们多打点交道，
便会发现自己不比别人勇敢。”

法弗尼尔说道：
18 “休要张狂动辄想要教训别人，
你可晓得：

我蜷伏在父亲的遗产上之时，
嘴鼻喷出浓密如细丝的毒雾。”

西古尔德说道：
19 “鳞光闪闪的恶龙，
你能喷出疾风骤雨般的毒雾，
它来势凶猛有雷霆万钧之力。
可是人们的愤怒更势不可挡，
就像人人戴上了恐怖的头盔。”

法弗尼尔说道：
20 “现在我规劝你，西古尔德，
但愿你听得进我的逆耳忠言，
赶快骑马回家离开这个地方。
那铿锵作声的黄金，
那光焰冲天的珍宝，
丁丁当当正在为你敲起丧钟。”

西古尔德说道：
21 “你的逆耳忠言我不想再多听，
我要骑马径直奔向洞府宝藏。
而你法弗尼尔，
只好带着重伤在此苟延残喘，
等待死神海尔来把你引领去。”

法弗尼尔说道：
22 “雷金既然背叛我也能出卖你，
他要将你我两人都送给死神。

我相信法弗尼尔这次难活命，
因为你的力气要比我大得多。”

在西古尔德奋力迎战恶龙并且将恶龙屠宰之时，雷金忽然不知去向。此刻当西古尔德将利剑上的血渍擦拭干净时，雷金又出现并笑眯眯说道：

23 “祝福你，西古尔德，
你杀掉法弗尼尔赢得了胜利。
所有顶天立地的英雄好汉中，
你天生神威别人皆黯然失色。”

西古尔德说道：
24 “所有人都是光辉的神工造物。
他们若是全都相聚一起较量，
谁是最勇敢的斗士惟天可知。
有人利剑虽未插入别人胸膛，
刃未染红但不能说他不勇敢。”

雷金说道：
25 “你很高兴，西古尔德，
你赢得胜利心里会充满喜悦，
把格朗姆宝剑在青草上拭干。
我的兄弟终于被你刺伤致命，
不过这功劳中也应有我一份。”

西古尔德说道：

26 “这一切全是你精心策划安排，
我骑马翻越冰雪高山到这里。
你若不曾挑战呵责我太懦弱，
恶龙至今仍能保住性命财宝。”

于是雷金走到法弗尼尔身边，用一把名叫里狄尔的利剑割下了它的心肝。雷金喝了恶龙的鲜血后说道：

27 “你坐着吧，西古尔德，
我吃饱喝足了就想要去睡觉。
你不妨把法弗尼尔心肝炙烤，
喝了它的血再品尝它的心肝。”

西古尔德说道：
28 “我用利剑前去刺杀法弗尼尔，
你却早已逃遁得没有了踪影。
我独自迎战恶龙力单难支撑，
你却躺在荒原上舒服地瞌睡。”

雷金说道：
29 “你让恶龙逃避惩罚如此长久，
使它能消停地在荒原上打盹。
若不是用了我为你铸造的剑，
你未必有本事将恶龙屠杀掉。”

西古尔德说道：
30 “勇气总是远胜过宝剑的锋利，

交锋时若无愤怒哪里来勇气。
我曾见识过一位英勇的斗士，
仗着一柄钝剑照样无往不胜。

31 “在厮杀之时勇敢远胜过懦弱，
心头痛快要强过涕泣哭鼻子，
哪管它手上拿的是什么兵刃。”

西古尔德剜出恶龙法弗尼尔的心肝，用铁叉放到火上炙烤。不多时，心肝里的液汁便一点一点往下直滴。他以为已经烤熟，便伸出手指去戳一下试试是否烤好。不料却烫痛了手指，于是他缩回手指放到嘴里吮吸。他嘴唇舔到法弗尼尔的鲜血那一瞬间起，他忽然听得懂鸟语。他听见一群鸸鸟在树枝上叽叽喳喳交谈。鸸鸟说道：

32 “这边坐着屠龙壮士西古尔德，
他的身上溅满了殷红的血渍，
他正用铁叉炙烤恶龙的心肝。
这位壮士仗义疏财为人慷慨，
肯把戒指砸开同别人平分摊。
倘若他把恶龙心肝吞咽下肚，
他就会变得更加精明和机灵。”

第二只鸸鸟说道：
33 “那边躺着雷金佯装已入梦乡，
心怀鬼胎他在暗自设谋定策，

虽则那少年对他毫不作提防。
他咬牙切齿使用歹毒的语言，
阴险的铁匠发誓为兄弟报仇。”

第三只鸸鸟说道：
34 “可怜小小年纪就要丢掉脑袋，
和恶龙作伴一起奔赴鬼门关。
这样一来那个铁匠可以独吞，
法弗尼尔留下的那大堆财宝。”

第四只鸸鸟说道：
35 “我想他最好虚怀若谷听劝告，
你们说的都是替他着想，姐妹们！
他若是能想到如何保全性命，
就该先下手为强使乌鸦高兴。
我预料饿狼已经在附近徘徊，
它的两只耳朵可以隐约见到。”

第五只鸸鸟说道：
36 “他若只结果一个兄弟的性命，
却听凭另一个轻易脱身溜走，
我看他不见得会有多少出息，
这般糊涂虫岂堪当万军之主！”

第六只鸸鸟说道：
37 “他果真放走那个阴险的铁匠，
留下心腹之患必定自食恶果。
雷金佯装睡熟在谋划下毒手，

他却缺少心眼压根儿不提防。”

第七只鸸鸟说道：
38 “他会像恶龙那样丧失掉脑袋，
丢了性命也就无法保全财产。
这一来就便宜了那铁匠雷金，
他可独自霸占到窖藏的珍宝。”

西古尔德说道：
39 “命运之神尚未教会雷金本事，
他居然想要下毒手图财害命。
倒不如干脆让这对难兄难弟，
做伴一起上路前去会见死神。”

西古尔德砍下雷金的脑袋，然后他吃掉了恶龙法弗尼尔的心肝，又喝了雷金和法弗尼尔的鲜血。这时，西古尔德又听见鸸鸟说道：

40 “快去把赤金戒指收集到一起，
肆无忌惮这乃是王者的风范，
西古尔德！
我知道有个姑娘长得最美丽，
快去奉献黄金赢得她的欢心，

41 “命运安排了声誉鹊起的君主，
沿着碧绿的小径去吉乌基家。
那位乐天的国王有个好女儿，
你西古尔德可求娶她做妻子。

42 “在高耸入云的希恩达尔山上，
一座巍峨壮观的宫殿好气派。
金碧辉煌得叫人睁不开眼睛，
可是四周全有冲天烈焰包围。

43 “我知道有位瓦尔基里氏仙女，
她整日价昏睡在那座高山上，
蹿到天际的火焰在身边缭绕。
皆因她曾引领来了一个亡灵，
并不是主神想要召唤的壮士。

44 “你应该快去探望，年轻人
那位戴着头盔在昏睡的姑娘，
多亏通人性的骏马劳斯古尼尔，
姑娘那一回才脱险离开战场。
没有哪个年轻王子能唤醒她，
除非命运之神早已作了安排，
姑娘的芳名叫做西格德里弗。”

西古尔德沿着恶龙法弗尼尔的身躯在地面上磨擦出来的痕迹，搜索前进来到它的洞府。他发现洞府大门敞开着。大门和门框都是精铁铸就，连洞府的梁柱桁条无一不是精铁打成，而且夯入地下深处。

西古尔德在洞府里发现堆积如山的黄金和奇珍异宝，他足足装了两口大箱。他又找到了恐怖面具、罗蒂宝剑和许多贵重宝物。他将这些财宝都驮在格朗姆宝马背上，自己打算牵马而行。不料那匹马却不肯行走，直到西古尔德跨上马背，这才扬起四蹄绝尘而去。

第二十二首

西格德里弗之歌

西古尔德策马驰骋,登上希恩达尔山峰,迎面朝南向法兰克兰进发。在山顶上他极目远眺,但见远处有一个地方光芒万丈,恰似大火熊熊燃烧,烈焰直冲云霄。待到他策马俯冲而下来到这个地方,那火焰却又忽然消失,蓦地面前矗立着一座壁垒森严的城堡,雉堞四周一面面盾牌整齐排列,城墙上一面王旗猎猎飘扬。

西古尔德骑马跃入盾牌阵内举目观望,只见有个人全身戎装打扮正在酣睡。他翻身下马趋身上前,把头盔掀开,这才发觉原来是个女子。她的娇躯被锁子铁甲裹得紧紧,仿佛那铁甲已嵌入肉内一般。于是他抽出格朗姆宝剑,自颈脖顺着双臂往下,把锁子甲挑断剁碎从她身上褪了下来。渐渐,那少女苏醒过来,坐起身看见了西古尔德,她朱唇轻启:

1 “什么利器把我的锁子甲咬破,
为什么非要将我从梦中惊醒,
谁把我从灰暗的桎梏里解脱?”
他回答说道:
“西格蒙德之子西古尔德的剑斫断,
此前它曾为乌鸦剁过肉馅。”

她回答道：
2 “我已沉睡很久还要沉睡下去，
做人要忍受住悲哀实在太久。
奥丁安排的一切我不敢违抗，
我不能够自作主张中断昏睡。”

西古尔德坐到她身边，询问她的姓氏。她说自己名叫西格德里弗，是个瓦尔基里氏[①]仙女。她说道有两个国王互相厮杀征伐不休。一个名叫戴头盔的贡纳尔，他虽已年迈却仍是个了不起的斗士。主神奥丁曾允诺庇佑他获得胜利。

她说道另一个阿格纳尔是为人所不齿的歹人，可是戴头盔的贡纳尔在厮杀之中被西格德里弗失手误杀。主神奥丁闻此噩耗怒不可遏，对她施以用睡眠之针刺身使她昏睡不醒的重刑，以惩罚此次过失。奥丁还勒令她一旦苏醒便立即嫁人。“可是我说道：‘我已经在婚嫁上发过重誓，决不嫁给一个胆怯畏缩的男人。’”

西古尔德说道既然她见识广博各个世界都曾去过，便央求她传授知识增长他的智慧。

西格德里弗说道：
3 “祝福你，晴朗的白昼，
祝福你，白昼的儿子，

① 主神奥丁派往各战场领回战死壮士的仙女。

祝福你,黑夜和它的子孙。
蒙你用宽容的眼光看着我们,
赐予我们在座每个人以胜利。

4 “祝福你们,阿西尔部落神祇,
祝福你们,阿西尔的女神祇,
祝福你,万物竞长的肥沃大地。
祈求你赐给我们两人以关顾,
用回春妙手治愈身心的创伤,
再赐给我们两人口才和智慧。”

她捧起斟满蜜酒的牛角递给他让他一饮而尽,其实她让他喝下去的却是记忆之酒。

5 “我给你喝下的并非一般的酒,
它掺着记忆魔力和无上荣耀,
你这个苹果树般的束甲武士。
烧酒有催情助兴的符咒曲调,
歌唱起来声音洪亮心情愉悦,
这全凭古老罗纳文字的智慧。

6 “你须把胜利这个字眼牢记住,
要用罗纳文字镌刻在剑柄上,
有的要刻在剑身或是剑把上。
镌刻时要祈祷两遍托尔庇佑,
这样你去打仗才能赢得胜利。

7 “你务必学会喝酒的罗纳文字,

倘若你不想遭到别人的妻子
说你坏话而你对她无限信任。
你必须在牛角背面或手背上，
用指甲刻出‘不得已’这个字。

8 “那只酒杯必须做上清晰记号，
要往酒里多扔进去几瓣大蒜，
保存得好可庇佑你逢凶化吉。
虽则我知道你决计不会遭难，
你的蜜酒只甘甜不掺兑恶意。

9 “你若想从女人身边领走孩子，
须熟谙助人解救之道的文字。
用指甲将它们刻画在掌心里，
再将手掌把手腕扼得紧紧的，
女精灵狄西尔便会赶来相帮。

10 “倘若你驾舟出海要求得庇佑，
务必要熟谙大海的罗纳文字。
把它们镌刻在船头和船桅上，
用烈火将它们炙烧在划桨上。
不管排浪凌空恶涛暗淡浑浊，
你总能够化险为夷平安无事。

11 “倘若你想当治病疗伤的圣手，
你必须精通验看创伤的本事，
还要熟谙刻画身体的古文字。
它们应刻在森林里的大树上，

18 “镌刻上去的一切都可刮得掉，
随着蜜酒洒落散到四面八方。
有些飘零到阿西尔部落，
有些落到小精灵手上，
有些在瓦尼尔部落里，
有些洒落到人类之中。

19 “它们是书写的罗纳文字，
它们是救人治病的文字，
它们是所有烧酒的文字，
它们是珍贵的权力文字。
那些人不会将它们混淆，
那些人不会将它们丢弃，
他们凭借罗纳文字得益。
你若是学会将终身受用，
直到寿终正寝的那一天。

20 “现在你务必要自己作出选择，
既然你面对非此即彼的机会。
你这个槭树一般的持剑武士，
是要我讲下去还是就此住嘴。
要不要把一生凶险全说出来，
你务必权衡周全再拿定主意。”

西古尔德说道：
21 “纵然我知道注定要在劫难逃，
我也决不会失神落魄惶惶然，

因为我生来不是个胆小的人。
你所有的忠告我务必要倾听，
今生今世矢志不渝永远牢记。”

西格德里弗说道：
22 “既然如此我给你第一句忠告：
对自己至亲你应该无瑕可责。
即使他们做出伤害你的事情①，
你亦需忍耐不要去报复寻仇，
在你死后自会得到好的报应。

23 “我要讲给你听的第二句忠告：
你决不可咒天诅地胡乱发誓，
除非这个誓言能够切实信守②。
背叛命运契约必受天谴神罚，
起假誓乃是犯下罪恶的勾当。

24 “我要讲给你听的第三句忠言：
在庭的大会上莫同莽汉斗嘴。
因为傻瓜口无遮拦任意乱说，
他说的坏话远超过他所知道。

25 “你若缄口沉默不出来作辩白，
你会被误认是心虚皆因理亏，
这一来百喙莫辩全盘都输光。

---

① 西古尔德系被姻亲贡纳尔兄弟所设计谋害致死。
② 西古尔德曾起誓向布隆希尔德许下婚约，又背誓另娶，遂酿成悲剧。

再不然就当众说清事实真相，
可惜人言可畏名誉极易诋毁，
除非你果真无疵可指尽善美。
不妨先忍一天挫挫他的锐气，
到来朝再当众揭穿他在撒谎。

26 “我要讲给你听的第四句忠告：
倘若有个心眼歹毒的恶女巫，
忽然出现在你所必经的路上，
你宁可绕道亦莫去她家作客，
哪怕是天已快黑无处去投宿。

27 “男子汉需要一双锐利的眼睛，
这样才能看得清前头的动静，
在狂飚战斗里立于不败之地。
居心叵测的女人都坐在路边，
就能把兵刃和勇气消蚀干净。

28 “我要讲给你听的第五句忠告：
看见美姬娇娃坐在你的身边，
她们戴着金银首饰艳丽撩人。
你不可心猿意马晚上难入眠，
更不可诱惑她们来亲吻缱绻。

29 “我要讲给你听的第六句忠告：
男人酗酒太多脾气便会狂躁，
说起话来唐突无礼冒犯别人。
喝酒时切莫同武士发生龃龉，

因为酒能乱性偷走人的聪明。

30 “一边狂饮麦酒一边争吵不休，
往往祸由此起酿成无限悲哀。
有不少人酒醉拔刀伤人性命，
有不少人酩酊大醉遇到凶险，
还有更多的人酗酒抱恨终身。

31 “我要讲给你听的第七句忠告：
你若同勇敢的斗士结下怨仇，
干脆厮杀一场求得痛快解决。
谨防被强壮的对手堵住屋门，
无法抵抗被他烧死在屋里面。

32 “我要讲给你听的第八句忠告：
你务必惜身如玉切莫干坏事，
不要沾花弄草使自己受耻辱。
不要去勾引姑娘或别人妻室，
更不要放荡淫秽去伤风败俗。

33 “我要讲给你听的第九句忠言：
你若看见地面上有一具死尸，
姑且不管他是病殁暴卒溺毙，
还是饿殍或者被人兵刃所杀，
你须好生埋葬令他入土为安。

34 “入殓时给亡故者洗个热水澡，
要把他的头和双手搓洗干净。

再把头发梳理好后放入棺材，
要为亡人祈祷祝他安详长眠。

35 “我要讲给你听的第十句忠告：
对有血海深仇的怨敌的儿子，
你千万不可相信他信誓旦旦。
你若曾手刃过他父亲或兄长，
那小崽便是伺机吞噬你的狼，
虽则他得到赔偿金假装欢喜。

36 “怨怼和敌意如同悲哀一个样，
它深藏在心头永远不会沉睡。
站在百姓最前头的那些君主，
冷静理智和锐利兵器不可少。

37 “我讲给你听的第十一句忠告：
对你的朋友要处处小心提防。
朋友之间若是闹得翻脸成仇，
我怕君主你将不能尽其天年。”

（以下原手稿本残缺。）①

① 本诗在古文原手稿本中残缺后半段。其故事情节大致为：西古尔德答允遵守西格德里弗仙女的忠告，并且在她宫中盘桓小住，他同西格德里弗热恋缱绻之后即前往吉乌基国王处去践约。途中他在海依米尔国王宫中稍事停留，却与海依米尔的养女布隆希尔德有了恋情并订了婚约。在吉乌基国王的宫中西古尔德误喝忘却之酒，待到醒来所有前事皆已忘记。于是他同意吉乌基国王夫妇的央求，娶了他们的女儿古德隆恩为妻，并且还被唆使用易容术代替他的大舅子贡纳尔去向布隆希尔德求婚。布隆希尔德嫁给贡纳尔之后发现上当受骗便决意报复而西古尔德也记起以前婚约悔恨莫及。

第二十三首

西古尔德之歌片断

1 火光闪闪烈焰熊熊直冲云霄，
大地刹那间也震撼轰鸣起来。
君主手下的好汉无人敢出来，
纵马跃过或者步行跨过烈焰。

2 西古尔德骑在格朗尼骏马上，
手持利剑猛踢马刺纵身向前。
高贵的王子使大火陡然熄灭，
英勇的王子让烈焰顿失光芒，
只有雷金铸造的利剑在闪烁。

3 西古尔德曾经持剑屠杀恶龙，
这段轶事没有人能忘记得掉，
只要人类活着自会世代传颂。
可惜他的姻亲兄弟太不争气，
没有一个挺身而出去穿火焰。

4 贡纳尔、霍格纳两人心怀鬼胎，
他们背着西古尔德喊喊喳喳，
商量如何下手谋害人类之友。
骁勇善战的英雄汉西古尔德，
却心境郁悒跟随他们到野外。

他身上穿的锁子甲铁丝编织，
两侧断裂已绽开破洞好几个。

霍格纳说道：
5 “西古尔德究竟犯下什么罪孽，
你咬牙切齿非要妹夫的性命?”

贡纳尔说道：
6 “西古尔德对我起下生死重誓，
可是他的誓言岂有半句是真?
在男女隐私上居然敢欺骗我，
对他的起誓岂可有分毫信任!”

霍格纳说道：
7 “布隆希尔德在竭力煽动仇恨，
百般挑起纷扰给你带来祸患。
她妒忌古德隆恩的美满婚姻，
心眼里不想同你做恩爱夫妻。”

8 兄弟俩吃了烤狼肉和巨蟒肉，
硬逼着古特乌姆亦分食狼肉[①]，
为的是壮壮胆增长狠毒勇气。
他们伸出谋杀之手暗害英雄，
趁英雄已睡熟毫无戒备之际。

① 古特乌姆系吉乌基的螟蛉子，贡纳尔的幼弟，不曾同西古尔德歃血盟誓。相传狼肉和巨蟒肉都有巫术法力能增加勇气。贡纳尔兄弟硬逼他充当谋杀西古尔德的凶手，因此叫他分食狼肉。

9 西古尔德遇害在雷恩河南岸，
一只乌鸦在树梢上高声喧嚷：
“艾特礼[①] 将用你们两人的鲜血，
染红他的利剑了结这场怨仇。
你们自食其言背叛歃血盟誓，
必定遭受天谴神惩难逃一死。”

10 古德隆恩乃是吉乌基的女儿，
她站在屋外见他们劈头就问：
“万军之主西古尔德现在何处，
我分明看见他跟随你们而去？”

11 霍格纳独自一人开腔回答说：
“西古尔德已在我们剑下丧命，
灰色骏马垂头吮舔他的尸首。”

12 布隆希尔德乃是布狄里之女，
她说：“如今你们可以安心，
用兵刃统治住那一大片国土。
否则全都会被西古尔德夺去，
倘若他能够再活得长久一点。”

13 “他能统治吉乌基留下的王国，
还有人口如此众多的哥特人。
他做这一切比任何人更合适，

① 匈奴王，布隆希尔德的兄长，为夺取莱茵宝藏他诱捕贡纳尔兄弟，并将他们残酷处死。

尤其他若能够生下五个儿子，
个个生龙活虎打仗十分凶猛。”

14 于是布隆希尔德仰面朝天笑，
整个厅堂余音袅袅回肠荡气，
至今她仅有这次才由衷大笑。
“你们如今已弄死了那位王子，
可放宽心长久统治国土百姓。”

15 吉乌基之女古德隆恩哭喊道：
“你信口胡说真是令人要作呕！
但愿魔鬼把贡纳尔抓去吞噬，
他怀恨在心指使别人下毒手，
是杀害西古尔德的凶手主谋。
这笔深仇血债定要向他索还。”

16 夜已深人已静酒已喝得不少，
人人强作镇静装得若无其事。
个个一到床上便都呼呼入睡，
贡纳尔却辗转反侧寝难成寐。

17 他想动弹双脚沉重不听使唤，
他张口喊叫却只能喃喃自语。
于是这位万军之主沉思起来：
他回想起他们骑马回来路上，
乌鸦和隼鹰在枝梢喧嚣啼叫。

18 拂晓前布隆希尔德猛可惊醒，

布狄里之女斯基奥尔丁堡的主宰。
她哭喊："如今人死再难复生，
你们要末鼓励我要末阻止我，
我要讲出心中的悲哀或是沉默。"

19 对她的话所有男人只得沉默，
他们无法懂得女人的一颗心。
她嘤嘤啜泣抽噎着开始叙述，
她哭泣同笑声一样动人心弦。

20 她说："我想我在做噩梦，贡纳尔，
厅堂里如此寒冷床衾冰冰凉，
我的君主你却骑马狂暴飞奔。
你满脸痛苦丧失掉一切欢乐，
鸠形鹄面手戴镣铐铁链缠身，
跟随在一群昔日的仇敌背后。
尼芬隆部落所有人都遭厄运，
因为你们丢弃掉自己的体面，
你们起了假誓而受天谴神惩。

21 "你分明已经忘记干净，贡纳尔，
你同西古尔德曾经歃血盟誓。
他做了最光明磊落的大丈夫，
你却施展鬼蜮伎俩来报答他。

22 "勇敢的王子确实向我求过婚，
如今已证明我俩都冰清玉洁。
贡纳尔你虽然同他歃血盟誓，

你却背弃对王子许下的誓言。

23 “我们俩确实曾睡在一张床上，
可是两人中间用利剑相隔开。
利剑剑柄镶嵌黄金光华闪闪，
它的两侧剑刃都淬火再煅烧，
它的内侧剑身用毒液浸泡过。”

西古尔德之死众说纷纭。本诗叙述的是贡纳尔兄弟在野外将他杀死。不过还有些人说他们是趁他熟睡之际将他杀死在屋里。按德国人的说法是他们将他诱骗到森林里去杀死。而《古德隆恩之诗》说是西古尔德跟随吉乌基的儿子们骑马前去开庭的大会，在半道上遇害被他们杀死。说法虽迥然各异，但是有一处相同，即是贡纳尔兄弟背信弃义用了奸诈手段，趁他睡眠而手头没有兵器之际，猝不及防对他下手偷袭。

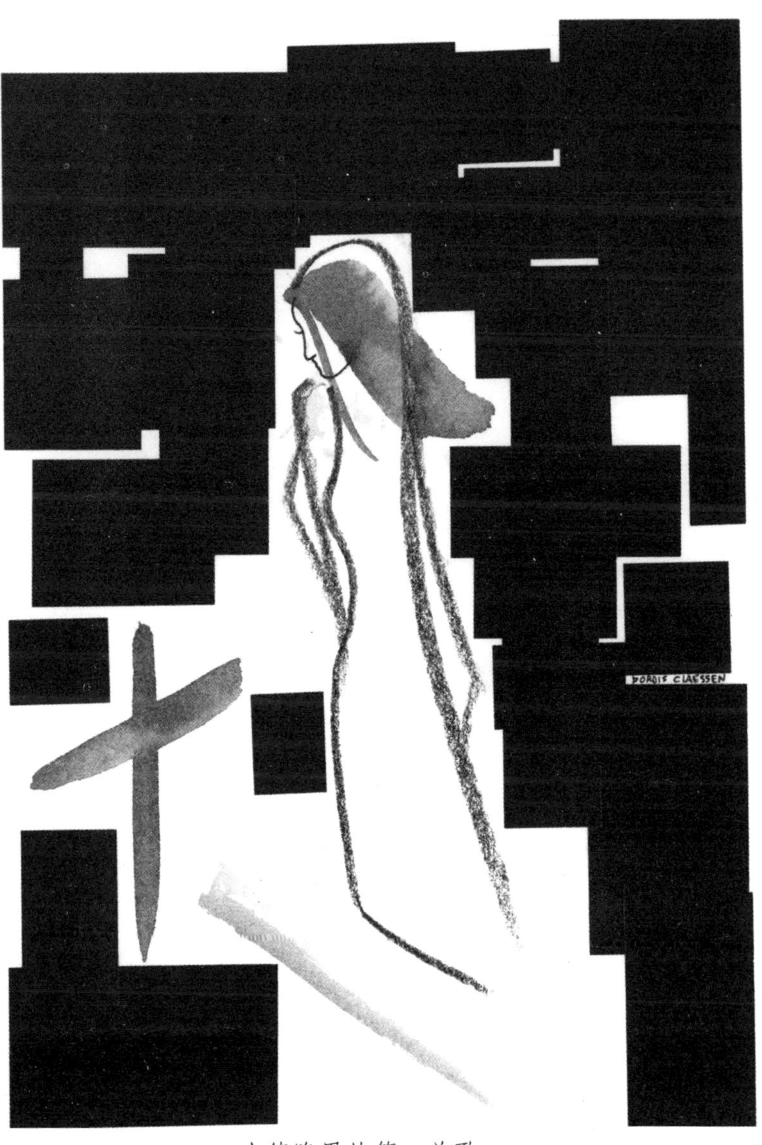

古德隆恩的第一首歌。

第二十四首

古德隆恩的第一首歌

古德隆恩倚坐在西古尔德灵床前。她不像别的女人放声号啕，她是欲哭无泪、木然发呆，眼看被悲伤压得心力交瘁，可是却哭不出来。男女人等都好言劝慰她节哀顺变，然而无济于事。众人说道皆因为古德隆恩亦曾吃了恶龙法弗尼尔的心肝，她亦能听懂鸟语所致。他们讲述了古德隆恩的悲伤情景：

1 古德隆恩倚着西古尔德灵床，
她痛不欲生一心要以死殉葬。
她既不啜泣也没有捶胸顿足，
不像别的女人那样号啕恸哭。

2 聪明的男人都走上前来劝慰，
想要减轻她胸头纠结的悲哀。
古德隆恩虽则没有哭泣流泪，
她心潮却汹涌得马上要崩溃。

3 武士妻子们打扮得珠光宝气，
个个插金戴银围着古德隆恩。
她们每人都讲述自己的悲哀，
叙述最催人泪下的伤心往事。

4 吉乌基的妹妹吉阿弗芬格说：
“我知道在人世间我的命最苦，
竟一连被我克死了五个丈夫。
还死两女儿仨姐妹八个兄弟，
只落得我孑然一身孤苦伶仃。”

5 古德隆恩无动于衷掉不下泪，
年轻王子的夭殇使她太悲伤。
头脑里装满了丈夫惨遭猝死，
她麻木地直僵僵坐在灵床前。

6 匈奴兰国① 的王后赫尔堡格说：
“我亦有肝肠寸断的伤心往事，
七个儿子全在南方为国捐躯，
第八个阵亡的便是我的丈夫。

7 “我的父母和四个兄弟出海去，
风急浪高波涛不断冲击船舷，
把海船掀翻没有一人能生还。

8 “我自己去海边料理他们后事，
我自己收尸入殓将他们埋葬。
历尽辛苦足足操劳有半年多，
没有一个人肯前来出力相帮。

① 即为匈奴王国。

9 “后来我又被敌军① 掠去当俘虏，
服侍敌军统帅的妻子半年多。
每天清早我伺候她穿着打扮，
再把她的鞋履上细带系结牢。

10 “出于妒忌她朝着我大发脾气，
时常粗暴地将我拳打又脚踢。
我在别处未见过更好的丈夫，
亦未曾看见过更刻薄的妻子。”

11 古德隆恩无动于衷掉不下泪，
年轻王子的夭殇使她太悲伤。
头脑里装满了丈夫惨遭猝死，
她麻木地直僵僵坐在灵床前。

12 吉乌基的幼女格尔朗德说道：
“你不懂得如何安慰年轻寡妇，
虽则你自认高明，我的继母。”
她说道灵床何必要用布盖住。

13 她掀掉西古尔德身上的盖布，
把沾着血渍的枕头放到地上，
让古德隆恩可以跪在灵床前。
她这才说道：“看看你的丈夫，
把你的双唇紧贴住他的髭须，
就像王子生前你拥抱他一样。”

① 指的是匈奴军队，因当时匈奴人横扫哥特王国。

14 古德隆恩只朝他瞅上了一眼，
她看见王子的头发渗满鲜血。
炯炯有神的双眼罩上了云翳，
王子胸膛上的剑伤赫然可见。

15 古德隆恩双膝一软跪倒下去，
满头秀发纷乱披散在脸颊上。
眼泪再忍不住如雨点落下来，
泉涌般的泪水打湿了她双膝。

16 吉乌基之女古德隆恩放悲声，
号啕痛哭泪水浸湿了她头发。
草地上的鹅雁一齐放声长鸣，
跟随它们的女主人悲恸哀号。

17 吉乌基的幼女格尔朗德说道：
“我晓得你的爱情是如此深沉，
人世间没有哪个能够比得上。
不管是坐在屋里还是在野外，
你总会心头空落落难熬寂寞，
西古尔德已逝伊人幽明永隔。”

18 吉乌基之女古德隆恩泣诉道：
“西古尔德在吉乌基儿子身边，
就像皎洁的兰花立在野草中，
就像弓弦上穿了璀璨的美玉，
就像闪耀在贵族头上的宝石。

19 “在王子手下的武士妻子中间，
我觉得自己也比她们更崇高。
如今我竟变得如此脆弱渺小，
仿佛是芦苇丛中的一片黄叶，
王子亡故后我身犹在心已枯。

20 “他的身影时刻萦绕在我心头，
我的朋友告诉我说这场凶杀，
吉乌基的儿子们早已在蓄谋。
我的剐心之苦和断肠的悲伤，
恰原来是自己的兄长所造成，
他们岂在乎妹妹的哀哀啼哭。

21 “贡纳尔呀！
你必将给国家带来灾难祸祟，
土地将会荒芜臣民无法维生。
你想要霸占那大堆窖藏黄金，
到头来黄金是你的索命无常。
因为你曾对西古尔德起过誓，
却又毁盟背誓暗中下了毒手。

22 “我的西古尔德骑上骏马格朗尼，
跟随他们去向布隆希尔德提亲。
在这以前我俩何等恩爱快活，
我俩在草地上漫游笑声不断。
全是那个心眼恶毒的丧门星，
在凶兆最盛的时刻闯进了门。”

23 布狄里的女儿布隆希尔德
闻听此言火冒三丈尖声嚎叫：
“但愿这个女人永远克死丈夫，
命中注定今生今世断子绝孙！
是什么人施展妖术有此法力，
居然使痴愚呆滞的古德隆恩，
今天清早又能哭泣还会骂人！”

24 吉乌基幼女格尔朗德开了腔：
“闭上嘴巴休再闹得鸡犬不宁，
你这个妖精的心肠毒如蛇蝎。
你一直是王子们罪愆的报应，
你兴风作浪寻嫌隙挑起衅端，
你会一连害掉七个君主性命。
女人之间非但不能以德报怨，
反而是造成千古哀怨的祸根。”

25 于是布狄里之女布隆希尔德，
她怒气冲冲反唇相讥叫喊道：
“这些罪恶都是艾特礼一人干，
他是布狄里的儿子我的兄弟。”

26 “我们兄妹在匈奴兰的殿堂里，
看见过这一堆光灿灿的黄金。
王子[1] 那次来访害我付出代价，

① 指西古尔德，他在屠龙后去过布隆希尔德的宫殿并且同她订下婚约。

昔日情景萦绕在我心头至今。”

27 为助长力气她倚身在庭柱上，
布狄里的俏女儿布隆希尔德，
她的一双美目喷射出了火焰。
她鼻翼翕动嘴角吐出了白沫，
当她瞅见西古尔德身上创伤。

葬礼过后古德隆恩隐居到荒原上的森林之中，后来又远走丹麦，寄居在哈康王的女儿图拉的家中，一住就是七个半年头。

在西古尔德被害之后，布隆希尔德便存了不想再活下去的念头。她脾气变得十分狂躁，一连杀了七个奴隶和八个侍女。后来用一柄短剑结束了自己的生命。这在《西古尔德的短诗》中自有交代。

第二十五首

西古尔德的短诗

1 西古尔德来到吉乌基家做客，
伏尔松的后裔是个英俊青年，
他虽年轻却已经屠杀过恶龙。
贡纳尔兄弟俩对他百般奉承，
许诺要肝胆相照彼此都赤诚，
于是这三条好汉歃血盟了誓。

2 贡纳尔兄弟赠给他一堆财宝，
又将妹妹古德隆恩嫁他为妻。
年轻的西古尔德同那两兄弟，
终日畅饮开怀密谈了好几天。

3 他们商量停当之后立即动身，
贡纳尔去向布隆希尔德求婚。
西古尔德必须跟随他们同行，
说是伏尔松的后裔熟悉路径。
其实本该是他迎娶那个美女，
倘若命运之神作了如此安排。

4 西古尔德曾经和她同床而眠，
可是他将出鞘利剑放在中间，
细长的兵刃将他们两人隔开。

西古尔德没有亲吻那个姑娘，
更没有将她拥抱在自己怀里。

5 王子将年轻的姑娘护送到家，
布隆希尔德嫁给贡纳尔为妻。
她完璧处子未受到半点玷污，
她冰清玉洁从不曾放纵淫荡，
她璞玉浑金找不出丝毫瑕疵。
只怨冥冥中命运之神太无情，
硬把天造地设的一对拆散掉。

6 天黑时她独自僵坐在新房外，
咬紧牙关她才迸出这一句话：
“我非要将西古尔德抱在怀里，
倘若我不能得到活的年轻人，
宁愿硬硬心肠让他领受一死。

7 “我明知设此誓言将后悔莫及，
他已娶了古德隆恩作为妻子。
我亦身有所属嫁给了贡纳尔，
可恨命运让我们终身受煎熬。”

8 她时常怒火满腔在野外疾走，
每晚都到冰川上去消消火气。
西古尔德拥抱古德隆恩上床，
他总要用被单把新娘裹起来。

9 布隆希尔德仰面长吁哀叹道：

“我被夺走了丈夫和终身幸福，
只得从残忍无情的想法当中，
去寻找宣泄求得补报的快慰。”

10 出于怨怼她怂恿丈夫去凶杀：
“你将要失去所有一切，贡纳尔，
失掉你妻子和陪嫁来的国土。
我同你结成怨偶何尝有快活，
我的君主！

11 “我打算返回自己昔日的家园，
同我的兄长和至亲住在一起，
白天枯坐晚上闷睡了此残生。
若要我改变主意不离你而去，
除非你设法将西古尔德除掉，
成为众家君主之上的主宰者。

12 “倘若让他生下儿子有了根苗，
不消多时便哺育出一只狼崽。
有些好汉遭到下一辈的仇杀，
皆因任凭仇家儿子长大成人。”

13 贡纳尔心里烦恼郁结着愤恨，
他整日价呆坐发愣苦苦思忖。
不知道怎样做才最保全体面，
对他来说哪条是最好的出路。
他深知西古尔德务必要剪除，
然而吃亏之大不啻自残胳膊。

14 他端衡利弊寻求稳妥的对策，
反复斟酌总是难于作出决断，
岂曾听说国王遭到妻子遗弃。
家丑张扬出去落得贻笑大方，
他传唤霍格纳来密室作商量。

15 贡纳尔说道：
“布隆希尔德是我的心肝宝贝，
任何别的女人休想比得上她。
我宁可丢掉自己的身家性命，
也不情愿丧失她同我的情缘。

16 “你何妨丢弃对西古尔德盟约，
将他干掉他的财宝我俩平分？
恶龙原有的那大堆窖藏黄金，
全归我们两人所有岂非美哉！
我们可以富甲天下安享尊荣，
日日宴乐夜夜纵欢好不快活。”

17 霍格纳闻此言脸上变了颜色，
他厉声说道回答只能有一个：
“作此下贱勾当未免太不仁义，
岂非我们举剑把自己的誓言
还有歃血结盟统统剁成碎片。

18 “我虽不知别的国度里臣民们，
是不是生活得那么太平无事，

倘若饶过西古尔德让他活着，
他决不会坐视别的部落崛起，
这样我们就免得有强邻压境。
只要我们弟兄四人[①] 戮力同心，
可保国祚亨通长久昌盛无虞。
若是我们及早生下五个儿子，
这个家族人丁兴旺更有权势。”

19 贡纳尔说道：
“此举的隐患祸端我并非不知，
怎奈布隆希尔德难平息雷霆。

20 “我们不如让古特乌姆去下手，
因为歃血盟誓之际他不在场，
盟誓是口头许诺的契约担保。
况且对年轻幼弟无人会提防，
只不过他未经风浪缺少阅历。”

21 年轻人血气方刚很易于教唆，
他将利剑插进西古尔德胸膛。

22 王子怎料到在睡房里遭仇杀，
他从自己胸膛上拔出了利剑，
把它朝着年轻凶手猛投过去。
但见王子手上光华倏地一闪，
格拉姆宝剑直飞向古特乌姆。

① 系指吉乌基两个亲生子贡纳尔和霍格纳、养子古特乌姆以及女婿西古尔德。

23 那青年摔倒下去身首已异处，
头颅和双臂朝不同方向横飞，
下半身和两条腿仍狂奔逃命。

24 古德隆恩依偎西古尔德而眠，
她倒无忧无虑熟睡得很香甜。
待到她从愉悦的梦乡里惊醒，
发现自己浸泡在丈夫鲜血里。

25 她忍不住捶胸顿足号啕恸哭，
王子已奄奄一息仍抬起身来：
“休要伤心莫放悲声，古德隆恩，
年轻新娘你兄长仍虎视眈眈。

26 “我有个后代可惜他尚在娘胎，
他难于逃离仇家的荼毒暗害。
那些人在密谋策划鬼魅伎俩，
要赶尽杀绝挖掉复仇的祸患。

27 “他们决不肯让孩子活到七岁，
不会让他能到庭的大会喊冤，
虽然是他们妹妹生的亲外甥。
我明白这一切为何才会发生，
血案是布隆希尔德挑拨造成。

28 “那个姑娘爱我远胜过其他人，
我却不曾让贡纳尔蒙受耻辱。

丝毫未曾背弃姻亲或者誓言，
我不能被叫做他妻子的情人。”

29 古德隆恩珠泪涟涟长声叹息，
顷刻间西古尔德魂归离恨天。
她禁不住捶胸顿足失声痛哭，
屋角落的酒杯震得发出丁当，
草地上的鹅雁随着齐声悲鸣。

30 可是布狄里之女布隆希尔德，
仰面朝天发出了由衷的大笑。
她在床上听见空中传来哭声，
那是吉乌基的女儿哀哀悲恸。

31 于是粗莽的武夫贡纳尔说道：
“休得幸灾乐祸在睡房里大笑，
因为满肚皮坏主意终于得逞，
心眼歹毒的坏女人！
为什么你狂躁得脸上无血色，
莫非你心里又在盘算鬼主意，
你这个坏女人注定难逃不测。

32 “你比世上所有女人更要遭罪，
亲眼看到艾特礼① 死在你面前。
你会见到哥哥身上刀创深长，
汩汩流血正等待着你去缝合。”

① 系布隆希尔德的兄长，匈奴兰国国王。

33 布隆希尔德说道：
“没有人想责备你太懦弱卑怯，
因为你尚未到家就会被杀掉。
艾特礼毫不在乎你抱有敌意，
你们两人之间他会活得更久，
不管如何火并他总会占上风。

34 “我务必对你剖白清楚，贡纳尔，
你何以如此性急便去下毒手，
即便我不说你自己心知肚明。
我从来倔犟不肯受别人摆布，
在哥哥王宫里存有大堆黄金。

35 “吉乌基儿子们来向我求婚前，
我未曾有过择婿嫁人的打算。
你们三位君主骑马闯了进门，
求婚之举本属多余惹起事端！

36 “那天艾特礼悄悄对我言讲道：
他决不肯同我均分任何家财，
不交出国土臣民和产业货物，
除非我肯答允嫁人接受求婚。
他想霸占父亲遗留下的一切，
只给我一点点财产作为妆奁。

37 “我当时心存狐疑拿不准主意，
该不该奋力抗争或血战而死。

英勇的姑娘披甲上阵抗兄长，
举国上下必将传诵这段美谈，
却会给男人带来纷扰和烦恼。

38 “西格蒙德之子西古尔德来到，
馈赠给我大堆黄金许多珍宝。
我不想再要别人的任何财富，
兄妹终于平息纷争求得和解。

39 “他骑着骏马格朗尼驮来财宝，
我同他一见钟情订下了婚约。
他的双眼发亮而你们却暗淡，
他气概英武而你们卑鄙猥琐，
虽则你们自以为是至尊君主。

40 “戴着项链的瓦尔基里氏仙女，
决计不肯轻浮淫荡撩拨男人。
艾特礼迟早会发现事实真相，
在他央求我去阴曹地狱之后。

41 “我活着决不做水性杨花女子，
我只爱一个人不会再爱别人，
更不会去勾搭别的有妇之夫。
可是有人轻诺寡信背弃婚约，
伤害我的人必将遭受到报复。”

42 一国之君贡纳尔站立起身来，
忙不迭用双臂箍住她的颈脖。

阖家上下闻讯纷纷前来相劝，
众人都劝阻她不要自寻短见。

43 她把每个人都从身边推开去，
决不让他们动摇必死的念头。

44 贡纳尔召唤霍格纳面授机宜：
“我想叫所有人都到厅堂里来，
你我两家的上下人等一齐来。
燃眉之急是务必阻止她自戕，
否则后果难虞祸祟就要上门。”

45 霍格纳的回答倒是十分干脆：
“任何人都莫阻止她寻死觅活，
只当她从没有生到世上来过。
听说她出生时难产克死母亲，
她降生人间就注定带来祸害，
害得许多男人为她六神无主。”

46 谈完话后贡纳尔更心烦意乱，
那边厢却在为安排后事忙碌。

47 布隆希尔德抬起头环顾四周，
贴身女侍和仆妇都已被杀掉。
在她手举利剑刺杀自己之前，
她穿上昔日那件黄金锁子甲，
并非为了飒飒英姿更加俏丽。

48 她举剑猛刺仰身瘫倒在枕上，
咽气之前她把遗言说个明白：

49 “愿陪我殉葬的人可随我而来，
我将赠给她们黄金留作纪念。
每个人能到手一串贵重项链，
还有刺绣被单和漂亮的衣衫。”

50 众人皆沉默不语在细细思忖，
半晌之后才徐徐开口答了腔：
“许多人已舍命相殉随你而去，
我们想活在世上为你争口气，
但愿你宽容大度给我们机会。”

51 身穿亚麻衫外罩软甲的姑娘，
不禁愕然慌神良久后才吱声：
“我不会胁迫任何人为我殉葬，
或者硬逼她们非要随我同去。

52 “不过日后你们尸骨火化之时，
就不会有金银财宝随身陪葬。
你们下到阴曹前来探望我时，
身上也不会插金戴银有首饰。

53 “贡纳尔，你且坐下我有话要讲：
你那光彩照人的新娘命已尽，
我虽则大限已到马上就身亡。
你这艘船还要在海上再飘零，

纵然波诡云谲不会立时倾覆。

54 “你同古德隆恩很快又会和好，
时间要比你们料想的快得多。
那个精明的女人会重新嫁人，
尽管仍把丈夫亡灵记在心上。

55 “西古尔德有个遗腹女生下来，
她母亲把女婴抚养长大成人。
她出落得比太阳还光芒四射，
她的肌肤雪白宛若丽日晴空，
遗腹女的名字叫斯凡希尔德。

56 “你务必让古德隆恩重新嫁人，
把她嫁给卓越而超群的好汉，
她是使许多武士倒楣的克星。
布狄里的儿子我的那个兄长，
艾特礼一心想要娶她为继室，
何妨违背她意愿把她嫁给他。

57 “我犹记得他们如何对我暗算，
有人背弃我使我终身受熬煎，
害得我活在世上岂有过欢乐！

58 “你会娶我妹妹乌德鲁恩为妻，
艾特礼却作梗不肯答允婚事，
你俩只能互通款曲暗恋偷情。
她会像真正的妻子那样疼你，

倘若命运之神对你们发慈悲。

59 “艾特礼会施展鬼蜮伎俩害你，
你将会被塞进狭窄的蛇洞里。

60 “过不了太长久又会祸起萧墙，
艾特礼将惨遭戕害殒命身亡，
失掉生的欢乐和儿子们性命。
古德隆恩床头喋血将他刺死，
她一怒之下用利刃表白悲哀。

61 “其实对你妹妹古德隆恩来说，
最适合的出路莫如以死殉节，
跟随她第一个丈夫共赴阴曹。
倘若有明白人能给她指明路，
倘若她有勇气敢学我那样做。

62 “我讲话十分费力只能慢慢说，
即使我苦苦规劝她也听不进，
她哪里舍得抛下这花花世界。
滔滔海浪将拥簇她飘洋过海，
将她送往尤纳克尔的国土上。

63 “她又为另一个丈夫生儿育女，
儿子们继承尤纳克尔的王位。
她却把斯凡希尔德远嫁国外，
那是她同西古尔德生的女儿。

64 “比基进谗言[1] 害得她遗恨终身，
伊尔蒙莱克为泄愤[2]造成浩劫。
西古尔德从此绝后再无子嗣，
古德隆恩不过多洒几滴眼泪。

65 “惟有一桩事情我恳切央求你，
这是我在世上最后一次需要：
在草地上垛筑起一个大柴堆，
要能容得下我们一起都下葬，
所有共赴西古尔德死难的人。

66 “柴堆圆顶用盾牌和帷幔覆盖，
要画上异国山水和成群奴隶。
西古尔德必须同我并肩火化。

67 “要在西古尔德的朝外那一侧，
火化我的穿戴着珠宝的女侍。
两个靠着他头两个怀抱隼鹰，
这样的葬礼一切都安排妥帖。

68 “我们俩之间用那柄利剑隔开，
柄上有环的利刃像昔日一样。
那时我们俩共躺在一张床上，
徒有夫妻的空名却今世无缘。

---

[1] [2] 斯凡希尔德被其母古德隆恩远遣海外，嫁给暴戾的哥特族人的皇帝伊尔蒙莱克为妻。奸佞的权臣比基在伊尔蒙莱克面前进谗言，说是斯凡希尔德同皇帝的儿子伦德瓦尔私通。伊尔蒙莱克听信谗言，不禁大怒便下令将伦德瓦尔绞死，并且将斯凡希尔德处以极刑，让骏马将她活活踩死。

69 “厅堂上那扇装着门环的大门，
不许朝着他脚后跟咿哑吵闹。
我陪着他从这里出门去远行，
这段圣洁的旅程容不得玷污。

70 “他必须有五个贴身小厮殉葬，
还要杀八个出身良好的仆佣。
我的奶姐妹[1] 必须伺候我同行，
她是父亲送给我的世代家奴。

71 “我讲了许多还有不少话想讲，
倘若死神肯再给我多点时间，
不过我嗓音喑哑伤口在剧痛。
我的临终遗言句句都是真话，
现在我要永别虽死犹不瞑目。”

① 主人家小姐同奶妈的女儿因喝同一妇女的乳汁长大而俗称为奶姐妹，此处显然是布隆希尔德令她陪嫁过来的奶妈之女殉葬。

第二十六首

布隆希尔德赴阴曹之旅

在布隆希尔德魂归离恨天后，两个大柴垛堆了起来。一个为西古尔德火化，先焚化干净。另一个为布隆希尔德下葬，随后也点火燃烧。

布隆希尔德的遗体安放在一辆灵车上，车身四周用贵重的帷幔覆盖。据说她乘着这辆灵车奔赴阴曹，在半路上途经一处村落，与一个女巨人邂逅相遇。

女巨人说道：
1 “你不应该乘车穿越我的庄园，
庄园的地界已围起巨石标明。
你还是安生呆在家纺纱织布，
远胜过去追赶一个有妇之夫。

2 “为什么你路远迢迢不惜奔波，
从异国他乡到我庄园来窥视？
你这个浑身金光闪闪的贵妇，
诡谲的头脑究竟想探索什么！”

布隆希尔德说道：
3 “休得无礼居然对我恶言相向，
你这个住在岩洞里的野女人！

虽则我时常参与海上的劫掠，
我的血统和出身远比你高贵，
你家祖先怎比得上我家门第。”

女巨人说道：
4 “住嘴，布隆希尔德，
你不过是蛮族布狄里的女儿。
出生到人世身上就带着厄运，
你曾欺骗了吉乌基的儿子们，
好端端一个家搅得天翻地覆。”

布隆希尔德说道：
5 “我乘在灵车里依然神清志明，
我务必告诉你，执拗的憨女人：
吉乌基的后人如何将我残害，
背弃掉盟誓夺去了我的爱情。

6 “你若想晓得我不妨全告诉你：
我本是一个瓦尔基里氏仙女，
众神之主把战袍放在橡树下。
和八个姐妹一起我们都盟誓，
当时我年纪尚幼才刚十二岁。

7 “我们一家人居住在吕姆达尔，
他们都叫我戴头盔的希尔德。

8 “可是我出巡战场时出了差池，
我把胜利拱让给奥达的兄长，

却失手误杀戴头盔的贡纳尔。
哥特老国王过早地去见死神，
主神奥丁得知此事怒不可遏，
他立即将我抓回去施以严惩。

9 “红色盾牌重叠在白色盾牌上，
他将我深埋在盾牌的堆垛里。
逼我昏睡囚禁在斯卡塔幽谷。
他下令除非有个无畏的勇士，
方能把我从昏睡中唤醒过来。

10 “他把我在南方的殿堂放把火，
四周烈焰熊熊火光直冲霄汉。
只有一个武士蒙他恩宠允准，
竟然纵马跃过了这圈烈火阵。

11 “王子[1] 骑着格朗尼骏马疾如飞，
驮着黄金来到我养父的宫殿。
他器宇轩昂气度超过所有人，
这位丹麦王子和我订了婚约。

12 “我们两人曾共眠在一张床上，
并肩而卧整整同床八个夜晚，
我们从未伸出手臂互相拥抱。

13 “可是吉乌基的女儿古德隆恩，

① 指西古尔德。

不分青红皂白依然将我羞辱，
硬说我曾偎在西古尔德怀里。
她口不择言将密谋和盘托出，
我如梦方醒才弄清这场骗局。
原来他们用掉包计移花接木，
竟换上另一个人来当我丈夫。

14 “世上夫妻失和怨偶何其太多，
两人不得不长久忍受着煎熬。
西古尔德虽同我不能成连理，
可是休想永世将我们俩拆散。
滚到地狱里去吧，你这个魔鬼！”

尼芬隆人之死。

第二十七首

尼芬隆人[1] 之死

西古尔德遇害后，贡纳尔、霍格纳兄弟俩吞没了恶龙法弗尼尔遗留下的全部黄金。于是吉乌基的儿子们与艾特礼[2] 之间结隙成仇。艾特礼责难布隆希尔德之死乃是吉乌基家所造成。作为补偿，那两兄弟便将古德隆恩嫁给艾特礼作继室。他们哄骗她喝下了忘却之酒，她便允婚重嫁。她同艾特礼生下两个儿子，埃尔普和埃依梯尔。她还将西古尔德同她所生的遗腹女儿斯凡希尔德带在身边。

艾特礼国王邀贡纳尔和霍格纳到他的国度做客小住。他连续派出芬基或是克乃弗鲁德作为使臣前去逼促成行。古德隆恩发觉邀请有诈，乃是设下的圈套。于是她便送给兄长一封急信，信上虽只有寒暄问候，但使用的罗纳文字却明白无误表明意思叫他们兄弟俩千万不可前来。作为隐语她还赠给霍格纳一枚戒指，那是小精灵恩德瓦莱的珍宝。在戒指上特意箍上了一圈狼毛。

---

① 系部落名称，吉乌基家族属于该部落。尼芬隆即德意志英雄史诗《尼伯龙人之歌》中的尼伯龙人部落，亦即尼德兰。

② 匈奴兰国国王，布隆希尔德的兄长。

贡纳尔曾向艾特礼的妹妹奥德隆恩求婚，却屡遭艾特礼拒之。于是他无奈娶了格劳姆瓦尔为继室。霍格纳娶了科斯特蓓拉为妻。他们生下的儿子是索拉尔、斯乃瓦尔和吉乌基。

贡纳尔和霍格纳兄弟俩未曾理会古德隆恩的报警，仍如期前来践约。古德隆恩见状大惊，便央求她的两个儿子去为他们的舅舅讨饶求得活命，可是他们却无此至亲情谊。于是，兄弟两人束手就擒。霍格纳被处以剐刑，剜出了心肝；贡纳尔则被投进一个蛇洞。他弹奏起竖琴哄得蟒蛇入睡，可是冷不防被小蝰蛇在肝上狠命咬了一口。

第二十八首

古德隆恩的第二首歌

西奥德雷克国王同艾特礼兴兵鏖战,他手下的武士几乎全在战场上阵亡。他兵败被俘,囚禁在艾特礼的王宫中。西奥德雷克国王时常同古德隆恩交谈,互相倾吐纠结在胸中的悲哀。

古德隆恩说道:
1 “我从小由母亲在后宫抚养大,
姑娘堆里拔尖出落得像朵花。
我无忧无虑爱戴自己的兄长,
直到我父亲用首饰把我打扮,
赐我黄金把我嫁给西古尔德。

2 “西古尔德站在我兄长们身边,
他像是野草丛中傲立的兰花。
他像是一只头角峥嵘的牝鹿,
他们却只是皮毛暗淡的野獐。
他像黄金一般发出闪亮光泽,
他们却只是成色不足的白银。

3 “两个兄长喋喋不休对我抱怨,
说我本该找个更出色的丈夫。
他们妒忌王子将他恨之入骨,

弄得寝食不安疏于料理国事，
终于下了毒手把王子谋害死。

4 “骏马格朗尼从庭的大会奔回，
咴咴狂嘶老远就能够听得见。
西古尔德自己却再没有归来。
上了鞍辔的马匹周身汗淋淋，
骑者全都是杀害王子的凶手。

5 “我顿时忍不住眼泪潸潸流下，
哭泣着要向骏马问出个短长。
格朗尼将头低垂到青草中间，
骏马通人性晓得主人已遇害。

6 “我疑团重重猜想其中有隐情，
几次想要质问却又难于启齿。
我曾犹豫犯难良久踌躇不定，
终于忍不住打听王子的下落。

7 “贡纳尔沉低了脑袋不敢吱声，
霍格纳却若无其事说出真情：
‘他遭到凶杀尸首躺在河岸上，
刺杀他的凶手竟是古特乌姆，
这家伙难逃天谴神罚喂了狼。’

8 “沿路朝南走可找到西古尔德，
你能听得见乌鸦在聒噪喧闹。
隼鹰在尖啸饿狼在厉声嗥叫，

你丈夫的尸骸把它们都喂饱。”

9 “你怎胆敢,霍格纳,
给我带来噩耗夺走我的愉悦。
但愿乌鸦啄开你胸膛叼心肝,
把你的心肝扔到僻远荒野上。”

10 霍格纳再开腔又一次答了话,
这一回他不再得意神情慌张:
“倘若我的心肝真被乌鸦叼去,
你将为此流更多眼泪,古德隆恩。”

11 “我不同他们费口舌抽身离开,
到树林里去为西古尔德收尸,
那已是饿狼噬咬过后的残骸。
我没有力气捶胸顿足地号啕,
也不会像别的女人呼天抢地。
我僵坐在西古尔德尸体身边,
悲伤压得我神志恍惚在发愣。

12 “那天晚上风高月黑阴森逼人,
我悲痛地呆坐在王子尸体旁。
对我来说此刻人世最大欣慰,
莫过于饿狼前来攫走我生命,
或者是将我当柴禾燃烧成灰。

13 “我神志迷茫从高山上走下来,
梦游一般不辨方向走了五天。

来到丹麦人哈尔弗的华厦前，
我才猛然从梦幻中惊醒过来。

14 “我寄居在女友图拉的宫殿里，
这一住就是悠悠岁月七年半。
图拉是丹麦国王哈康的女儿，
她用金线刺绣为我消愁解闷，
绣出丹麦的天鹅和南国楼台。

15 “我们也一起用钩针编结织物，
勾勒出好汉们上阵奋勇杀敌。
队伍前头君主们都一马当先，
戴盔持剑勇士高举红色盾牌。
只杀得匈奴人军队狼狈逃窜，
个个勇士都是君主们的扈从。

16 “西格蒙德的艨艟从陆上下水，
金色的船头船身上绘着野猪。
我们钩织出翻浪掀涛的海战，
西加尔和西格吉尔，
战斗在费弗的南面。

17 “我继母格里姆希尔德派人来，
询问图拉她觉得我心境如何。
哥特人的王后停下手上针黹。
她把两个儿子召唤到她身边，
逼问他们此事如何作出了断。
何人来为妹夫遇害付赔偿金，

何人要给外甥[1] 之死厚重补报。

18 “贡纳尔舍得钱财用黄金赔偿，
霍格纳也肯付重金勾销罪行。
哥特人的王后格里姆希尔德，
她吩咐迎接女儿排场须铺张。
她询问每个充当仪仗的武士：
是不是已将马匹上好鞍和辔？
是不是车辆上套好驾辕的马？
是不是已经将随行隼鹰放飞？
是不是用紫杉木弓射出过箭？

19 “送行的有丹麦勇士瓦勒达尔，
还有两个王子依阿里兹列夫
和雅里斯卡部落伊姆德第三，
他们率领勒贡巴德部落士兵。
军容整齐武士个个威猛无比，
他们身披红色斗篷腰佩短剑，
铠甲锃亮头戴穹隆形的兜鍪，
兜鍪檐边露出一绺暗褐头发。

20 “人人竞相馈赠给我金银财宝，
馈赠了珠宝还说不少安慰话。
他们似乎想要平息我的悲哀，
他们似乎想要赢得我的信任，
我却无法谅宥不能相信他们。

① 有一种说法是西古尔德遇害时已有一子名叫西格蒙德，亦同时被凶杀。

21 “格里姆希尔德频频劝我喝酒，
她端来一杯清冽味苦的美酒，
忘却之酒使我记不起来过去。
那杯酒的无边法力来自大地，
来自冰冷的海洋和公猪鲜血。

22 “在盛酒的牛角上镌刻着铭文，
那是罗纳古文字染成了红色。
形状晦涩我看不出它的含意，
一条长蛇和没有切断的海藻，
从大海里捞上来的燔祭供品。

23 “那杯酒里掺兑进去许多邪恶：
有从森林里采摘的各种草药，
有烧成灰烬的山毛榉的坚果，
有石南花的露水和牲畜内脏，
还有用火炖得很烂的公猪肝，
因为它能使人忘却一切烦恼。

24 “那杯酒使得我忘却过去一切，
王子含怨屈死也回忆不起来。
三个国王跪在我面前来求婚，
随后继母又找我再嘱咐一番。

“格里姆希尔德说道：
25 ‘我赏赐给你黄金，古德隆恩，
你父亲遗留的珠宝也赐给你，

从路德瓦尔国王宫中得来的，
贵重的帷幔床罩和赤金戒指，
那是诛灭国王得到的战利品。

26 “‘匈奴兰国女奴为你编织嫁衣，
用金线织出辉煌夺目的锦绣。
你将单独享有布狄里的财产，
把金首饰赏赐给丈夫艾特礼。’

27 “我不愿再嫁人另去投怀送抱，
岂肯嫁给布隆希尔德的兄长。
同布狄里之子结亲必成怨偶，
况且同他生的儿子名分低贱。

“格里姆希尔德说道：
28 ‘休得一门心思想要报复兄长，
虽则我们过去使你受过委屈。
你权且只当同他在一起生活，
把新嫁的丈夫看成西古尔德，
将生下的儿子叫做西格蒙德。’

29 “‘我无法再去消受生活的愉悦，
也不能相信再要重新去嫁人。
格里姆希尔德继母！
贪婪噬食尸体的饿狼和乌鸦，
已经把西古尔德的鲜血喝尽。’

“格里姆希尔德说道：

30 ‘我已为你物色到了一个丈夫，
他是世系家族出身最为高贵，
再难有门第更为显赫的君主。
你务必嫁给这位豪杰为妻室，
夫妻俩情相悦恩爱直到白头。
倘若你错过了这门鸾凤亲事，
你就再休想找得到一个男人。’

31 “‘你不必再操心硬逼我去攀亲。
这门不圣洁的婚事包藏祸心，
他会冷酷地诱贡纳尔入陷阱，
他会把霍格纳的心肝剜出来。
这个丧心病狂的匹夫太残暴，
我忍无可忍再不能控制自己，
用剑刺杀这个粗野蛮横家伙。’

32 “格里姆希尔德闻言不禁惶悚，
她预感不祥之兆便嘤嘤哭泣，
两个儿子注定难逃非命之劫。

“格里姆希尔德说道：
33 ‘我给你广袤土地和大批臣民，
温恩堡、瓦尔堡由你任意挑。
你可受用终身拥有这些城堡，
我的女儿。’

34 “我不得不选择他当我的丈夫，
迫于无奈为全家人安危着想。

他同我的伉俪生活不会美满，
兄长之死庇佑不了我的儿子。

35 “送亲队伍出发众人都跨上马，
伴娘女眷们也都搀扶到车上。
我们在冰天雪地中蹚行七天，
随后在惊涛骇浪里飘浮七天，
第三个七天我们才来到陆地。

36 “那雄伟巍峨的城堡威势赫赫，
守卫的士兵打开沉重的大门，
我们这一行便来到王宫前面。

37 “艾特礼将我从沉睡之中唤醒，
睡梦里全是兄长被杀的噩耗。

“艾特礼说道：
38 ‘命运之神新近托了个梦给我，
他要我参详其中暗藏的玄机。
我梦见吉乌基之女古德隆恩，
竟毫无良心用毒剑将我刺穿。’

39 “‘梦见利器是一团烈火的预兆，
那是好兆头何必去牵强附会。
梦见女人发怒预示需多提防，
与朋友交往须谨防受骗上当。
我会烧灼烙铁给你止血疗伤，
减轻你的痛楚使得伤势好转，

虽则我自己也要受不少折磨。’

“艾特礼说道：
40 ‘我梦见草地上树苗纷纷倒下，
我本当想要让它们长成大树。
如今却连根拔还被鲜血染红，
端到桌面上逼着我亲口品尝。

41 “‘我梦见隼鹰从我的手上飞走，
不追逐猎物却飞向邪恶渊薮。
我把它的心肝蘸着蜂蜜吞咽，
顿时心痛如绞血液上下翻腾。

42 “‘我梦见我手里溜走两只小狗，
它们惊吓得慌了神唁唁狂吠。
后来它们忽然变成腐烂尸体，
我强忍住呕吐将尸骸吃下肚。’

43 “‘这个梦看来离奇其实不怪异，
它只预兆出海捕鱼会有收获。
鳕鱼打捞起来之时滋味最鲜，
它离开海面便没有几夜好活，
天亮前要把鳕鱼鱼头先揪掉。’

“艾特礼说道：
44 ‘我想躺下身来又不情愿睡着，
骇人的梦境依然都历历在目。’”

第二十九首

古德隆恩的第三首歌

赫尔吉娅是艾特礼的一个贴身女侍，她一直是艾特礼的情妇。她向艾特礼告密说道她亲眼看到古德隆恩和西奥德雷克在一起苟且。艾特礼闻听后胸中仿佛翻倒五味瓶一般不是滋味。

于是古德隆恩说道：
1 “究竟你是怎么回事，艾特礼？
布狄里的儿子总是愁眉苦脸，
为什么你从来没有露过笑容。
你若多同臣民讲话多瞧着我，
手下的好汉们心情亦会舒畅。”

艾特礼回答说道：
2 “吉乌基之女古德隆恩你听着，
赫尔吉娅在厅堂上向我禀报。
她看见你同西奥德雷克鬼混，
你们俩裹在一条被子里睡觉，
亲热缠绵好似烈火遇到干柴，
我听后怎能忍得住心酸难熬。”

古德隆恩说道：

3 “空穴来风她的告密纯系诬陷，
这桩事情说得蹊跷无非捏造。
我可以朝神圣的白石头发誓，
同西奥德雷克之间决无暧昧，
我不会同他做出苟且的丑事。

4 “我们两人确曾有过抱头痛哭，
不过绝无仅有那一回是为了
安慰这位英勇而正直的国王。
我们俩从未谈到过儿女私情，
两个饱经忧患沉沦的苦命人，
同病相怜互相倾吐哀怨衷肠。

5 “西奥德雷克带了三十个人来，
如今已没有一人尚活在人间。
你要杀掉我的两个同胞兄长，
送亲前来的甲士已一个不剩，
几乎所有我的至亲都被你害。”

艾特礼说道：
6 “快把南方的王子萨克赛召来，
他通晓分辨诬告陷害的诀窍。
将神圣的大锅里的清水煮沸，
双手伸入锅内可以辨清是非，
小人遭殃清白之人不受损害。”

7 七百个人被召集到厅堂里来，
他们前来观看审理这宗奇案，

古德隆恩要听凭神灵来辨诬。

古德隆恩说道：
8 “我再也见不到我的同胞兄弟，
大哥贡纳尔岂情愿当众出丑，
二哥霍格纳我哪敢去叫他来。
霍格纳忍受不住这般的羞辱，
他会拔出剑来非要讨回公道。
如今只能够靠我自己来洗清，
硬加在我头上的莫须有罪名。”

9 她将心一横伸出细嫩的双手，
迅速地插入大锅摸到了锅底，
她捞起了放在锅底上的宝石，
于是她高声喊叫：
“你们务必睁眼看清楚，好汉们，
神的审判检验出来我的清白。
纵然大锅里开水在滚滚沸腾，
我的双手却丝毫未受到损害。”

10 艾特礼心里颇赞许暗自在笑，
当他见到古德隆恩双手完好。
他立即吩咐：
“把赫尔吉娅的双手在锅里浸泡，
看来是她无中生有诬陷好人。”

11 每个在场的人全都揪心裂胆，
他们看到的场面真惨绝人寰。

赫尔吉娅双手刚浸入大锅里，
已被烫起燎浆大泡连成一串。
那姑娘立即被扔进格栅囚笼，
沉入发臭的泥塘里领受一死，
古德隆恩洗清冤枉得到昭雪。

第三十首

奥德隆恩的哀歌

有个国王名叫海依德雷克，他的女儿博格妮同一个名叫维尔蒙德的武士私通日久已珠胎暗结。到了临盆之日，她分娩有难，恰好奥德隆恩及时赶到。这首哀歌讲的就是那段动人心弦的轶事。

1 在古代传说里曾经广为流传，
有个姑娘如何来到摩纳兰国[①]。
海依德雷克的女儿分娩有难，
天底下无人能够来接生助产。

2 艾特礼国王的妹妹奥德隆恩，
闻听得那姑娘难产痛苦万分。
她连忙从马厩里把马牵出来，
套上辔头安装好黑色的鞍韂。

3 她纵马飞奔疾驰过广阔平川，
一口气奔驰到高山上的殿堂，
她把鞍韂从骏马马背上卸下，
便心急火燎匆匆地走向产房，

① 意为“摩尔人的国家”。

劈面张嘴动问的第一句话是:

4 “在这里此事是否已满城风雨,
匈奴兰国早就传得路人皆知?”
贴身女侍回答说道:
“你不如赶快去照顾产妇要紧,
倘若你真有本事能够接生!”

5 “是哪个王子干出了这等丑事,
害得博格妮名誉受到了玷污,
害得她遭罪疼痛得死去活来?”

贴身女侍回答说:
6 “同她相好的男人叫维尔蒙德,
他本是一个雄壮骠悍的武士。
他们俩共眠在温暖的被窝里,
算来已有整整五个寒冷冬天,
别人都知道就是瞒过她父亲。”

7 她说的这番话倒是句句真情,
若要追问她便不肯再多吭声。
心地善良的奥德隆恩很识相,
乖乖地坐到了产妇的双膝旁,
扯开了嗓门唱起一支支歌谣。
歌声悠扬婉转而又回肠荡气,
歌声魔力奇妙镇定阵阵痛楚,
博格妮转危为安顺利地分娩。

8 一男一女双胞胎降生到人间，
那是杀害霍格纳凶手的后代。
分娩困难几乎送掉命的产妇，
直到生下孩子才有气力说话：

9 “但愿所有善良神灵都庇佑你，
弗雷和弗蕾娅还有别的神祇。
你祛灾消祸日夜看护照料我，
终于为我接产来渡过这个难关。”

奥德隆恩说道：
10 “我何尝跪着哀求要帮你助产，
你遭这番罪只不过自作自受。
我只是答应过困难时会援手，
情理难却既已允诺便该算数，
不管是谁的孽种我都要接生。”

博格妮说道：
11 “莫非你在发痴不成，奥德隆恩？
你大概劳累过度失去了理智，
竟对我说了那么多刻薄的话。
我通常陪伴你几乎形影不离，
仿佛就像一母所生的亲姐妹。”

奥德隆恩说道：
12 “我至今还记得很清楚那晚上，
我正在为贡纳尔斟一杯蜜酒。
你闯进来竟对着我百般辱骂，

说没有夫妻名分岂不是苟且，
问我怎不怕丢尽女儿家脸面，
骂我太不争气招惹碎语闲言。”

13 这个心头愁苦的姑娘坐下来，
泣不成声诉说起自己的悲哀：

14 “我自幼丧母在男人堆里长大，
王宫里有的是酒宴寻欢作乐，
不过那都是男人们放荡纵欲。
我尽情享受着我父亲的钟爱，
可怜父亲也只活了五个冬天。

15 “病入膏肓的国王留下了遗言，
把我叫到病榻旁在咽气之前。
他说要赐给我许多赤金戒指，
并且将我许配给贡纳尔王子，
他的母后乃是格里姆希尔德。

16 “他吩咐去把黄金的头盔拿来，
赏赐给我的姊姊布隆希尔德。
训示她去当瓦尔基里氏仙女，
终身不嫁全心全意伺候主神。
他留下遗言说：
‘她务必守身如玉是圣洁处子，
世上再难找出如此无瑕白璧，
除非命运之神出来横加阻挠。’

17 “布隆希尔德深居在自己闺房，
圣洁的处女做针黹消磨时光。
她拥有广袤国土和大批臣民，
悠悠山川到处传诵她的美名。
直到那天屠龙壮士[①] 辨出路径，
西古尔德竟冲进了她的城堡。

18 “于是双方刀兵相见血战一场，
布隆希尔德的城堡被他摧毁。
孰料一波未平紧接又起波澜，
布隆希尔德看穿他们的骗局。

19 “后来她将计就计施谋略报复，
我们人人受到连累跟着遭殃。
每个村落有人烟之处都传诵，
她殉情死在西古尔德的身旁。

20 “我把爱情给了我姐夫贡纳尔，
舍得同别人平分戒指的王子，
他原本应该属于布隆希尔德。

21 “他们给艾特礼送来赤金戒指，
给我哥哥的赔偿金非常丰厚。
为了娶到我贡纳尔愿出重聘，
他奉献出十五座庄园作彩礼。
还愿意交出恶龙的窖藏黄金，

① 指西古尔德，因他曾屠杀恶龙法弗尼尔。

倘若我哥哥聘礼到手肯许婚。

22 “可是艾特礼说道他决不接受，
吉乌基的儿子送过来的聘礼。
好事多磨我俩抗拒不住爱情，
只得偷偷幽会暗中缱绻缠绵，
我将自己的头偎依在他怀里。

23 “我的许多至亲气忿忿鸣不平，
说道不该阻挠有情人结连理，
艾特礼却冥顽不化仍旧拒婚。
说道若是联姻必定辱没家门，
况且会使我自己蒙受到耻辱。

24 “然而拒婚岂能够堵得住狂澜，
绵绵情丝刀剑无法将它斩断，
因为真诚相爱乃是刻骨铭心。

25 “艾特礼派出贴身小厮当密探，
穿过黑黝黝的森林来到我家，
窥探监视我俩究竟有无往来。
他们闯进了本不该来的卧室，
看到我俩共眠在一条被褥里。

26 “我们赶紧赏给他们赤金戒指，
央求他们不要去告诉艾特礼。
可是他们急如星火连夜赶回，
将实情刻不容缓禀报艾特礼。

27 “他们却把古德隆恩蒙在鼓里，
生怕让她知道就会变生肘腋。

28 “于是金色的马蹄骤雨般飞奔，
哒哒的蹄声像擂鼓声震霄汉。
吉乌基的儿子疾驰进了王宫，
他们登门谢罪冀求冰释嫌隙，
孰料到这一来便是自投罗网。
霍格纳被他们活活剜出心肝，
贡纳尔却被扔进毒蛇的洞穴。

29 “那时候我恰巧不在王宫里面，
已经到吉尔蒙德国王的家里，
去为安排筵席而酿造出烧酒。
聪明的贡纳尔弹奏起了竖琴，
这位出身高贵的君主他相信，
我听到琴声必定赶回去救他。

30 “我在莱斯勒听到奇异的琴声，
每根琴弦都在泣诉巨大不幸。
我情知有异叫女侍立即动身，
尽快赶回去相救遭难的王子。

31 “我们泛舟过海越过叠波层浪，
艾特礼的宫殿终于咫尺在望。

32 “忽然间艾特礼的母亲蹿出来，

但愿歹毒的妇人绉缩成一团。
她匍匐而行爬到贡纳尔跟前，
趁他不备举起剑刺进他胸膛。
在间不容发的关头我未赶到，
回天乏术挽救不了王子性命。

33 “我彷徨踯躅常常在反躬自问，
为何还要留恋不舍活在人世，
我这个拥有恶龙宝藏的女人。
每当我想起心爱的无畏战士，
我爱他要远远胜过爱我自己，
这个善于剑术的君主！

34 “你坐在那里听我倾吐出苦水，
把我命中的劫难细细说分明。
每个人都为追求欲望而活着，
奥德隆恩的沥血哀歌已唱完。”

第三十一首

艾特礼的歌谣

吉乌基的女儿古德隆恩为她的兄长们喋血报仇,这段轶事已广为流传,几乎家喻户晓。她先杀掉了艾特礼的两个儿子,然后再杀了艾特礼,并纵火焚毁了殿堂和整个王宫。这首诗便表述那段轶事。

1 艾特礼派出使臣去见贡纳尔,
使臣的名字叫做克乃弗鲁德。
他是个闯荡江湖的人见识广,
骑着骏马来到了吉乌基王国,
趾高气昂踏进贡纳尔的殿堂。
火塘四周围摆放着一圈长凳,
仆佣们端上甘醇可口的麦酒。

2 贡纳尔和他的武士们在喝酒,
闷声不响人人都是心事重重。
华丽的殿堂里虽有美酒款待,
不速的贵客却被冷落在一边,
他们觉察出匈奴人来意不善。
南方的使臣端坐在高背座椅,
阴鸷冰凉的嗓音利刃般刺耳,
克乃弗鲁德宣讲了他的使命:

3 “艾特礼国王特派我专程赶来，
骑马疾驰马嚼子上喷满白沫，
马不停蹄穿越过默尔克森林。
盛情迎请贡纳尔你们两兄弟，
前往艾特礼王宫去做客聚首。
脱盔卸甲围坐火塘握手言欢，
弭兵息战干戈不动化为玉帛。

4 “你们在那里可任意挑选礼物：
各色盾牌和光滑的梣木长矛，
黄金头盔和大批匈奴兰奴隶。
白银细丝编织成的华贵鞍褥，
南方的锁子甲和猩红色战袍，
还有梭标、马驹和善跑的猎犬。

5 “他说可赐给你们格尼塔荒原，
广袤平川原本是恶龙的地盘。
还有装有金色船头的大战船，
艨艟的两侧船舷标枪排成行。
大批财宝和第聂伯河的庄园，
还有那片著名的默尔克森林。”

6 贡纳尔把脸转向弟弟霍格纳：
“你且说出你的高见，霍格纳，
既然亲耳听到这番奇谈怪论。
我不知道格尼塔荒原有宝藏，
更未曾拥有恶龙留下的黄金。

7 “我们有七个厅堂全堆满兵刃，
每把利剑都镶有黄金的剑柄。
我晓得我的骏马奔驰得最快，
我的宝剑最为锋利天下无双。
我的弯弓制作精美胜过座椅，
我的锁子甲件件用黄金编造。
我的头盔和盾牌全都光灿灿，
它们都来自东方可汗的宫殿。
我哪件兵刃都堪称世上绝顶，
远远胜过匈奴兰全国的武器。”

霍格纳说道：
8 “古德隆恩给我们送来了戒指，
这枚戒指四周裹着一圈狼毛。
你猜想这个馈赠有什么暗示，
莫非她在向我们俩发出警号。
我发现有一根狼毛箍得突兀，
它紧缠住戒指捻搓成个死结。
莫非预兆我们此行凶多吉少，
饥饿的狼群已埋伏在半道上。”

9 贡纳尔的骨肉至亲纷纷阻拦，
他的朋友和谋臣们率直诤谏，
叱咤风云的王公贵族也规劝。
可是贡纳尔置若罔闻不肯听，
他以国王凛然威仪乾坤独断。

10 华丽的殿堂里面对好友亲朋，
他站起身来说出自己的决心，
讲得声泪俱下无比慷慨激昂：
“费奥尔尼尔，我的仆人，
快给英勇的好汉们斟上美酒。
把黄金杯盏递到他们的手中，
人人痛饮转圈传遍整个殿堂。

11 “倘若贡纳尔此去丢掉了性命，
尼芬隆部落失去世袭继承人，
那条灰色恶狼便会前来统治。
倘若贡纳尔此去不能再生还，
皮毛暗褐的熊罴便会露尖齿，
寻找淫荡的母狗去寻欢作乐。”

12 英勇的武士扑簌簌泪流满面，
他们来相送不畏强暴的君主。
走出王宫启程前往匈奴兰国，
猛然间霍格纳的儿子喊出声：
“抬起头往前走切莫转身向后，
凭着勇气和理智去战胜邪恶。”

13 两个勇士猛踢马刺纵马飞奔，
横跨过冰雪封顶的高山峻岭，
穿越幽深莫测的默尔克森林。
他们疾驰进入匈奴兰的国界，
悠悠大地在他们马蹄下颤抖。
骏马风驰电掣狂奔不消加鞭，

无多时日已来到葱翠的平川。

14 他们两人极目放眼远眺近望，
但见艾特礼疆土上如临大敌。
处处哨楼全都派有重兵把守，
雄伟的城堡上武士枕戈待旦，
哥特王国佞臣比基坐镇严防。
高入云霄的南方王宫已在望，
四周的情景却煞是令人纳闷。
殿堂里待客的座位摆得整齐，
殿堂外成群的甲士埋伏四周。
身上披着重铠和锃亮护胸甲，
手里持长矛还有尖细的梭标。
殿堂里艾特礼独自浅酌慢饮，
殿堂外斥候们不敢稍有懈怠。
他们都风声鹤唳般神色匆匆，
惟恐其奸难售贡纳尔已洞察，
生怕他兴兵问罪率军来讨伐。

15 古德隆恩马上察觉哥哥来到，
一见到兄长顾不得接风洗尘，
她忙不迭规劝他们逃走脱身：
“我的哥贡纳尔和霍格纳，
他们背信弃义你们已被出卖。
面对匈奴人所施的恶毒奸计，
你们有何良策可保得住自己？
倒不如趁早觑空隙抽身逃走。

16 “其实你们来到艾特礼的宫殿，
本该是头戴铁盔身披锁子甲，
率领大军浩浩荡荡冲杀进来。
倘若你们全副戎装战马长嘶，
在骄阳烈日下挥师长驱而入。
让匈奴人的妇女们伏尸痛哭，
让瓦尔基里氏仙女幡然悔悟，
把兵刃统统销毁去铸造铁犁。
被扔进蛇洞的必将是艾特礼，
而今那个蛇洞却在恭候你们。”

贡纳尔说道：
17 “我的妹妹古德隆恩，
如今再说这些为时已经太晚，
要在尼芬隆部落召集起武士。
从莱茵河边罗斯莫高山出发，
援军前来相救靡费时日太久。”

18 贡纳尔束手就擒成了阶下囚，
昔日勃艮第人倚为干城的君主，
如今却身陷缧绁戴上了枷锁。

19 霍格纳一连斫翻了七个武士，
第八个被他扔进熊熊烈火里，
无畏勇士理当如此拼搏敌人。
可是孤不敌众难以支持太久，
霍格纳被匈奴军队活捉生擒。

20 他们询问勇敢的国王贡纳尔，
是否情愿拿黄金来赎买性命。

21 贡纳尔说道：
“霍格纳的心务必交到我手上，
赶快用磨得锋利无比的短剑，
剖开英雄的胸膛将它剜出来，
鲜血淋漓的心脏还不停蹦跳。”

22 他们剜出马夫希阿利的心脏，
血淋淋放在盘里端给贡纳尔。

23 于是万军之主贡纳尔发了话：
“我面前是胆小鬼希阿利的心，
它躺在盘里簌簌地狂颤不停。
要比平时在胸膛里快出几倍，
英雄霍格纳的心决不会如此。”

24 他们动手剖开霍格纳的胸膛，
勇士强忍着疼痛却纵声大笑，
他决不让暴徒听到半声呻吟。
英雄的心鲜血淋漓放在盘上，
端到了他哥哥贡纳尔的面前。

25 善使长矛的尼芬隆人的国王，
光辉的贡纳尔侧耳谛听说道：
“我听到英雄霍格纳的心在跳，
它躺在盘子里几乎毫无颤动。

跳得如同在胸膛里一样平稳，
懦夫希阿利岂能够鱼目混珠。

26 “艾特礼，
你必定遭报应死期已在眼前，
你垂涎我们的黄金势难到手，
虽然近在眼前怎奈咫尺天涯。
如今霍格纳已经不在人世间，
尼芬隆部落窖藏的金银财宝，
那秘密世上只有我一人知道。

27 “当初我们两兄弟都活在世上，
我心里总不免有点猜神疑鬼，
如今我心里的疙瘩风流云散。
招惹杀身祸祟的那大堆黄金，
它将永远沉没在莱茵河底里。
阿西尔神祗遗留下来的财宝，
只能由尼芬隆部落后人继承。
他人想要染指分享这份禁脔，
那只能是痴心妄想注定落空。
宁可让它永远在河底里埋藏，
也决不能让它打成赤金戒指，
戴在匈奴人的手上闪闪发光。”

艾特礼吩咐说道：
28 “快让俘虏戴上枷锁押入囚车，
让驽马把这个国王拉入地狱，
贡纳尔纵然财宝再多也枉然。”

29 威仪万千的艾特礼十分得意，
骑在长鬃飘飘纷扬的骏马上，
持剑的武士在他身前后簇拥。
他同贡纳尔两兄弟原是姻亲，
可是郎舅关系早已抛到脑后。
那两兄弟的亲妹妹古德隆恩，
只好躲在喧嚣的殿堂角落里，
强自忍住眼泪不能漏出悲声。

她说道：
30 “艾特礼，
但愿厄运马上降临到你头上！
你同贡纳尔曾经歃血结过盟。
以前你总是把誓言挂在嘴边，
从晨光熹微太阳从南面升起，
直到天黑后踏进新婚的洞房。
你对着主神奥丁和弓神尤尔，
都曾经再三发誓说决不背盟。”

31 那群武士你推我搡一齐动手，
把活生生的君主扔进了洞穴。
穴底麇集无数毒蛇嘶嘶吐信，
贡纳尔虽则孤身一人力单薄，
面对蛇蝎万千他却毫无惧色。
他伸出手弹拨起竖琴的琴弦，
琴声如怨似泣听得毒蛇入迷。
神武的君主理当有这般勇气，

方能够保全得住自己的黄金。

32 艾特礼拨转马头返身往回走，
马蹄踩着砾石发出声响噼啪。
他大功告成剪除了心腹之患，
踌躇满志心里着实得意非凡。
猛听得王宫庭院里喧声鼎沸，
骏马拥挤成群兵刃铿锵磕碰，
那些武士都从漠漠荒原赶来。

33 古德隆恩疾步趋身走出门外，
双手捧着金盏前来迎接丈夫，
她要给那个国王应得的回报：
“你可以在你自己华丽的殿堂，
亲眼看到两个崽子已被宰掉。”
她终于将心头怨怼一吐为快。

34 斟满美酒的黄金盏哐啷一声，
猛然从艾特礼手里滑落下来。
匈奴兰各地赶来的王公贵族，
应急召跋涉奔波风餐又露宿。
他们不明白王宫有什么变故，
面面相觑个个都是神情迷惘，
腮上的虬髯顺着嘴角往下垂。

35 这个皮肤白皙的女人忙迈步，
把杯盏给他们逐个儿端上来。
她的铁石心肠使人不寒而栗，

他们心里疑惑又有什么花样。
她又给他们端来了珍馐盛馔，
那是她亲手烹饪的下酒佳肴。
她恩威兼施硬逼着他们品尝，
他们不得已勉强啖食了少许，
才刚吞咽恶心难忍立即呕吐。
艾特礼觉察出异样脸色骤变，
古德隆恩却冷笑一声对他说：

36 “你两个亲生儿子的心肝肚肠，
已被你自己蘸了蜂蜜咽下肚。
剑术超群的君主，
你竟不忌惮鲜血淋漓的膻腥，
就着美酒大啖亲生儿子血肉，
而且谈笑风生飨敬四座高朋。

37 “只可怜你再见不到亲生儿子，
活蹦乱跳的埃尔普和埃依梯尔。
你再不能把他俩拥坐在膝上，
自己呷着麦酒享受天伦乐趣。
只可怜你再见不到亲生儿子，
他们端坐着把黄金赏给扈从，
把矛尖安装在长矛的矛杆上，
骑马驹玩耍梳理它们的鬃毛。”

38 殿堂里响起一片哀哀的哭声，
粗犷豪迈的匈奴兰王公贵族，
披着金色的斗篷却失声呜咽。

惟独古德隆恩不掉一滴眼泪，
既不为壮实得像熊罴的兄长，
也不为天真无邪的心爱娇儿，
那两个她同艾特礼生的孽种。

39 这个肤色天鹅般白嫩的女人，
将金银财宝分赐给每个扈从，
赤金戒指全都赏给仆佣家奴。
在生命最后时刻她散尽金银，
毫无顾恋地离开这尘世人寰。

40 艾特礼仰脖鲸吸已喝得酩酊，
他腰际未佩剑没有防身武器，
况且也不想要抵御古德隆恩。
往昔在王公面前曾有过亲昵，
如今他俩又当众偎抱在一起。

41 她将短剑的剑尖猛力朝前刺，
便使得干渴的床褥喝到鲜血。
她用喋血复仇的手放出恶犬，
再在殿堂门前都纵起了大火。
烈焰顿时蹿起刹那直冲云霄，
王宫里仆佣们猛然惊醒过来，
想要扑灭这场大火却是徒劳。
她为兄长们报仇的满腔怒火，
天底下岂有人能够将它扑灭！

42 她把所有困堵在殿堂里的人，

统统供献给火神当做了燔祭。
那些人刚从黑暗之家返回来，
他们曾把贡纳尔推下了蛇洞。
顷刻间粗梁大柱轰然倾倒下，
一片火海浓烟滚滚遮天蔽日，
布狄里后裔的宫殿化为瓦砾。
葬身火窟里的年轻美貌女侍，
个个都成了瓦尔基里氏仙女，
一缕缕魂魄全都飞向英灵殿。

43 说到此处这个故事已经讲完，
她赤手空拳替兄长们报了仇。
历来顶盔披铠巾帼英雄不少，
可是没有哪个比她更为机智。
她一生中有三个国王丧了命，
皆因为这个美貌姑娘起祸殃。

《艾特礼的格陵兰之歌》把这个故事讲述得更为分明。

第三十二首

艾特礼的格陵兰之歌

1 从前时光几个男人凑在一起，
叽叽咕咕聚议商谈在密室中。
他们密谈的决计不会有好事，
包管不是报仇便是挑衅寻隙。
几个人狂躁不已要大动干戈，
不少人跟着遭殃去丢掉性命。
这一回轮到吉乌基家两兄弟，
他们受姻亲蒙骗误中了奸计。

2 两个王子过早殒命当了国殇，
他们原本不消受屈含冤而死。
可是艾特礼听信奸佞的谗言，
他本来心存嫌隙遂起了杀机。
殊不知害人者到头来害自己，
同室操戈必定动摇自己根基。
他派出使臣去见两个姻兄弟，
火急敕召他们立即动身来见。

3 虽则他们策划阴谋于密室中，
依然被她窥探出来洞察其奸。
她心急如焚给兄长通风报警，
怎奈他们此刻正在海上航行，

找不到他们她急得一筹莫展。
时间仓促容不得她再多迟疑，
她只得托使臣捎去问候音信。

4 她镌刻了罗纳文字交给使臣，
使臣芬基是两面三刀的奸佞。
他明里答允送信暗中却戒备，
偷偷将铭文磨蚀掉几个字母，
不让两兄弟发觉大难已临头，
这样他可放心地把信交出去。
艾特礼国王的使臣启程动身，
绕过里姆岬湾驶向那两兄弟。

5 使臣受到了隆重热忱的款待，
殿堂里把火塘烧得旺盛灼热。
众人围坐在火塘边推杯换盏，
兄弟俩丝毫未觉察有何异兆，
全然不曾料到会有背信弃义。
他们收下了古德隆恩的信简，
顺手将它挂在殿堂的柱子上，
何尝想到信里却是大有文章。

6 科斯特蓓拉走进来招待使臣，
霍格纳的妻子是个美貌妇人，
她心细如筛一直在诧异纳闷。
格劳姆瓦尔是贡纳尔的妻子，
她对有客登门素来兴高采烈。
贤淑的妇人待客从来不失礼，

安排张罗使臣馔食忙碌不停。

7 使臣迎请霍格纳移驾去做客，
别人想要前往亦可一起偕行。
他语带双关言词吞吐又闪烁，
狼子野心昭然若揭不难看穿，
只消他们心存警觉稍作提防。
贡纳尔回答说他亦乐意奉陪，
如果霍格纳有兴致去走一趟。
既然哥哥已经一口应允下来，
霍格纳情面难却不便再拒绝。

8 女人们将蜜酒和菜肴端上来，
酒宴的丰盛显出主人的好客。
斟酒的牛角传递无数个来回，
他们方始觉得已经酒足饭饱。

9 待到众人意兴阑珊扶醉而归，
霍格纳夫妇返回到自己睡房。
科斯特蓓拉曾受过名师传授，
她看得懂罗纳古文字的意思。
便凑到火塘边熊熊火光底下，
细细辨认古德隆恩信上字迹。
乍一看文字残缺乱成了一团，
几乎无法弄明白是什么意思，
细一看她吃惊得噤声又咋舌。

10 霍格纳夫妇就寝不久就睡着，

聪明的妇人蓦地里做个噩梦。
猛然惊醒过来她不敢再犹豫，
连忙把丈夫推醒诉说了梦境。

科斯特蓓拉说道：
11 “霍格纳，我的丈夫，
你打算离家出门去践约做客，
此去凶吉如何你可曾细想过，
我劝你另择日子以后再成行。
他们那里看不懂罗纳古文字，
我却能参详出来个中的含意。
这一回要你们兄弟俩去做客，
决非是你妹妹想团聚才传唤。

12 “有桩事情出我意外令人惊诧，
我至今尚无法将它悟彻明白。
究竟什么缘故刻得如此仓促，
以至于笔画扭曲得难于辨认。
这行罗纳文字含意十分隐晦，
暗示说你们若匆匆前去做客，
必定会自投罗网丢掉了性命。
这行铭文有几个字母被挖掉，
是你妹妹粗心还是有人使坏，
一时之间我尚难于查察分明。”

霍格纳说道：
13 “女人们遇到事情总疑神疑鬼，
对你的多虑我倒是不敢苟同。

除非我们欠下他们一大笔债，
否则扪心无愧何必胆战心惊。
妹夫将会馈赠我们黄金戒指，
陪我们飨宴将我们待若上宾。
尽管可怕的流言传入我耳中，
我却不以为然心神毫无不安。”

科斯特蓓拉说道：
14 “你切莫太逞强休要过于大意，
倘若你一味执拗非要去不可。
这一回那里不会有热烈欢迎，
你只会上当人家在张网待捕。
霍格纳，我的丈夫，
今夜我做了个噩梦不想瞒你，
注定的厄运将降临到你头上，
不然我不会枉自忧虑瞎担心。

15 “我梦见你的床单蹿出了火苗，
无缘无故忽然会燃烧了起来。
浓烟滚滚烈焰顿时四处蔓延，
我的整幢房子倒塌在大火里。”

霍格纳说道：
16 “亚麻布床单好端端铺在床上，
纹丝不动看不出有任何毁坏。
你若是去拿火把来将它点燃，
这才会熊熊燃烧起来化为灰。”

科斯特蓓拉说道：
17 “我梦见一头熊侵入我的房舍，
它的咆哮吼叫响得惊天动地。
笨重的脚步声震得人人心悸，
它挥动前掌推倒墙壁闯进来。
张牙舞爪朝着我们直扑过来，
攫住了活人便扔进血盆大嘴。
我们吓得魂飞魄散难于动弹，
可是无人来相救只好被吞噬。”

霍格纳说道：
18 “这个梦预兆有场暴风雪到来，
破晓之前你梦见白熊闯进来。
暴风雪谅必会刮得十分厉害，
因为它来自冰天雪地的东方。”

科斯特蓓拉说道：
19 “我梦见有只鹰凌空俯冲下来，
窜进我们的殿堂再不肯退出。
隼鹰把鲜血喷洒到每个角落，
我们人人都浸泡在血泊之中，
它穷凶极恶对我们威逼恫吓。
我从声音里听出那是艾特礼，
再仔细观看外形果然就是他。”

霍格纳说道：
20 “梦见隼鹰预兆用公牛做燔祭，
我们去了就会有屠宰的仪式；

会见到公牛的鲜血汩汩直流。
艾特礼的迎请果然心诚意笃，
且不管你在梦中见到过什么。”
夫妻俩话不投机便不再多说。

21 另一对地位显赫的夫妻醒来，
他们的谈话亦是大同而小异，
格劳姆瓦尔夜间也做了噩梦。
她惊醒过来惶悚得不知所措，
贡纳尔却说详梦有两种结果。

格劳姆瓦尔说道：
22 “我梦见绞刑架已为你竖起来，
你将被活生生绞死送掉性命。
我梦见巨大的蟒蛇把你吞噬，
你将被活生生咬死葬身蛇腹。
我梦见众神祇的末日已来临，
你将被活生生烧死尸骨飞灰。

23 （以下原手稿本残缺。）①

格劳姆瓦尔说道：
24 “我梦见一柄鲜血淋漓的利剑，
刚从你身上锁子甲里拔出来。
我梦见一支长矛捅穿你胸膛，
饿狼等在四周凄厉狂嗥尖啸。

① 此处原古文手稿本残缺一段，内容当系贡纳尔的回答。

要把这样的梦告诉自己丈夫，
我心里难过得真是不堪忍受。”

贡纳尔说道：
25 “那是狗群发情时狂吠乱嚎春，
它们的叫声不同往常很烦人，
就像长矛飞在空中的呼啸声。”

格劳姆瓦尔说道：
26 “我梦见一条河绕着这里蛇行，
河水潺潺流过我们的房屋前。
忽然间它汹涌暴涨冲塌河堤，
咆哮轰鸣的大水把一切淹没。
你们兄弟俩腿脚全浸在水里，
却不能力挽狂澜把河水挡住，
这个梦总该预示有什么凶兆。”

贡纳尔说道：
27 “涧泉潺潺流淌漫浸荒原田野，
田地方能膏腴长得出好庄稼。
我们在阡陌上走路举步艰难，
皆因双脚时常踩进了谷堆里。”

格劳姆瓦尔说道：
28 “我梦见许多个妇女来到这里，
她们个个都是冥府中的亡灵。
身上打扮华丽头上珠翠围绕，
她们全都一心要挑你当丈夫。

眉开眼笑请你坐到她们身旁，
连你的命运女神亦帮不上忙。”

贡纳尔说道：
29 “如今再说这些话为时已太晚，
我们已作出许诺不宜再反悔。
命运之神的安排我无法躲避，
因此我们已决心要前去一行。
所有的迹象都已经清楚表明，
我们活在人间时日不会太久。”

30 兄弟俩看到天光已徐露熹微，
便催促着叫醒众人起床动身，
尽管妻子央求他们不要性急。
霍格纳的两个儿子随同偕行，
他们名叫斯乃瓦尔和索拉尔。
另一个随行的是霍格纳妻弟，
乌尔克宁是个快活的盾牌手。
他们理应至少带上十名家丁，
可是这五人都不要侍卫武士，
这样的安排真是太欠缺思忖。

31 雍容华贵的妇女们跟随送行，
她们偎依相伴一直到海岬边。
细语絮叨仍规劝自己的丈夫，
在最后刹那变主意不去远行，
可惜徒劳一番他们不予理睬。

32 贡纳尔之妻格劳姆瓦尔开腔，
对着使臣芬基她要把话挑明，
郁结在胸中的焦虑一吐为快：
“我不知道我们那样慷慨好客，
你们会不会投桃报李来敬回。
倘若登门的客人遇到了不测，
主人难辞其咎必定遭到报应。”

33 使臣芬基指天划地发出诅咒，
装得诚恳乃是他的看家本事：
“但愿巨人将他抓去撕得粉碎，
倘若有人胆敢说谎将你蒙混。
但愿绞刑架已经为他竖起来，
倘若有人阴谋危害他们安全。”

34 科斯特蓓拉却只叮嘱她丈夫，
面带微笑神情装得若无其事：
“但愿远航平安一路都是顺风，
但愿诸事顺遂载誉凯旋而归，
但愿一切都能符合我的心意，
不会遭到别人暗算受到伤害。”

35 霍格纳深情似海频频嘱咐说，
临别之际他对妻儿无限眷恋：
“不管我会遇到什么凶险艰难，
科斯特蓓拉，我的爱妻，
你们都要勇气十足好生活着。
自古来多少人颂祝早日团聚，

到头来事与愿违往往皆落空。
且看战船出海阖家全去相送，
孰知有几艘能平安返回家中。”

36 他们泪眼相对彼此凝视良久，
这才恋恋不舍登船离别分手。
孰料命运安排别离竟成永诀，
从此他们幽明永隔再不见面。

37 他们奋力划桨战船似箭脱弦，
船上龙骨嘎吱作响几乎散架。
他们击水用足力气后仰前合，
海面被抽打得掀起层层怒涛。
捆住桨把的皮带根根被磨断，
安桨的叉环个个敲击得崩裂。
他们弃舟登陆时不下碇系牢，
听凭战船逐波漂浮离岸而去。

38 劈波斩浪航行总算顺利结束，
登陆后不久便见到精舍成群，
那是布狄里后裔的深宫宅院。
霍格纳上前去砰砰嘭嘭敲门，
笨重的大门便吱吱嘎嘎启开。

39 使臣芬基横眉怒目叱咤申斥，
其实事已至此何必再摆威风：
“赶快从宫殿旁边远远滚开去，
你莫非想逞凶行刺我的主人！

我马上就会把你先捆绑起来，
你不久后便会做个刀下之鬼。
我盛情请你来原是用的计谋，
花言巧语把你诱骗入我彀中。
你且莫急躁在这里安心等候，
让我为你把绞刑架竖立起来。”

40 于是霍格纳怒不可遏地说道，
他的话音里毫没有半点畏惧：
“休想恫吓我们切莫狂妄嚣张，
你若是胆敢再多嘴饶舌半句，
我定让你求生不得欲死不能。”

41 他们把使臣芬基推搡到一边，
各人举起大战斧猛可劈下去。
但见他好似釜底游魂气息奄，
不消多时就动身前往鬼门关。

42 艾特礼的人马立即排好阵势，
他们都全身披挂穿着锁子甲，
团团围困扼守住鹿砦和围栅。
两军对峙相互羞辱破口大骂，
都想用污言秽语激对方狂躁。
于是谩骂似雨点般洒落下来，
艾特礼的军士们都齐声狂喊：
“我们早已想把你们碎尸万段！”

43 那边厢霍格纳却在冷言奚落：

“既然你们早有阴谋筹划很久，
怎么临到上阵才刚披挂起来，
阵势杂乱哪像打胜仗的模样。
况且出师不利先折一员大将，
你们派来的使臣已被我斫倒，
我们将他打发去了阴曹地府。”

44 那边人马怎经得住这般讪讽，
众皆哗然个个暴怒狂躁起来，
他们手忙脚乱扣住标枪拎环。
刹那间标枪如同雨点般飞来，
支支投掷得很准确飞向目标，
他们还高举盾牌护卫住自己。

45 宫殿外干戈扰攘一片喧嚣声，
宫殿里时时都倾听禀报战况，
一个家奴站在门口仔细观察。

46 古德隆恩怒气冲冲咬紧牙关，
耳边厢喊杀声叫她坐立不安。
颈脖上的项链全被她扔干净，
白银项圈跌落下来折成两截。

47 蓦地里她用足力气推开大门，
冲破阻拦疾步飞奔跑出屋外。
她毫无畏惧奔过去迎接兄长，
这是最后一次同娘家人见面。
她豁出身家性命去拥抱他们，

百感交集之中她关照他们说：

48 “我设法把你们全都藏到屋里，
否则照顾不到无法保护你们。
我已警告过你们却仍然前来，
无人能执拗得过命运的安排。”
她虽埋怨仍看出众寡太悬殊，
若是硬拼持久必定要吃大亏。
她便劝说他们要先耐住性子，
求得媾和方才能保全住自己。
她的主意没有人能听得入耳，
交仗双方全都拒绝弭息刀兵。

49 于是出身高贵的姑娘咬咬牙，
已明白兄长将生死置之度外，
她也决心舍生忘死以命相陪。
她掷掉了斗篷拔出一柄利剑，
为兄长们的性命而上阵厮杀。
虽然她不是瓦尔基里氏仙女，
可是用兵器的武艺却很娴熟。
打起仗来决计不会心慈手软，
利剑斫向敌手保管叫他丧命。

50 吉乌基的女儿一连杀掉两人，
她又挥剑砍向艾特礼的弟弟。
刷地一剑便让他今后靠人抬，
她使出的招式削断了他双脚。

51 她又朝另一个弟弟猛刺过去，
也叫那个人永远站立不起来。
不过这一回她手下并未留情，
而是径直打发他去了鬼门关。
她一口气接连杀掉几个武士，
仍然是手不颤抖心里不哆嗦。

52 这一场血战博得了青史留名，
它的悲壮惨烈名震遐迩远近。
吉乌基的儿子们曾东讨西伐，
却从未建立过如此辉煌功业。
尼芬隆部落君主被到处传颂，
他们作战厮杀曾是何等英勇。
他们的利剑斫得断成了几截，
对手的锁子甲刺得七穿八洞。
他们全凭着血气方刚的锐气，
雷殛般地将对手的头盔劈开。

53 这场鏖战从清早直打到晌午，
整整半天只杀得难解又难分。
血肉横飞地面上已尸骸狼藉，
鲜血迸溅到处是殷红的沫渍。
他们一共杀掉了十八个对手，
还有许多伤残躺在地上呻吟。
科斯特蓓拉两个儿子和弟弟，
却也在血战中捐躯作了国殇。

54 于是艾特礼便站出来发了话，

他强忍着在心头翻腾的怒火：
“我们四周尸骸横陈惨不忍睹，
这场祸患都是你们一手造成。
我身边原有三十个骁勇武士，
如今却只剩下十一个还活着，
别的人都已在刀剑下丧了命。

55 “在我的父亲布狄里去世之时，
我们一共有五个同胞亲兄弟。
如今有一半被死神领进地狱，
还有两个也伤残得半死不活。

56 “我同你们联姻原本自有打算，
无非想攀个血统高贵的门第，
我不想隐瞒更不会矢口否认。
可是却娶到一个凶悍的泼妇，
夫妻间恩爱情意我何曾消受，
倒被闹得鸡犬不宁从你进门。
你害得我一连失掉两个弟弟，
你巧取豪夺挥霍掉我的钱财，
你将我妹妹活生生逼入地狱，
这桩事说起来至今余恨未消。”

古德隆恩说道：
57 “艾特礼，
你含血喷人竟然能说得出口，
自己怙恶不悛硬要委过于我。
你逮住了我的母亲将她杀死，

谋财害命为了夺取她的宝藏。
你将她妹妹的女儿我的表妹，
关进山洞逼她供出窖藏秘密，
你不给饮食害得她活活饿死。
你如数家珍讲述你受的伤害，
在我听来毫不值得嗤之以鼻。
你若果然遭到不测丢掉性命，
我要馨香祈祷感激神灵圣明。”

艾特礼说道：
58 “武士们，
我命令你们不惜用任何手段，
让这个泼妇尝遍人间的苦楚。
我要看到她打熬不住来求饶，
我要看到她今后不会有愉悦，
古德隆恩要以泪洗面熬岁月。

59 “快把霍格纳的手脚捆绑起来，
快把牛耳尖刀磨得无比锋利。
我要你们把霍格纳开膛剖肚，
把他的心肝剜出来当做燔祭。
快竖立起一个高大的绞刑架，
快把有毒的蛇蝎统统放出来。
我要把贡纳尔吊在蛇洞里面，
让他一口一口地被毒蛇咬死。”

霍格纳说道：
60 “你想怎么处置全都悉随尊便，

尔为刀俎我为鱼肉听凭发落。
我的勇气你不妨再领教一番，
在严峻考验面前我视死如归。
只可惜我们俩都已身负重伤，
寡不敌众才被你们生擒活捉。
在我们兄弟俩尚未受伤之前，
你损兵折将占不到半点便宜。”

61 艾特礼的管家贝依蒂进了言：
“不妨权且留下霍格纳的性命，
让希阿利代替受刑剜出心肝。
霍格纳看见惨状会哀告求饶，
好戏慢慢地看岂非更有兴味。
再说他伤势沉重活不了几天，
不管多久总要叫他吃遍苦头。”

62 伙夫希阿利闻讯瘫倒在地下，
他吓得魂飞魄散找地方躲藏，
爬遍每个角落却匿不住身体。
他嘀咕说主人打仗他却遭殃，
忙死累活竟落得这么个下场，
难道这就是劳碌一生的补偿。
他又说今天是他的黑暗日子，
非要叫他去死不肯让他再活。
从此后他就不能再饲养母猪，
丰厚的口粮眼看就要吃不着。

63 伺候过布狄里的伙夫被捆绑，

武士们纷纷举起雪亮的尖刀。
那个家奴宰猪般地嚎叫起来，
其实刀尖离他心脏还有老远。
可怜虫抱怨叫屈哭喊着求饶，
说道他情愿为他们倒屎撒粪，
什么污秽肮脏他都不会嫌厌，
但求能饶过他保全性命一条。

64 霍格纳睹此状心中好生不忍，
他叫他们放给伙夫一条生路：
“你们要挖心肝不妨对我动手，
对我来说只不过是区区小事，
何必要找奴隶代替哭天喊地。”
这等英雄气概岂是常人能有！

65 他们只得又将霍格纳再捆绑，
勇士视死如归气昂昂站稳当，
岂容他们包藏祸心再生毒计。
霍格纳强忍住剧痛纵声大笑，
他的笑声响彻了四周的田野。
忙于稼穑的农奴全侧耳细听，
钦佩他酷刑不可侮辱的气节。

66 双手捆绑的贡纳尔掏出竖琴，
他含着眼泪用脚趾拨动琴弦，
如怨似泣的琴声在空中呜咽。
女人们听得纷纷抽噎又哭泣，
男人们也不禁潸潸流下眼泪。

那个国王在诉说自己的不幸，
琴声把屋宇的椽木震得断裂。

67 刚过晌午不久时光还早得很，
杰出的勇士匆匆离开了人世。
他们慷慨赴死博得英名永存。

68 艾特礼觉得自己非常了不起，
毕竟他一举收拾掉那两兄弟，
剪除了心腹大患可以放宽心。
他要把死讯告诉自己的妻子，
存心激起她悲哀来奚落一番：
“早晨尚未过完时光还早得很，
你却已失掉了两个同胞兄长。
他们两个落得如此不幸下场，
追本溯源全都只是你的罪孽。”

古德隆恩说道：
69 “艾特礼，
你未免太猖狂高兴得过了头，
竟得意洋洋吹嘘你杀戮无辜。
我老实告诉你作恶必遭恶报，
血债代代牢记自有偿还之日。
怨怨相报你的后嗣会受报应，
除非我已亡故才亲眼看不见。”

艾特礼说道：
70 “我不否认你的话很合乎情理，

可是我倒还有另外一种打算，
要比你说的更能够顺风吹火。
其实本来有两全其美的良策，
可以帮助我们化干戈为玉帛。
不过我们往往对它不屑一顾，
偏要说成是偷生的苟且之举。
我会赐给你雪花般成堆白银，
我会让成群的奴隶来伺候你，
我毫不吝惜但求博得你欢心。”

古德隆恩说道：
71 “休想用赏赐买得我回心转意，
这一切都是徒劳枉费了心机，
我不接受你给我的任何馈赠。”
我曾为不大的琐事使过性子，
以至于夫妻之间失去了和睦。
我亦曾恶言相诟脾气很暴躁，
气势汹汹凶猛得活像个女魔。
眼下我胸中垒起了满腔愤怒，
我本想逆来顺受咽下这口气，
但求得能保住霍格纳的性命。

72 “我同他在同一栋房屋里长大，
兄妹俩时常在一起游戏玩耍，
从小到大都做伴去林中漫步。
母亲格里姆希尔德又很慷慨，
三天两头赏给我们黄金戒指。
你决计无法补偿我失去兄长，

哪怕你搬座金山送到我面前，
也休想使我回心转意轻饶你。

73 “可是女人的命运由不得自己，
往往但凭男人的权势来摆布。
枝叶被剪光大树必定会枯死，
树根被刨掉大树岂能不栽倒。
艾特礼，我的丈夫，
如今世上只有你才权势熏天，
你要为所欲为我怎能奈何你。”

74 那个国王正在得意未免轻信，
他居然把她的话句句都当真。
倘若他心存戒备处处提防她，
自不难觉察言词闪烁有狡诈。
古德隆恩亦非轻易能对付得了，
她诡谲莫测人前背后各一套，
胸中早有打算脸上却佯装笑。

75 她央求为兄长大摆葬礼筵席，
这主意恰正中艾特礼的下怀，
他也想用酒肉犒劳手下一番。

76 这桩事情他们两人商量停当，
丧礼酒宴的麦酒亦已酿造好，
这场筵席哪里是酬酢共宴饮，
分明是血雨腥风冤家来索命。
她生来狷介性情又强悍凶狠，

非要把这一家闹得天翻地覆，
杀掉自己丈夫才解心头之恨。

77 她把两个儿子叫进自己房里，
把他们双双捆绑在床头柱上。
倔犟的孩子被吓呆但不啼哭，
他们只想问母亲究竟为什么。

古德隆恩说道：
78 “休得多问，我要把你们俩杀掉，
我一直不想让你们活得太久。”
两个儿子说道：
“恳请你赶快动手，我们的母亲，
倘若你果真想把儿子作牺牲，
我们不会想要对你横加阻拦。
切莫犹疑不要再有半点拖延，
否则你怒平气消便下不了手。”

79 这个铁石心肠的女人咬咬牙，
便下毒手结束儿子们的童年，
她心狠手辣斫下他们的头颅。
艾特礼看不见儿子们的踪影，
便追问他们俩到哪里去玩耍。

古德隆恩说道：
80 “艾特礼！
我本当想到你房里去告诉你，
格里姆希尔德之女光明磊落，

她不想对你隐瞒事实的真相。
倘若你知道事情的前后经过，
未必再能够像此时兴高采烈，
你设毒计谋害了我两个兄长，
这就惹得夫妻反目酿成巨祸。

81 “自从我两个兄长遇害丧了命，
昼夜地悲伤痛哭无法能入眠。
我曾向你说过血债务必讨回，
你亲耳听到理应记得很清楚。
那天你对我说早晨尚未过完，
我却已经失掉两个至亲骨肉。
如今我对你说黑夜才刚来到，
你亦已失掉了两个亲生儿子。

82 “你已经失掉了你的亲生儿子，
本来你可以不必有丧子之痛。
我务必让你知道得明白无误，
你曾用儿子的头盖骨当酒杯。
你喝的麦酒里我亦做了手脚，
掺兑进了你儿子的滴滴鲜血。

83 “我把他们的心肝叉在铁叉上，
用火炙烤熟了端上来给你吃，
假说那是小牛犊的新鲜内脏。
你用利齿把他们咀嚼得粉碎，
竟独自狼吞虎咽全都吃下肚，
连一点剩羹残渣都不曾留下。

84 “如今你已知道两个儿子去向，
天下没有哪个父亲如此心狠，
竟然咽得下自己亲生的儿子。
这道下酒菜肴是我亲手烹饪，
我讲的句句实话毫没有虚假。”

艾特礼说道：
85 “你真残忍，古德隆恩！
竟然干得出这样狠毒的事情，
把亲生儿子的鲜血兑进酒里，
端上来给他们的父亲喝下去。
两个儿子身上也有你的血缘，
这一来你的家族岂非绝了后。
你闹得阖家鸡飞狗跳翻了天，
祸事接连来害得我无法喘息。”

古德隆恩说道：
86 “我尚还有一个心愿未曾了却，
那便是亲手举起刀把你杀掉。
弑杀君主乃犯上作乱的叛逆，
好在你自己曾犯下这个罪行，
我只是亦步亦趋师法你所长。
你怙恶不悛行为悖谬又荒唐，
如今你又别开生面玩新花招。
我们过去闻所未闻直到今日，
那便是你为自己举行了葬礼。”

艾特礼说道：
87 “你应该绑在火堆上活活烧死，
再不然众人扔乱石把你砸烂，
这就顺遂了你最急切的心愿。”
古德隆恩说道：
“你不妨把这样死法留给自己，
因为你再挨不过明天的清早。
我自己会有更好的安息去处，
要光彩体面地同人间作永别。”

88 他们俩闷坐在同一座宫殿里，
相互恨之入骨想把对方铲除，
时常彼此对骂恨声不绝于耳。
后来霍格纳的幼子潜入宫中，
他已是尼芬隆部落新的君主，
年轻的胸膛里满怀旧仇新恨。
他想出妙计把仇敌置于死地，
便向古德隆恩说出他的谋略，
要同艾特礼了结杀父的深仇。

89 古德隆恩回忆霍格纳的惨死，
她说道这一着委实十分凶险，
此举的成败全要看运气如何。
事不宜迟他们当夜就动了手，
艾特礼刚睡熟不久便遭暗算。
古德隆恩死命按住他的手脚，
霍格纳的幼子举剑朝他猛刺。

90 威猛的国王受剧痛猛然惊醒，
他明白已遭行刺伤重难活命，
便说道伤口太深毋须再包扎：
“告诉我是谁偷袭布狄里之子，
深夜行刺得逞是我失算疏忽，
我料想已难再有求生的指望。”

古德隆恩说道：
91 “格里姆希尔德之女从不隐瞒，
你生命的终结是我主谋策划，
霍格纳的幼子也来参与相帮，
你身上的致命伤是他的功劳。”

艾特礼说道：
92 “你已嗜杀成癖不可再多理喻，
居然把最信赖你的丈夫杀掉。
你所干的一切都是大逆不道，
我后悔当初误信人言娶了你。

93 “我想要跋涉远行向你去求婚，
众人都说这桩婚事必定美满。
他们说你居丧新寡美名远播，
说你会帮助丈夫到处去掳掠。
起先我以为他们说话太夸张，
后来发现你的盛名果不虚传。
于是迎亲的队伍从我家出发，
一支大军浩浩荡荡去接新娘。

94 “婚礼的排场铺张得无人可比，
君主娶亲该有这般富丽堂皇。
我们的庄园广袤牛羊成群跑，
我们的财富多得慷慨赏赐人。

95 “我赠给新娘一笔可观的彩礼，
为她购置了一大批珍宝首饰。
还有三十名家奴和七个女侍，
送去的金银更是数都数不清，
这样的丈夫才能够赢得荣誉。

96 “你说荣华富贵好似过眼烟云，
你已心如槁木死灰并不喜爱。
我从父亲手里继承许多庄园，
你居然不肯收听凭土地荒芜。
遇到事情你往往暗中在作梗，
把我们阖家闹得再不能安宁。
你的婆婆常常被你气得流泪，
自从你进门我就再没有太平。”

古德隆恩说道：
97 “艾特礼，
你满嘴谎言全都是胡说八道，
不过我毫不在乎你爱怎么说。
我生性狷介正直不委屈顺从，
你却卑贱猥琐岂能与我相比。
你们兄弟打架殴斗毫无情谊，
亲人之间尔虞我诈自相残杀。

这个家族已有大半见了死神，
兄弟不齐心岂非动摇了根基。

98 “我们家里兄妹三人两男一女，
个个都能征惯战横行于天下。
我们跟随我的前夫西古尔德，
离开本土四出挞伐到处掠劫。
船队出没海上令人望闻胆丧，
战船由我们兄妹分头来指挥。
萍踪飘泊不定全凭命运安排，
鬼差神使竟让我们来到东方。

99 “我们在那里先杀掉一个国王，
把那个国家分疆裂土全征服。
各地的领主们纷纷赶来觐见，
他们个个心怀恐惧俯伏臣服。
我们剿灭了不少支海盗船队，
我们招安了许多个绿林好汉。
那些好汉都是铤而走险的人，
逍遥法外厮杀抢劫却无积蓄。
我们仗义疏财给了他们钱财，
帮助他们购置庄园安顿下来。

100 “我们曾听到过不少你的传说，
你畏葸退缩真是可气又可悲。
凡是去开庭的大会每次败北，
跑去告发别人却赢不了诉讼。
受到指控自己有理反说不清，

分明清白无辜却遭到了冤枉，
你总想息事宁人一味地屈从。”

艾特礼说道：
101 “古德隆恩，
如今却是你在说谎满嘴胡诌，
不过对我们的后事徒然无补。
我们都遭受不少磨难与浩劫，
临终之际又何必再耿耿于怀。
古德隆恩，我的妻子，
有桩事情但求你能放宽肚量，
我死之后被人从这里抬出去，
成殓下葬务必要安排得风光，
仪式隆重方能保全我的脸面。”

古德隆恩回答说道：
102 “我会买一艘船运送你的遗骸，
要把你放进一口上好棺材里。
用彩绘的裹尸布包裹好遗体，
再用石蜡把裹尸布打磨三遍。
我想这样的安排是必不可少，
我们夫妻一场永诀时需体贴。”

103 艾特礼的尸体摆放在殿堂里，
他的亲戚赶来吊丧哀哀啼哭。
古德隆恩把葬礼办得很风光，
她既然已经允诺便不会食言。
聪颖的女人已不想再活下去，

古德隆恩想方设法了结生命。
然而她的来日方长岂能早死，
她哪一回自尽都以失败告终。

104 吉乌基生出的儿女都是英豪，
自此之后几乎无人如此有福，
竟生得出这般杰出的好儿女。
他们的辉煌业绩遐迩都传遍，
他们慷慨赴死时的激昂言词，
世代相诵至今大家常挂嘴边。

第三十三首

古德隆恩的催促

古德隆恩杀掉艾特礼之后便直奔大海而去，她在深可没顶的海水中往前泅去，以图自溺而毙求得解脱。可惜事与愿违她求死而不得，大海波拥涛簇将她飘流过海岬冲浮到岸上。那里是尤纳克尔国王的地界。国王一见她便爱怜万分娶她为妻。

他们俩生下三个儿子：苏尔莱、埃尔普和哈姆迪尔。她同第一个丈夫所生的女儿斯瓦希尔德也在这里抚育长成，嫁给威镇四方的国王、暴戾的伊尔蒙莱克为妻。伊尔蒙莱克手下权臣比基乃一奸佞之徒。他怂恿国王的长子伦德瓦尔，说他和斯瓦希尔德两人同样年轻，正好匹配无双，转身又向国王进谗言说两个年轻男女暗通款曲，必定有幽会私情。伊尔蒙莱克国王盛怒之下将伦德瓦尔处以绞刑，又将斯瓦希尔德让马群践踏活活踩死。

古德隆恩听到这一噩耗后，便把两个儿子叫到她面前。

1 性情强悍的古德隆恩开了腔，
催促儿子赶快去为姐姐报仇，
丧女的悲痛化作一连串恨声。

母子之间话不相投激烈冲突，
她对儿子的教训传诵直至今：

2 “为什么你们毫不性急敷衍我，
为什么你们吃饱睡足整天玩，
活像行尸走肉把光阴虚度掉。
为什么你们照样地有说有笑，
全不把伊尔蒙莱克挂在心上，
竟忘记自己姐姐已惨遭残害。
豆蔻年华那样的一个好姑娘，
竟让马群活活踩死在铁蹄下。
黑马白马还有青灰色的骟马，
训练有素排列成整齐的队形。
在路面夯砸得坚硬的大路上，
哥特人的马群慢步来回奔跑，
铁蹄似狂风骤雨落到她身上。

3 “你们俩哪比得上大舅贡纳尔，
同二舅霍格纳更相差似云泥。
倘若你们有两个舅舅的英勇，
哪怕像你们生身父亲般骠悍，
早就会忍不住去给姐姐报仇。”

4 于是哈姆迪尔反唇相讥说道：
“你竟然高声赞美二舅霍格纳？
他的光辉业绩是伙同贡纳尔，
趁西古尔德熟睡之际下毒手，
待到他惊醒过来只剩一口气。

你的那条白底蓝条纹的床单，
被你丈夫鲜血染成一片殷红。

5 “你一心只想为你兄长们复仇，
心情惨痛却也变得冷酷似铁，
竟然下得了手杀掉亲生儿子。
倘若他们两兄弟还活在人间，
我们联袂报仇岂非多了帮手。

6 “快把匈奴国王的兵器抬出来，
你已逼得我们只好去铤而走险，
一场血雨腥风厮杀就在眼前。”

7 古德隆恩闻言不禁回嗔作喜，
她在衣物库里到处寻找翻遍，
找出昔日国王们上阵的披挂。
他们的头盔和宽大的锁子甲，
把全副戎装摆到两兄弟面前。
他们两人匆匆顶盔束甲停当，
随即跨上骏马就要启程出发。

8 于是哈姆迪尔气吞山河说道：
“此行凶险势难生还来见母亲，
手持长矛的勇士就此要永别。
哥特人战场上碧血染红芳草，
你儿子终生无悔长眠在其间。
你务必放量痛饮葬礼的麦酒，
悲痛悼念儿子们刚刚做国殇，

也奠祭告慰斯瓦希尔德一番。”

9 古德隆恩闻言不禁潸然泪下，
吉乌基之女嘤嘤地哭泣断肠。
她再也无力倚闾望儿远离去，
颓然失神地躬身坐在门槛上。
她泪流满脸却顾不得去擦拭，
便讲述起伤心断肠的往昔事。

10 “我曾经先后拥有过三个火塘，
熟悉那三堆熊熊燃烧的火焰。
我曾经先后婚配过三个丈夫，
分别在他们的宫殿里当主妇。
然而在已嫁过的三个国王中，
西古尔德才是最杰出的英雄。
可怜他风华正茂又雄才大略，
却遭到我兄长无端暗害残杀。

11 “我从未悲伤得如此心碎欲裂，
巨大的悲哀压得我痛不欲生。
可是两个哥哥偏不肯放过我，
他们再一次设计将妹妹欺骗。
背着我将我许给艾特礼为妻，
这一次把我摧残得更为厉害，
我未曾料到他们会出此毒计。

12 “我把自己生的两个孽种儿子，
悄悄叫进房里来作秘密商议。

不杀他们无法伸雪我的冤仇，
我只得忍痛舍子再别无退路。
那两个孩子虽然年纪尚幼小，
却体恤我的苦衷很深明大义。

13 “报仇之后我便径直走向海边，
我对命运之神早已义愤填膺，
务求一死逃脱她们恣意摆布。
可是哪里想到波涛激浪滔滔，
它们非但没有将我淹死溺毙，
反而把我高高托起冲上陆地。
既然已经来到了这个国度里，
我只好应顺天意勉强活下去。

14 “我又当了新娘再次走进洞房，
那里是最违我心所愿的地方。
我嫁给了福尔孔家族的国王，
为尤纳克尔生养儿子育后嗣，
他们是名正言顺王位继承人。

15 “斯瓦希尔德却依然待字闺中，
若说我生养的所有儿女里面，
她才是我最疼爱的心肝宝贝。
斯瓦希尔德把我的厅堂照亮，
仿佛太阳射出耀眼夺目光芒。

16 “我给她披上金线绣的新衣裳，
在远嫁哥特人王国临行之际。

不料这次母女离别成了永诀，
这是我一生中最残酷的遭遇。
斯瓦希尔德的一头金色秀发，
骏马的铁蹄无情地践踏成泥。

17 “我一生之中最悲惨的伤心事，
莫过于我的西古尔德遭暗害。
他们趁他熟睡下手对他行刺，
他就惨死在我们房里的床上，
一生的辉煌胜利就从此葬送。
我一生中最骇人听闻的凶耗，
莫过于我哥哥贡纳尔的虐死。
他的死法真是令人毛骨悚然，
鳞光闪闪的毒蛇吐出了蛇信，
蜿蜒而来将他一口口地吞噬。
我一生见到过最壮烈的就义，
莫过于霍格纳英勇慷慨赴死，
他们举起短剑活活剜出心肝，
英勇的霍格纳毫无半点恐惧。

18 “我记忆中祸患和悲哀还很多。
西古尔德，我的丈夫，
你赶快勒住胯下坐骑的马嚼，
快掉转通体纯黑骏马的马头。
让它放开四蹄飞驰到这里来，
我在这里翘首相望等待着你。
这里没有儿媳也不再有女儿，
来孝顺孑然一身的古德隆恩。

19 “你可记得，西古尔德，
我俩新婚之夜起的海誓山盟？
你说即使有朝一日成了鬼雄，
也会从地狱里溜出来探望我。
我说道倘若我做了个未亡人，
甘愿早日离开人世偕君同行。

20 “且听分明，王公贵族们，
我吩咐你们快把橡树垛起来，
架成个天下最高的火葬柴堆。
让烈火把我的遗体燃烧干净，
将我满腔的悲哀都焚为飞灰，
将我心中的冤仇都化作乌有。

21 “世上所有男人们，
我但愿干戈止息不再动刀兵，
你们不消枉死会活得更太平。
天下所有的女人们，
我但愿你们不消悲切切度日，
不再遇到这里讲述的伤心事。”

第三十四首

哈姆迪尔之歌

1 在阴霾四合彤云密布的清早，
有几个人围坐在王宫门槛上。
他们叽叽咕咕地争来又吵去，
商量着一场血肉横飞的杀戮。
眼见断后绝户的巨祸已临头，
小精灵急得团团转哭泣起来，
他们再也庇佑不住这个家族。
这几个人正在策划如何复仇，
管叫世上又要增添几分新愁。

2 这桩事并非今朝或昨日发生，
说来话长那是在很远的从前。
岁月悠悠时光不知流逝多少，
你若是说得出一桩古代逸事，
它却更遥远要多出双倍年份。
那是吉乌基的女儿古德隆恩
逼她两个年轻的儿子去报仇，
催促他们为斯瓦希尔德雪恨。

古德隆恩说道：
3 “可记得你们的姐姐斯瓦希尔德？
她惨遭伊尔蒙莱克无端残害，

竟被马群活活踩死在铁蹄下。
黑马白马还有青灰色的骟马，
训练有素排列成整齐的队形。
在路面夯砸得坚硬的大路上，
哥特人的马群慢步来回奔跑，
铁蹄似雨点般敲击在她身上。

4 “你们苟且度日竟顾不得荣誉，
叫你们前去报仇却迟疑不决，
亏得你们两个都还贵为人君！
你们务必要替我争这一口气，
我的家族断子绝孙已快泯灭，
只能指望尚活着的两个后嗣。

5 “我像是远离树林的单株杨树，
茕茕孑立在濯濯童山的岗峦。
我的至亲家里死得一人不剩，
宛如松柏折断了所有的枝杈。
我被剥夺掉人生的一切欢乐，
好似溽暑酷夏里的幼嫩树叶，
烈日将它们暴晒得发蔫萎落。”

6 于是生性犟劲的哈姆迪尔说：
“你竟然高声赞美舅舅霍格纳？
他毕生的业绩是伙同贡纳尔，
趁西古尔德熟睡之际下毒手。
待到他惊醒时只剩下一口气，
你坐在床上哭泣凶手却狞笑。

7 “西古尔德躺在血泊中咽了气，
你的那条白底蓝条纹的床单，
被丈夫的鲜血染成一片殷红。
你抚尸发呆忘却人生的快乐，
这正是贡纳尔伤害你的计谋。

8 “你杀掉了埃尔普和埃依梯尔①，
自以为这一来艾特礼会气疯。
殊不知这馊主意反害了自己，
天底下哪个人都可以杀别人，
惟独母亲从不会残害亲生子。
要杀人必须倚仗利剑去厮杀，
他自己才不会成为众矢之的。”

9 敦厚怡和的苏尔莱说得恳切：
“我不想同母亲争个青红皂白，
免得龃龉伤了母子间的和睦。
你似乎话到嘴边又留住一句，
肚里嫌我们懦弱却不肯明说。
古德隆恩，我们的母亲，
你逼儿子去报仇至今未动手，
莫非你为此心里难过而哭泣？

10 “你为死去的兄长和儿子哭泣，
你为打仗阵亡的至亲们哭泣，

① 古德隆恩与艾特礼所生的两个儿子。

可是你理应当为我们俩哭泣。
我们虽还在这里却早下决心，
命运已注定我们要跨上骏马，
奔向我们将捐躯于斯的远方。”

11 狂傲的母亲站起来泣不成声，
她拥住儿子仿佛想卵翼他们，
干瘪的手指抚摸着他们肩头。
(以下原手稿本残缺。)[①]
“去闯哥特人的巢穴危险万分，
他们扼守着壁垒森严的城堡，
两兄弟要去迎战貔貅上千人。
同他们厮杀要把他们都打赢，
若在平时那岂不是匪夷所思。”

12 他们两人怒气冲冲走出王宫，
在路上碰见同父异母的弟弟，
这少年人虽小胸中甚有韬略。
他们说道：
“这个矬子暗褐头发皮肤黝黑，
难道他也能够相帮得了我们?”

13 那个同父异母的弟弟诚恳回答，
他很乐意为同胞弟兄效劳出力，
就像人的双脚一只要帮另一只。
他们两人大笑说道：

① 此处古文原手稿本残缺，脱漏两句。

“试问一只脚怎么去相帮另一只，
都是肉做的双手怎样彼此相帮？”

14 那个同父异母的兄弟埃尔普[①]，
气愤不过在马背上背过脸说：
“想给胆小鬼指路真多此一举！”
兄弟两人一听险些气破肚皮，
说道这个私生子活得不耐烦。

15 他们两人从剑鞘里拔出利剑，
剑刃寒光闪闪是死神的甘饴。
他们两人没有花费多大力气，
便让那个少年横尸在大路旁。

16 两个年轻人一路疾驰往前行，
匈奴的纯种马是胯下的坐骑。
翻越过冰雪覆盖的高山峻岭，
要去为姐姐报仇讨回个公道。
他们脱掉毛皮披风重束佩剑，
来到平川两位王子换上锦衣。

17 一条大路光秃秃展现在眼前，
他们顺着大路往前仔细搜索，
终于辨认出通往刑场的小径，
伦德瓦尔被吊死的那棵柏树。

---

① 系尤纳克尔国王与其他姬妾所生的儿子，正好同古德隆恩与其前夫艾特礼生的儿子同名。

阴风飕飕枝杈都在簌簌发抖，
柏树低声呜咽为他唱起挽歌。
哀鸿长啸声声雁唳断人心肠，
这所在阴森得令人毛骨悚然，
离开它往西走老远才有人烟。

18 殿堂里嬉笑欢歌一片喧闹声，
人人都在狂饮麦酒恣意享乐。
他们哪里听得见马蹄哒哒响，
直到后来才有人吹起了号角。

19 他们慌忙向伊尔蒙莱克禀报，
说是已窥见来者头戴大铁盔：
“那个被马群活活踩死的姑娘，
她有两个弟弟英勇凶猛绝伦。
谅必那两个王子如今已来到，
要赶紧设谋划策来收拾他们。”

20 伊尔蒙莱克捋着髭须哈哈笑，
他已喝得酩酊说话酒气熏人。
酒使性起便要站起身去厮杀，
他身躯摇晃满头褐发乱蓬松。
锃亮的盾牌哪里有力气举起，
另一只手里黄金酒杯在抖动。

伊尔蒙莱克说道：
21 “我真高兴他们来到我的殿堂，
这两兄弟哈姆迪尔和苏尔莱。

我要拿出做弓弦用的粗牛筋，
把他们两个捆绑得扎扎实实，
吉乌基的孙子要送上绞刑架。”
鲁德格洛德站在睡房门槛上，
这个宠姬连摆素手轻启朱唇：
“他们夸下了海口却无法实现，
两个人怎能敌我上千名貔貅。
更何况哥特大军凭据着关隘，
城堡森严壁垒他们休想进来。”

22 岂料到两个勇士已踏进殿堂，
顿时厮杀起来殿堂乱成一团，
盛满麦酒的杯盏被打得粉碎。
不多时个个栽倒在血泊之中，
殷红鲜血从哥特人胸口流淌。

23 生性倔犟的哈姆迪尔叫嚷道：
“伊尔蒙莱克，
你说是在等待我们兄弟登门，
我们是姐姐的同胞一母所生。
你未料到我们已经斩关夺隘，
一口气冲进戒备森严的宫殿。
伊尔蒙莱克，
我们要剁掉你的双手与双脚，
把你的手脚扔进熊熊烈火里。”

24 伤重的老国王扯开嗓门吼叫，
他虽是个身披锁子甲的国王，

吼叫起来像巨熊在狂嗥咆哮：
“尤纳克尔的儿子有魔法护身，
他们兄弟俩都无法加以伤害。
不管长矛和利剑有多么厉害，
都刺不透他们身上的锁子甲。
想要杀掉他们只有一条妙计：
快朝他们扔乱石把他们砸死。”

25 生性犟劲的哈姆迪尔说道：
“你被斫掉了手脚活像只口袋，
我的姐夫伊尔蒙莱克，
你张嘴说话就好比打开袋口。
口袋里常常会倒出来脏东西，
你一张嘴保准吐出来坏主意。”

苏尔莱说道：
26 “你勇气十足可惜不大动脑筋
哈姆迪尔，我的弟弟，
遇事欠缺考虑容易铸成大错，
吃了亏再想弥补已后悔莫及。”

哈姆迪尔说道：
27 “你的话一点不错我已在后悔，
我们怎能一时性起杀了弟弟。
异母弟弟埃尔普倘然还活着，
他必定会给我们出个好主意，
叫我们先斫掉伊尔蒙莱克脑袋。
这一来他便不能再张嘴作恶，

我们必能避开乱石全身而退。
这个弟弟很勇敢也十分机智，
正好当个帮手齐心对付强敌。
可是我偏把他杀死在半路上，
命运之神驱使我铸成了大错。”

苏尔莱说道：
28 “同室操戈骨肉相残必留后患，
我们不该仿效恶狼的坏习惯。
它们毫无至亲情谊彼此吞噬，
在荒原上追逐撕咬自己兄弟。

29 “这一仗我们俩打得非常出色，
身边已躺满了哥特人的尸体。
我们犹如饱食后归来的隼鹰，
精疲力竭要栖在树枝上安息。
我们已赢得胜利威名四处扬，
不管此刻丧生还是拖到明朝，
我们会毫无畏惧去面对死神。
命运女神若已经发出了召唤，
没有哪个人挨得过黄昏天黑。”

30 苏尔莱说罢倒在殿堂山墙旁，
哈姆迪尔一头栽倒在后墙下。
他们俩都是被乱石活活砸死，
这就是古代的哈姆迪尔之歌。

第三十五首

格罗蒂之歌

主神奥丁有个儿子名叫肖尔德，自他之后便有了肖尔德孔恩王室家族[①]。他有自己的首府勒伊雷，统治着一大片国土，这个国家如今叫做丹麦，当时则叫做哥特兰。肖尔德薨逝后他的儿子弗里德莱弗继位为王，统治这个国家。弗里德莱弗薨逝后又由他的儿子弗洛底继承王位。那时候正值基督降生人间，而奥古斯都大帝[②] 忙于在世界各地倡导和平。弗洛底躬逢其盛，遂在整个丹麦语地区为和平奔走呼号。北欧诸国所有君主莫不惟弗洛底的马首是瞻，他亦成为北欧诸国之中势力最为强大的君主。北欧人将这段时日称之谓“弗洛底的和平年代”。那时候任何人都不许伤害别人，即使他碰巧遇到杀害父兄的仇人受缚于道旁，亦不可加害诛杀。道不拾遗蔚然成风，窃贼盗匪销声匿迹，以至于赤金戒指遗弃于丹麦首府郊外的耶林恩荒原上都无人会去捡拾。

① 即英格兰史诗《贝奥武甫》中的斯叙尔丁家族(盾牌人)，肖尔德即斯叙尔·斯塞芬之子斯叙尔丁(也译作希尔德)。他建立起丹麦王室家系。丹麦中古时代历史学家萨克索则说肖尔德是丹麦国王丹的孙子。

② 古罗马第一个皇帝(公元前63—公元14)。他穷兵黩武，四面扩张，晚年推行对外和平政策，并于公元9年在罗马兴建一座留诸后世的“和平祭坛”。

弗洛底国王应瑞典国王费奥尔纳尔之邀前去做客。他在瑞典买下了两个女奴,名叫芬妮雅和门妮雅。这两个女奴虽则面貌娟秀,却身材结实孔武有力。那时候丹麦有一盘硕大无朋的石磨,却无人有此神力能够推得动它。那盘石磨有一种叫人啧啧称奇的神妙之处,便是只消主人把心里想要弄到手的东西说出口,它便会按照吩咐把人世上的任何东西磨出来。这盘石磨名叫格罗蒂。石磨的主人亨吉考普把它进献给了弗洛底国王。

弗洛底国王将两个女奴领到石磨前,把她们锁在石磨上。他吩咐她们务必给他磨出三样东西:黄金、和平还有幸福。他勒令她们没日没夜地推磨,不许她们躺下睡觉。只有在布谷鸟停止啼叫,或者他唱完一支歌谣的片刻之内,她们才可以稍作憩息。

于是她们一面推磨一面唱起了那首被称为"格罗蒂之歌"的歌谣。她们歌尚未唱完,那个石磨却已磨出来了一支与弗洛底作对的军队来。原来那天晚上海盗之王梅西恩统率许多战船前来掠劫,他们杀掉了弗洛底,还掳掠去大批玉帛子女,统统装载上船掉头而去。弗洛底的太平盛世也就成了镜花水月。

海盗之王梅西恩把神奇的磨盘格罗蒂还有两名女奴芬妮雅和门妮雅也抢到了船上。他吩咐她们给他磨出盐来。子夜时分,她们两人询问梅西恩说已磨出一大堆盐是否够吃了,可是梅西恩亦贪婪无度,勒令她们再继续推磨不许停歇。她们俩只得又再推磨。推了半晌后，盐堆得越来越多，终于把战船压得沉入海底。随后大海涌出一个漩涡，海水都从石磨的磨眼里倒灌进去。自此之后，海水就带有了咸味。

1 王宫里来了两个姑娘，
她们是芬妮雅和门妮雅。
两人都具有先见之明，
身材结实力气吓煞人。
她们给弗洛底当女奴，
由这个国王任意差遣，
他是弗里德莱弗的儿子。

2 她们被锁在磨盘旁边，
主人吩咐她们去干活，
把两扇灰色磨石转动。
他不许她们睡觉休息，
干活时还要她们唱歌，
听不到歌声不肯罢休。

3 两人推着石磨绕圈转，
嘤嘤嗡嗡喧声不停息。
她们疲惫不堪央求说：
“我们停下推磨喘口气。”
可是弗洛底哪里肯听，
他命令女奴决不许停。

4 两个女奴只得又唱歌，

把石磨推得滴溜溜转。
弗洛底手下众多奴隶，
除了她们别人已睡熟。
门妮雅倒谷粒时说道：

5 “我们俩为弗洛底推磨，
神奇石磨可磨出一切。
为他磨出黄金堆成山，
为他磨出幸福乐无穷，
为他磨出财富数不尽。
让他躺在金山银堆上，
让他抱着财富当被褥，
让他一觉醒来心满足。
连声夸赞说磨得真好，
开恩让我们睡个好觉。

6 “这里是煌煌太平盛世，
没有人会去伤害别人。
没有人密商阴谋诡计，
亦不会暗害他人性命。
他若看见杀父兄凶手，
双手捆绑站在他面前，
他决不会拔剑去刺杀。”

7 可是他张口只一句话，
弗洛底厉声吩咐说道：
“你们不许憩息得太久。
厅堂里布谷鸟啼一停，

或者我把一首歌唱完，
你们就要继续再推磨。”

两个女奴说道：
8 “弗洛底，
你虽精明却百密一疏，
妄自尊大不相信别人。
你在买下奴隶的时候，
但求挑选得年轻貌美，
还要力气大得可推磨，
却忘记查问血统出身。

9 “巨人伦格尼尔筋骨似铁，
他父亲同他不相上下。
巨人蒂阿兹更其厉害，
威镇四方气力大无穷。
巨人伊蒂和奥尔涅尔，
兄弟俩出没在深山里。
他们都是我俩的祖先，
我俩是巨人家族后裔。

10 “石磨格罗蒂来头不小，
它并非山上灰岩做成，
亦不是地下石板磨圆。
我俩若不晓得它来历，
深山巨人的嫡亲子孙，
岂肯为你昼夜地推磨。

11 “我俩在一起九个冬天，
像亲姐妹般亲热玩耍。
巨人把我们养育长大，
在地底下很深的地方。
这两个姑娘不同凡响，
力气大得迥异于常人。
她们能独自举起高山，
轻松地移到别的地方。

12 “我们从巨人的宫殿里，
把圆形砾石滚动出来。
那两扇圆石十分沉重，
滚动时震得地面颤抖。
我们把圆石凿掉一半，
再把两个半扇凑整齐。
它们可转动来回自如，
这便成了石磨格罗蒂。
如今我俩锁在磨盘上，
昼夜不停推磨绕圈转。

13 “不久前我们到了瑞典，
有先见之明的姐妹俩。
我们同千军万马打仗，
刺穿的锁子甲数不清，
把无数盾牌劈成两片。
我们踏着尸体来回走，
灰色锁子甲踩在脚下。

14 “我们把一个君主推翻，
又把另一个扶上宝座。
善良的王子古特托尔姆[①]，
我们帮他取得了王位。
克奴伊[②] 则被我们杀掉，
暴政不除国岂有宁日。

15 “我们辗转征战半年多，
戎马倥偬不曾有空闲。
名声大噪传遍了远近，
人人知晓我俩能打仗。
我俩惯用锋利的长矛，
刺杀敌人像斫瓜切菜。
鲜血从敌人伤口流出，
把我们利剑染得殷红。

16 “叱咤风云岁月弹指过，
殊料战场偶然有闪失。
我俩被俘身沦为奴隶，
从此失去人生的欢乐。
眼下我俩锁在你宫中，
听凭你使唤随心所欲。
脚下踩出一行行深坑，
身上忍受着冰雪抽打。

---

① 属哈夫丹家族，瑞典的一个国王，挪威金发王哈拉尔德的叔父，并支持哈拉尔德早期在挪威的征战。

② 一个瑞典的“雅尔”，即国王之下的最高行政官吏。

我俩为太平盛世推磨，
弗洛底宫里死气沉沉。”

一个姑娘说道：
17 “双手总应该休息片刻，
我推磨推得精疲力竭，
让我们把石磨停一停。”
另一个姑娘说道：
“不可立即就停住双手，
务必等到弗洛底以为
我俩已磨出一切东西。

18 “我俩本应该仗戈执剑，
高举起锋利的大战斧，
狠劈下去让鲜血迸溅。
快醒来吧，弗洛底！
快醒来吧，弗洛底！
你可愿听我们再唱歌
吟诵古代的轶事传说？

19 “我瞅见城堡东隅失火，
狼烟滚滚遮蔽了天日，
那是厮杀打仗的信号。
有支人马来骚扰抢劫，
他们将纵火焚烧王宫，
国王岂在他们的眼中。

20 “你休想再能保全王位，

在首府勒伊雷呆得住。
你将会失去赤金戒指，
还有这盘神奇的石磨。
我的姐妹，
让我们紧紧握牢手柄，
把石磨转得更加飞快。
往昔战场亡灵的鲜血，
尚未温暖我俩的身体。

21 “我爸爸的女儿快使劲，
鼓足全身力气来推磨。
因为她已预见到凶兆，
会有许多人倒下丧命。
铁制的磨盘架已磨损，
粗大的手柄蹦飞出来，
不用管它我们照样磨。

22 “让我俩用足力气推磨，
弗洛底暗害了哈夫丹[①]。
这笔血债有人会索取，
于尔莎是那人的母亲，
他却是她儿子和弟弟。

① 哈夫丹即英格兰英雄史诗《贝奥武甫》中“高尚的哈夫丹”，由于肖尔德孔恩家族是外来异族因而称为哈夫丹(即半丹麦人之意)。哈夫丹被另一个丹麦国王弗洛底暗害后，他的儿子海尔吉当了丹麦国王，海尔吉同自己女儿于尔莎乱伦，，生了儿子赫罗尔夫。赫罗尔夫进行了血腥报复，率军攻打勒伊雷，把弗洛底杀死。此后赫罗尔夫便拥有强大的王国和军队，曾显赫一时，但在对瑞典人作战中被杀。哈夫丹家族遂告衰败。据信，哈夫丹大概活动于五世纪后半叶。

我俩已预见这场厮杀，
他将因此而显赫一时。”

23 两个姑娘用足了力气，
继续推磨一刻不停手。
年轻的胸中怒火燃烧，
她们鳖足劲非要出气。
磨盘支架剧烈地晃动，
轰然一声便倒坍下来，
沉重的石磨裂成几爿。

24 深山里来的巨人后裔，
两个姑娘留下这句话：
“弗洛底，
我俩已过足推磨瘾头，
在石磨边已呆得太久，
到此我俩不得不收手。”

第三十六首

格罗阿的巫歌

儿子说道：
1 “快醒过来吧，
格罗阿我的母亲！
快醒过来吧，
早已去世的母亲！
我要叩开死神的大门，
把你从亡灵群中唤醒。
你可记得：
临终时曾答应你儿子，
说是遇到不虞的凶险，
可到坟茔前哭诉求助。”

母亲说道：
2 “什么事情如此急如燃眉，
我的独生儿子？
有什么灾祸降临到你头上，
害得你嘤嘤哀泣叫唤母亲？
我早就离开了人间尘世，
躺在坟茔里也不得安宁。”

儿子说道：
3 “那个女人居心叵测设计谋，

她把我父亲拥抱在怀里。
说是有个姑娘名叫曼恩洛德，
非要我去寻找同她相见。
逼得我离家远行去天涯亡命，
只怕是大海捞针无指望。
世上每个角落全都搜寻遍，
踪迹杳然仍找不到伊人。”

母亲说道：
4 “此番出门你将走遍天涯，
路途遥远不知何处是尽头。
亲人思念牵挂未有穷期，
说不定此行使你称心如意。
命运女神对你分外照顾，
已物色好丽姝等你去相见。”

儿子说道：
5 “救救你的儿子吧，母亲，
你快为我唱起奇妙的巫歌，
它们会带来母亲的庇佑。
我担心半路上有不测风险，
孤身闯荡天涯我还太年轻。”

母亲说道：
6 “我为你唱的第一首巫歌：
人们常说吉人自有天相助，
巨人雷恩曾经引吭高歌，
告诫情人林德莫张皇失措。

你要把心里担忧的凶险，
从你双肩上把它们全甩掉。
休管他人的闲言和碎语，
你一生的路应该自己去闯！

7 “我为你唱的第二首巫歌：
你出门远行路上跋涉辛苦，
务必约束自己行为要检点，
切莫恣意放任作乐又寻欢。
命运女神总会给你庇佑，
往往辱没自己的正是自己。

8 “我为你唱的第三首巫歌：
泅水过河遇到汹涌的急流，
眼看要没顶被河水溺毙。
霍恩河和路德河白浪滔滔，
哪条河都流向死神海尔。
你务必镇静不可乱了方寸，
自会减少危险保住平安。

9 “我为你唱的第四首巫歌：
若是遇到仇敌已拿定主意，
打算把你送上绞刑架去。
切莫惊骇恐慌失去了镇定，
说不定他们会回心转意。
最后刹那捐弃对你的嫌怨，
全凭你化敌为友的本事。

10 “我为你唱的第五首巫歌：
若是身陷缧绁戴镣上铐，
你的两手双足都捆绑住，
我自有化解枷锁的符咒。
只消朝你双腿上唱支歌，
你手上的铁锁便会崩开，
两脚的镣铐会不翼而飞。

11 “我为你唱的第六首巫歌：
若是大海上航行遇到险情，
暴风雨比哪一回更吓人，
面对狂风恶浪你泰然处之。
心里默念你的船不碍事，
必定能渡过难关旅途平安。

12 “我为你唱的第七首巫歌：
若是被坏天气困住在野外，
人在高山上又遇到大雪。
一阵阵透骨朔风狂吹猛刮，
但愿不会将你的身体冻馁。
你务必用衣服裹紧四肢，
免得手脚挨冻得了坏疽。

13 “我为你唱的第八首巫歌：
暮霭沉沉四周已晦冥昏暗，
你只得露宿在野林荒山。
若是见到有女殍暴尸野外，
不可亵渎赶紧设法掩埋，

让死者安眠是基督徒本分。

14 “我为你唱的第九首巫歌：
若是你与人口角争吵不休，
那个壮汉拔剑炫耀自己。
你务必头脑冷静毫不冲动，
出言吐语都要把握分寸，
惟独你自己才能解救自己。

15 “凡是危险显而易见的地方，
你决不要逞强硬要去闯闯。
但愿任何挫折阻挡不住你。
你凭着纯真爱心去远行，
我在坟茔的石碑底下企盼。
默默为你祝福祈祷平安，
一遍遍为你歌唱我的巫歌。

16 “记住我在这里说的每句话，
让慈母叮咛在你胸中永存。
只消你果真记住我的巫歌，
你一生必定能够得到幸福。”

第三十七首

费厄尔斯维恩[①] 之歌

1 他跌跌撞撞沿着围栅走来，
活像是幽灵出没在夜间。
“这是哪里钻出来的醉汉，
站在庄园围栅外嗫嚅不前，
绕圈想避开熊熊的篝火。

2 “你这个鲁莽的不速之客，
到底在寻找哪一户人家？
伸头探脑莫非前来窥探，
或者想要打听什么秘密。
你这个令人疑心的家伙，
快快转过身去离开此地，
沿着冰封雪盖原路往回走。”

陌生青年说道：
3 “站在庄园外活像孤鬼游魂，
踌躇不前沿着围栏转悠，
被人当做不速之客轰赶。
我真是个苦命的年轻王子，
流浪天涯未曾听到过好话，

① “费厄尔”本意为“去年”或“去年的”，“斯维恩”本意为“剩货”。

倒不如寻完了这里就回家。”

庄园上的姑娘说道：
4 “我的名字叫费厄尔斯维恩，
心明眼亮头脑非常清醒，
哪件事要蒙我都是妄想。
我不会匀出饭食来给你吃，
你也决计闯不进围栅里来，
只好在大路上装疯卖傻。”

陌生青年说道：
5 “我瞥见世上最俏丽的姑娘，
她回眸一笑眼睛闪出光芒。
这个庄园顿时光辉灿烂，
金色的厅堂那么惹人喜爱，
我向往着能在这里住下来。”

费厄尔斯维恩说道：
6 “告诉我你是谁家的儿子，
哪个父母把你养到世上，
你这个英姿翩翩少年郎！”

陌生青年说道：
7 “你不妨叫我温德卡尔德①，
我的父亲叫伏尔卡尔德②，

---

① “温德”本意为“风”，“卡尔德”本意为“寒冷”。
② “伏尔”本意为“春天”。

费厄尔卡尔德① 是我祖父。
既然你问明我的身世来历，
有些事情我想要弄个明白，
故而不揣冒昧多向你请问：
请你告诉我，费厄尔斯维恩，
这个国家归哪位君主统治？
还有这座富丽堂皇的厅堂，
这些财产的主人是哪一位？”

费厄尔斯维恩说道：
8 “这个国家公主叫曼恩洛德，
她的母亲是个绝色的美人，
斯瓦弗托林之子是她父亲。
这大片土地庄园归她所有，
厅堂和牲畜都是她的财产。”

温德卡尔德说道：
9 “请告诉我，费厄尔斯维恩，
有些事情我想要弄个明白，
故而不揣冒昧多向你请问：
这座庄园的大门名叫什么？
看样子大门紧闭无人进出，
因为庄园里有位女神居住。”

费厄尔斯维恩说道：
10 “这座大门名叫特鲁姆高尔，

① “费厄尔”本意为“去年”。

整个庄园一共三座大门。
巨人索尔布林德的儿子，
他们的身躯做成了大门。
插上横闩大门就紧闭住，
用力一拔大门便可启开。”

温德卡尔德说道：
11 “请告诉我，费厄尔斯维恩，
有些事情我想要弄个明白，
故而不揣冒昧多向你请问：
庄园的围栅名字叫做什么？
看样子围栅紧闭无人进出，
因为庄园里有位女神居住。”

费厄尔斯维恩说道：
12 “围栅叫做加斯特罗泼尼尔，
巨人莱尔布列米尔的四肢，
被用来修筑成了这道围栅。
那些支柱根根竖立得笔直，
只要人类尚还生存在世上，
这道围栅将会牢牢地屹立。”

温德卡尔德说道：
13 “请告诉我，费厄尔斯维恩，
有些事情我想要弄个明白，
故而不揣冒昧多向你请问：
庄园上那几条狗名叫什么？
我曾走南闯北从未见到过，

像它们嘴巴这样馋的饿狗。”

费厄尔斯维恩说道：
14 “有一条叫吉弗另一条吉列，
倘若你想知道待我告诉你：
庄园上一共有恶狗十一条，
它们昼夜巡逻沿庄园绕圈，
直到众神祇灰飞烟灭那天。”

温德卡尔德说道：
15 “请告诉我，费厄尔斯维恩，
有些事情我想要弄个明白，
故而不揣冒昧多向你请问：
是否有人在深夜闯进庄园，
那些守门汉却已呼呼睡熟？”

费厄尔斯维恩说道：
16 “看守大门的家丁得到吩咐，
巡逻放哨他们昼夜不许停。
有一个晚上睡觉白天放哨，
另一个晚上巡逻白天睡觉。
即使还有不速之客要登门，
他也休想闯进庄园里一步。”

温德卡尔德说道：
17 “请告诉我，费厄尔斯维恩，
有些事情我想要弄个明白，
故而不揣冒昧多向你请问：

庄园上有无食物可以充饥，
那些闯入者亦要填饱肚皮。”

费厄尔斯维恩说道：
18 “倘若你想知道不妨告诉你：
惟一的食物是两条烤鸡腿，
长在公鸡维多弗尼尔身上，
那些闯入者想要填饱肚皮。”

温德卡尔德说道：
19 “请告诉我，费厄尔斯维恩，
有些事情我想要弄个明白，
故而不揣冒昧多向你请问：
庄园里的那棵橡树叫什么？
它华盖亭亭枝杈伸向四方，
浓荫匝地把大片土地遮挡。”

费厄尔斯维恩说道：
20 “那棵橡树叫米玛梅依德，
我们都弄不清楚它的来历，
不知道它的虬根位在何方。
它的枝干坚硬得胜过铁石，
烈焰斧钺休想损伤它分毫。”

温德卡尔德说道：
21 “请告诉我，费厄尔斯维恩，
有些事情我想要弄个明白，
这棵大树的果实名叫什么，

它坚硬得烈焰斧钺伤不了？”

费厄尔斯维恩说道：
22 “那棵橡树的果实很有灵验，
把它放在烈火上炙烤成灰。
倘若女人们患有不育之症，
内服外敷保管能够奏效，
对男人们也是灵丹妙药。”

温德卡尔德说道：
23 “请告诉我，费厄尔斯维恩，
有些事情我想要弄个明白，
故而不揣冒昧多向你请问：
栖在高枝那只公鸡叫什么，
浑身翎毛斑斓似锦闪金光？”

费厄尔斯维恩说道：
24 “它的名字叫维多弗尼尔，
栖息在米玛梅依德高枝上。
火巨人苏尔特有只辛玛拉，
那只公鸡也为司晨所苦恼。”

温德卡尔德说道：
25 “世上有没有哪样武器兵刃，
能相帮维多弗尼尔得解脱。
使它坠入死神海尔的冥府，
让司晨鸡啼也能响彻阴曹？”

费厄尔斯维恩说道：
26 “有一柄利剑叫莱瓦坦恩，
原是为火神洛基而铸造，
剑身上的罗纳铭文镌刻，
法力可以一直穿透地府。
利剑由锦鸡辛玛拉收藏，
它放在莱格雅尔木箱里，
木箱上锁着九把大铁锁。”

温德卡尔德说道：
27 “请告诉我，费厄尔斯维恩，
有些事情我想要弄个明白，
故而不揣冒昧多向你请问：
在这里碰壁而归的求婚者，
有没有人又回到这个庄园，
要求把大门上的铁栓打开。”

费厄尔斯维恩说道：
28 “碰壁而去的求婚者又回来，
要求把大门上的铁栓打开。
他带来的财物非常人所有，
闪光的黄金向女神作奉献。”

温德卡尔德说道：
29 “请告诉我，费厄尔斯维恩，
人类手上拥有的奇珍异宝，
有没有哪一样最是稀罕物？
它能使肤色惨白的女巨人，

变得温柔和蔼乐于帮助人。”

费厄尔斯维恩说道：
30 “刀刃明晃晃的长柄大镰刀，
你务必把它带在雪橇上面，
那柄镰刀绊住了公鸡的腿。
维多弗尼尔公鸡一怒之下，
便把它送给了公鸡辛玛拉。
你若送一把镰刀给女巨人，
她一定乐于为你帮忙出力，
你向她借兵器她不会拒绝。”

温德卡尔德说道：
31 “请告诉我，费厄尔斯维恩，
有些事情我要想弄个明白，
故而不揣冒昧多向你请问：
庄园里的那座厅堂叫什么？
每个拐角都有篝火堆围绕，
烈焰熊熊火光把四周映亮。”

费厄尔斯维恩说道：
32 “那座厅堂名字叫做吕依尔，
这里过去以财产富足闻名，
世世代代无人在此地动武。
可是如今状况有很大变化，
格斗厮杀震得人簌簌发抖。”

温德卡尔德说道：

33 “请告诉我，费厄尔斯维恩，
我举目观望但见有座城堡，
高高矗立在庄园的最中央。
阿西尔部落众神祇的后裔，
是哪几位好汉把城堡建造？”

费厄尔斯维恩说道：
34 “建造这座城堡的人真不少，
乌纳和伊莱尔，
巴勒和奥勒，
瓦尔和维格德拉西尔，
多莱和乌莱，
达林也出了份力气
把雉墙砌得严丝合缝。”

温德卡尔德说道：
35 “请告诉我，费厄尔斯维恩，
有些事情我要想弄个明白，
故而不揣冒昧多向你请问：
我曾看见有个俏丽的姑娘，
仪态万方地端坐在高山上。
请问那座高山名字叫什么？”

费厄尔斯维恩说道：
36 “那座高山名叫洛维依阿岭，
这座山对伤残者很有灵验，
能降恩赐福将他们都治愈。
有的女人已患病了许多年，

只消她攀登上高山的顶峰，
她便会霍然痊愈身体复元。”

温德卡尔德说道：
37 “请告诉我，费厄尔斯维恩，
有些事情我要想弄个明白，
故而不揣冒昧多向你请问：
曼恩洛德双膝前围坐成圈，
那几个姑娘神态平静安详，
请问她们姓甚名谁是何人？”

费厄尔斯维恩说道：
38 “一个叫里夫另一个里夫特拉萨，
第三个大家知道是肖德瓦尔塔。
还有比约尔特和布丽德，
布丽德和弗丽德是两姐妹，
埃依尔和她妹妹奥尔布达，
这些姑娘都是她的女伴。”

温德卡尔德说道：
39 “请告诉我，费厄尔斯维恩，
有些事情我要想弄个明白，
故而不揣冒昧多向你请问：
这里人们肯不肯出手相帮，
倘若情愿奉献给他们牺牲，
倘若万不得已非求助不可？”

费厄尔斯维恩说道：

40 “他们倒肯伸援手乐于助人，
只要向祭坛上奉献出牺牲。
他们会出力消弭灾难祸患，
使人类之子免得危险临头。”

温德卡尔德说道：
41 “请告诉我，费厄尔斯维恩，
有些事情我要想弄个明白，
故而不揣冒昧多向你请问：
有没有人得到曼恩洛德爱情，
幸福地在她怀抱里进入梦乡？”

费厄尔斯维恩说道：
42 “没有哪个男人得到她青睐，
有此福气可以躺在她怀里。
不过有个王子斯维博达格，
同这个俏丽的姑娘有婚约。
倘若他愿走遍天涯找到她，
她愿亲口允婚做他的妻子。”

温德卡尔德说道：
43 “快打开大门！
快推开围栅！
斯维博达格就在你眼前。
快去问问俏丽的曼恩洛德，
可情愿和我同享人生欢乐。”

费厄尔斯维恩转过身去说道：

44 “你听着，曼恩洛德，
有个小伙子已经来到庄园，
他说自己就是斯维博达格。
看样子不像假扮真是其人，
贵客临门要受到分外款待。
让我把大门打开来欢迎他，
让狗儿汪汪叫来表示高兴。”

她转过身就成了曼恩洛德，
曼恩洛德说道：
45 “有个小伙子从远方跋涉来，
如今已经来到了我的厅堂。
但愿乌鸦把你的双眼啄瞎，
但愿你被送上高高绞刑架，
倘若你说的话有半句虚假。

46 “你从何处而来走的哪条路？
你家里父母是否都还健在？
他们是什么部落姓甚名谁？
这一切都要让我知道清楚，
我方肯允婚嫁给你做妻子。”

斯维博达格说道：
47 “我的名字叫斯维博达格，
索尔比耶特乃是我父亲。
他逼着我出门跋涉远行，
在凛冽寒风里寻觅芳踪。
命运的安排无人能违抗，

我们俩厮守一生真幸福。”

曼恩洛德说道：
48 “如今你在我面前真是高兴，
我苦苦地等待企盼已久长。
直到今天才终于不再焦急，
先是欢迎随后再热烈亲吻。
我们俩情投意合相亲相爱，
人人羡慕都觉得姻缘美满。

49 “我离群索居在吕维亚高山，
昼夜等待时刻盼望你快来。
我的渴望终于没有落个空，
如今看见你已来到我面前。

50 “困扰我的苦恼已成为过去，
我心里不想别的全只有你。
你走遍天涯寻找我的踪迹，
一片赤诚为了求得我的爱。
如今所有梦想都已成了真，
我们俩结成夫妻共度此生。”

第三十八首

太 阳 之 歌

1 路上行人赔了钱财又丢性命，
那强盗拦路抢劫手辣心又狠。
他守候在大路旁伺机便动手，
有人经过留下活口他决不肯。

2 这个剪径强梁始终天马行空，
从来不肯请客吃饭一起宴饮。
直到那天路上走来个流浪汉，
那人疲乏困顿力气已经枯竭。

3 那个精疲力竭的流浪汉说道：
他已饿得饥肠辘辘口渴难忍，
无处栖身心头颤栗特来投奔。
虽说此处一直是罪恶的渊薮，
他不摸底不知可有地方窝藏。

4 那个强盗端来了酒水和食物，
让疲惫的投奔者先充饥解渴。
他这样做倒是动了恻隐之心，
想要遵照上帝的圣谕来行事。
他真心想做桩好事乐于施舍，
因为他素来被人看成是强梁。

5 投奔者站起身来恶念陡然生，
他接过酒水食物连声道感激。
罪恶的欲望在心中膨胀起来，
当夜趁强盗熟睡不备便行凶，
把昔日敬重的伙伴挥剑斫杀。

6 那个强盗挨剑斫杀惊醒过来，
他祷告在天之父赐福庇佑他，
他乐意帮助那凶手改邪归正。
可是投奔者已被邪恶所蛊惑，
那强盗成了无端被杀的冤魂。

7 神圣的天使振翼从空中降下，
拍动双翅把他的灵魂带上天。
从此他将洗涤干净自己罪恶，
蒙主宠召变得圣洁永恒不变，
追随在无所不能的天父身边。

8 财富和健康无法能永久保住，
不管这对人多么须臾不可离，
许多人往往在最未意料之际，
猝不及防地遭到了暗算偷袭。
一个人单枪匹马去征战四方，
恐怕力薄势单终究难保平安。

9 乌纳尔和塞瓦尔德这对男女，
不想让幸福从他们身边溜走。

虽然他们两人几乎赤身露体，
而且食不果腹生活极其艰难。
活像两只狼被驱逐入树林里，
可是他们却仍还紧紧拥抱住。

10 肉欲的威力巨大得无可比拟，
它把许多男子汉诱惑入不幸，
还使得女人们遭受分娩痛苦，
全靠她们人类才能繁衍生息。
无所不能的上帝啊，
原来你在创造出人类的时候，
已赐给他们肉欲邪念和淫乐。

11 斯伐瓦德和斯卡瑟赫定两人，
他们情谊深长如同手足一般，
两个人这一个离不开那一个。
直到那天都爱上同一个女人，
她竟成了他们俩之间的障碍。

12 他们俩什么事都不放在心上，
神魂颠倒只想得到那个姑娘。
她的皮肤白嫩得像雪花一样。
他们俩再没有心思冶游嬉戏，
晴空丽日也不能使他们陶醉。
他们牵肠挂肚没有别的愿望，
心头只有那姑娘的楚楚倩影。

13 幽昧的黑夜像磐石魇住大地，

他们俩都辗转反侧难以入眠，
梦萦魂绕地相思着那个姑娘。
两人之间猜疑妒忌日益加深，
真心的朋友变成了冤家对头。

14 怒火愈烧愈炽越发难以收拾，
到头来终于酿成了巨祸剧变。
他们俩忍不住拔剑以命拼搏，
两人决斗一场都在剑下身亡。

15 做人切莫狂妄不可目空一切，
狷介之徒待人必定飞扬跋扈。
若是踏上了骄傲自大这条路，
他谅必会离开上帝越来越远。

16 兰迪纳和维布德这两个活宝，
他们遇到事情便拿得出主见。
似乎胸有成竹什么事都知晓，
可惜只耍嘴皮子光说不动手。
如今两个人都浑身伤痕累累，
露宿在荒野烤着篝火长叹息。

17 他们都只相信自己才是万能，
惟独他们自己才能大有出息，
可以傲视同侪压过周围的人，
不料全知全能的上帝真圣明，
偏偏安排了命舛运蹇的人生。
他们事事碰壁处处遭受挫折，

这样的人生对他们才算适合。

18 他们想方设法满足自己贪婪，
对黄金梦寐以求总想弄到手。
可是岁月流逝依然两手空空，
到老在火与冰之间流浪飘泊。

19 千万莫相信装成朋友的敌人，
哪怕他们满嘴谀词言甘似饴。
你不妨假意迎合与他们周旋。
心里却戒备森严暗中多提防，
否则必定遭殃吃亏就在眼前。

20 索尔莱过于轻信结果吃大亏，
在维古尔弗剑下丢掉了性命。
他被甘词厚帑迷惑失去戒心，
岂料到别人对他却投其所好。
这场惨祸全都怨他自己轻率，
竟想同杀兄弟的仇人做朋友。

21 他允许他们可借道安全通行，
穿过他的领地不会遭受攻击。
这本是出于诚心是他的好意，
他们也满口感激补偿以黄金。
口口声声说是愿意捐弃嫌隙，
把过去的恩仇怨怼一笔勾销。
于是他同他们一起畅饮开怀，
哪想得到已落进他们的圈套。

22 不料翌日清晨他们就翻了脸，
一行人策马驶入赖嘉尔峡谷，
他们立即动手拔剑朝他猛刺。
他毫无戒备来不及还手招架，
顿时身中数剑白白送掉性命。

23 他们把尸首拖到偏僻的所在，
随后又把尸首扔进了深井里。
他们想这一来神不知鬼不觉，
岂知什么坏事休想瞒过上帝，
他在空中已经看得一清二楚。

24 仁慈的上帝素来会宽恕子民，
索尔莱的冤魂被宠召到天堂。
可是杀人的凶手要遭受惩罚，
他们坠入地狱遭受痛苦折磨。

25 向上帝祈祷聆听吾主的圣训，
命运女神必将对你分外照应。
一周前你向上帝祈求的事情，
不出那星期便会遂了你心愿。

26 气势汹汹眼看就要朝你发作，
有人咬牙切齿非要同你拼命。
这时候你千万不可心浮气躁，
若向邪恶退缩它会益发猖獗。
你务必好言相劝多安慰对方，

即便对他哀求痛哭又有何妨，
这只会使你的灵魂增添光彩。

27 每逢到你想要做好事的时候，
务必先呼唤上帝祈求庇佑你。
无所不能的天父会使你有福，
因为人类万物都是吾主创造。
皈依上帝切莫犹豫不可迟疑，
信仰改变愈晚对自己愈不利。

28 你满怀热切渴求向上帝祈祷，
祈求赐给的恩惠你总能得到。
可是在任何时候总会有些人，
他们宁愿作饿殍决不肯乞求。
乞讨者心里究竟有什么想法，
世上恐很少有人能揣摩得透。

29 尽管那户人家很早就召唤我，
我却迟到如今才去登门乞求。
那大门是法律执行吏的住家，
我想去试试因为已得到允诺。
他们说凡是有人急需要接济，
包管提供酒饭缓解来者饥渴。

30 我们罪孽深重胸中怀着悲痛，
飘然离开这痛苦艰难的人世。
不必再忧愁用不着提心吊胆，
因为我们问心无愧坦坦荡荡，

活了这一辈子没有干过坏事。

31 友好的忠告同理智如影随形，
我一共给你出过七个好主意。
你务必要把它们都牢记在心，
切不要轻视小觑了这些主意。
它们都是前人吃了亏的教训，
学会了对每个人都十分有用。

32 千言万语归根结底才一句话：
我喜爱这个喧腾热闹的人世，
生活在人世间我觉得很快活。
我这个难逃一死的凡夫俗子，
最违心逆愿的就是去见死神，
我想尽办法同死神拖延时日。

33 贪婪和愚蠢把人们引入歧途，
他们对财富和黄金贪得无厌，
他们的双眼被雪亮白银眩晕。
可是悲哀不幸亦会随之而来，
财富使许多人疯癫失去理智。

34 我见到人们都会去寻找快乐，
欢乐如此众多我说不出几桩。
我们眼下居住着的这个世界，
乃是上帝亲手把它创造出来，
它本来就到处充满欢乐愉悦。

35 我坐下身去可是无法直起腰，
脊背佝偻一副老态龙钟模样。
我愿意在人世间一直活下去，
可是执掌生杀的死神却不依，
他时刻计算我还剩下的时日，
多活一刻他也决计不情愿饶。
对那些去世时辰已到的人们，
他赶紧伸出手指往冥路上引。

36 死亡女神海尔伸手甩出绳索，
猛一下便紧紧套住我的双肋。
我使狠劲挣扎想把绳索扯断，
岂料那根绳索却是坚韧无比，
休想轻而易举逃脱索命时刻。

37 在阴曹地府我觉得无比孤独，
浑身上下每根骨头酸疼肿胀。
死神海尔手下姑娘还算客气，
居然肯放我当夜回家走一趟。
这一趟却冻得我簌簌直发抖，
两排牙齿磕碰咯咯响个不停。

38 太阳啊，这颗白昼的星辰，
我看见她的时候已落日衔山，
徐徐下沉到熙熙攘攘的人世。
另一端却传来了刺耳的轰鸣，
死神海尔的那扇笨重的大门，
在滑轨上发出吱吱嘎嘎响声。

39 我眼看着太阳徐徐往下沉没，
只留下脉脉余晖鲜红宛似血。
她离开人世前坠落在我面前，
我以往曾见过她的千姿百态。
她旭日初升的时候云蒸霞蔚，
她当顶中天的时候焰炽万丈，
和我眼前的沉沦真天上地下。

40 沉没前我见了太阳最后一面，
她的形象如上帝般神圣光辉。
我禁不住垂下了自己的脑袋，
如同我在人世间的佝偻脊背。

41 我看见太阳放射出最后微光，
在我感觉中她将一去不复返。
另一端传来吉尔弗河流水声，
那条冥河波涛汹涌湍流澎湃，
河床里流动着殷红色的鲜血。

42 我看见太阳沉落前最后一面，
她悄然消失倏忽就不见踪影。
这分凄惨使我周身陡然冰凉，
我的心仿佛被撕裂得粉粉碎，
没有别的知觉只有悲从中来。

43 我看见太阳坠落在我的面前，
那景象凄惨得令人黯然神伤。

我震悚得目瞪口呆说不出话，
舌头僵硬得好似一根干木柴，
周身冰凉一阵阵起鸡皮疙瘩。

44 我看见太阳这是最后的一回，
后来再也没有缘分能见到她。
因为在阴郁沮丧的这一天后，
山洪陡涨大水淹没庄园田野。
我也惨遭溺毙前去见了死神，
从此结束了受尽苦难的一生。

45 希望的星星在夜空里飞掠过，
她是从我胸膛之中飞了出去，
冉冉升起飘荡到深邃的高空。
她没有绳索可以牵缠拉扯住，
即使想稍作停留也欲罢不能，
这个时刻我便出生呱呱临盆。

46 那个夜晚比任何一夜更漫长，
我躺在干草堆上冻得快发僵。
人们从这个男婴的幼小身躯，
可以看到上帝圣谕千真万确，
人本尘土而来也要归于尘土。

47 我们务必倾心聆听上帝圣谕，
遵循上帝圣谕来行事和处世。
无所不能的上帝仁慈又宽厚，
他创造出世界还有大地海洋。

有些人喜欢天马行空不合群，
不过亲戚之间千万要勤走动，
至亲的骨肉血缘岂能割得断。

48 自己的所作所为种下了果实，
必定会由自己尝到它的滋味。
同乐善好施的人结交成朋友，
自己才能变得慷慨仗义疏财。
他宁用多余的钱财帮助别人，
自己只肯在沙地上搭一张床，
除了可以睡眠之外别无所求。

49 肉欲的欢乐常常使得人迷恋，
有不少人沉湎声色放纵淫乱。
在温泉里不分男女一起沐浴，
对我来说已猥亵得匪夷所思，
其余的淫荡污秽我概不与闻。

50 在命运女神的那张高背椅上，
我端坐了九个昼夜不见动静。
后来有人把我搀到了马背上，
这时死神的太阳倏然地升起，
她从愁云惨雾背后露出脸来。

51 所有七个世界我都曾闯荡过，
里里外外每个角落都已走遍。
我曾上过高山也还下过深渊，
到处寻觅可涉足的人生道路。

想找到最易达到成功的捷径，
可是直到如今我却未能如愿。

52 如今说说第一眼见到的情景，
自从我踏进可怕的阴曹地狱。
烧焦成炭的小鸟和亡人幽灵，
多过蚊蚋成群地在空中乱飞。

53 我看见瓦恩河的恶龙在西面，
它从波涛里蹿出来飞到空中，
身背后拖着一道长长的火浪。
它拍打起翅膀飞翼宽阔无比，
挥舞起来如同发生一场浩劫，
天空和巉岩都崩裂出了罅隙。

54 我看见体态秀美的南方牝鹿，
它与牡鹿结伴成双悠闲信步。
四只鹿蹄在地面上慢慢行走，
一双鹿角却已经撑到了天空。

55 我看见七个骑者自北疾驰来，
他们都是巨人尼达的儿子们。
牛角里斟满甘醇可口的蜜酒，
那是从勃奥雷金古井里打来，
他们畅饮开怀个个酩酊大醉。

56 风声早已停息河水不再流淌，
我耳边一个凄厉的嗓音萦绕，

那个凄厉的嗓音在叱咤呵责：
“你们这些淫荡风骚的女人们，
还不赶紧把尸体碾磨成齑粉，
为了给你们的丈夫准备晚餐。”

57 那些女人面色黧黑皮肤干瘪，
带着麻木不仁的表情在推磨，
磨石碾滚鲜血汩汩流淌出来。
她们自己的鲜血淋淋的心肝，
吊在已经剜开的胸脯边缘上，
被一生苦难折磨得疲乏倦怠。

58 我在地狱里曾见到过许多人，
他们都是丧生在那条大街上。
大街两旁灯火辉煌像条火龙，
他们的脸被姑娘的鲜血玷污。

59 我在地狱里曾见到过许多人，
他们都还没有领受过圣餐礼。
异教的星光仍照耀在头顶上，
镌刻着行将毁灭的罗纳文字。

60 我在地狱里曾见到过许多人，
他们妒贤忌能阻挠别人成功。
罗纳文字镌刻在流血的胸上，
那便是他们这类小人的标志。

61 我在地狱里曾见到过许多人，

他们设下骗局玩弄诡计花招，
为了图谋别人家的产业钱财。
在这里当囚犯背上沉重铅块，
被押送到弗格雅恩堡受酷刑。

62 我在地狱里曾见到过许多人，
他们脸色阴郁心情沉重忧闷。
皆因经不住诱惑放任了自己，
竟然背离开正道走上了邪路。
尝遍了人世百般不幸的摧残，
怨不得别人这都是自食恶果。

63 我在地狱里曾见到过许多人，
他们恣意谋财害命杀人越货。
这些强梁的胸膛被毒蛇咬穿，
毒液将尸体浸润得腹胀如鼓。

64 我在地狱里曾见到过许多人，
这些人神圣节日亦不肯休息。
他们双手捆绑在滚烫巨石上，
十个手指都用铁钉牢牢钉住。

65 我在地狱里曾见到过许多人，
这些人自以为能够独步天下，
他们狂妄自大骄矜之气十足。
火苗从他们衣裳四周蹿出来，
烈焰狂炽将他们炙烤得发焦。

66 我在地狱里曾见到过许多人，
这些人用花言巧语哄骗别人。
死神的乌鸦盘旋在他们头顶，
将他们的一双双眼睛啄出来。

67 死神王国里的所有恐怖酷刑，
你不消桩桩件件全都要知道。
罪恶深重的亡灵来到了这里，
必须忍受煎熬用苦行来赎罪。
那些曾放纵肉欲的酒色之徒，
自会受到重罚备受痛苦折磨。
那些淫荡狂欢放浪形骸的人，
自会被关在地狱里苦修自己。

68 我在地狱里曾见到过许多人，
他们虔敬地遵循上帝的圣谕，
把许多财物慷慨馈赠给别人。
他们的头顶上会有神灵光轮，
闪闪发亮夺目耀眼何等光彩！

69 我在地狱里曾见到过许多人，
这些人古道热肠又乐善好施，
一心一意想周济抚恤穷苦人。
上帝的训谕和圣经天天诵读，
这些人潜心虔诚地修行自己，
天使自会降临到他们的头上。

70 我在地狱里曾见到过许多人，

他们涓滴不沾枵腹度过斋戒。
上帝的天使向他们鞠躬致敬，
对这些人表示出最大的满意。

71 我在地狱里曾见到过许多人，
这些人孝顺母亲真无微不至，
亲手把食物喂到母亲的嘴边。
他们的坟茔会显出异常光彩，
那是天堂里的灵光把它照亮。

72 圣洁的姑娘将灵魂洗涤干净，
它曾经蒙上过罪恶积满污垢。
使她受到过耻辱的那个男人，
必定内疚于心终身自责其咎。

73 我看见有辆马车从地狱出来，
沿着通向天堂之路凌空升起，
这些人是蒙上帝宠召去天国。
驾驭马车的御者并不是别人，
他们是无缘无故被杀的冤魂。

74 全知全能的在天之父啊，
同样万能的圣子啊，
还有天堂里的圣灵啊，
我祈求你们赐福于上帝子民，
帮我们驱走所有的鬼怪魍魉。

75 比格伏尔和里斯特伏尔姐妹，

并肩坐在赫德尔门口椅子上。
两个姑娘的脸蛋被利剑划伤，
她们的鲜血顺着鼻子往下淌，
由此挑起了家族之间的仇杀。

76 主神奥丁的妻子[①] 生性真淫荡，
她沉湎于追求肉欲淫乐之中。
骑坐陆地之舟寻找皮肉之欢，
她的风帆迟迟不肯落篷卷起。
高高挂在肉欲淫念的缆桅上，
只要稍有风信便可纵情放荡。

77 哦，我的儿子！
你父亲同苏加特拉的儿子们，
他们一起看懂鹿角上的铭文，
那支鹿角上镌刻着罗纳文字。

78 鹿角上镌刻的罗纳文字说道：
海神尼奥尔德共有九个女儿，
掌上明珠是大女儿拉德威格。
小女儿克鲁普伏尔尚还年幼，
她们两人中间相隔七个姐妹。

79 两个姑娘受伤真相已弄清楚，
所有的坏事都是他们俩干的，
斯瓦维尔伙同斯瓦维尔洛基。

① 即爱神弗丽嘉。

他们舞刀弄剑常常无故伤人，
还有人曾落下了致命的伤口，
这都是多年陋规恶习所造成。

80 这一首歌谣我先吟唱给你听，
你务必不厌其烦传播给世人。
这是一首太阳之歌，
歌词句句是真决无半点假话。

81 但愿我们从此幽明两相隔绝，
再相逢要等到欢乐的复活节。
上帝啊，我们在天之父！
但愿你恩赐于逝者安宁长眠，
但愿你庇佑世上所有的生灵。

82 梦中幽灵对你所讲的每句话，
都是价值千金充满睿智聪明，
况且你所听到的句句是真话。
世上的人们虽说生来都聪明，
也没有人能够如此多才多艺，
除非他听过太阳之歌的故事。

主要专名对照表

Ae 埃耶
Agnar 阿格纳
Alf 阿尔弗
Allvalde 阿尔瓦蒂
Allvis 阿尔维斯
Almveig 阿尔姆维格
Alvheim 阿尔弗海姆
Alvrodul 阿芙洛多尔
Amma 阿玛
Andrimner 安德里姆尼尔
Andvare 恩德瓦尔
Angantyr 安格恩梯尔
Angrboda 安吉布达
Arvakr 阿尔瓦克
Asgård 阿斯加尔德(乐园)
Ask 阿斯克
Atle 艾特礼
Aurgelmer 奥格米尔
Ave 阿瓦

Balder 巴德尔
Barre 巴莱
Bele 贝里
Bergelmer 布里梅尔
Bestla 贝斯塔拉
Beyla 贝伊拉
Billing 比林
Bilrost 比尔鲁斯特(桥名)
Bilskirner 比斯基尼尔(宫殿名)
Blain 布莱恩
Bodvild 布德维尔德
Bolverk 布维克
Borghild 堡格希尔德
Brage 布拉吉
Breidablick 布雷达布里克
Brimer 布里米
Brynhild 布隆希尔德
Budle 布狄里
Bur 布尔
Byleipt, Byleist 比赖斯特
Bóggven 比格维尔

Dain 戴恩
Delling 德林
Dvalin 特瓦林

Edda　艾达
Eggder　艾格塞
Egil　埃吉尔
Eiktyrner　艾尼希尼尔(鹿名)
Eitil　埃依梯尔
Elder　埃尔德尔
Elivågor　埃里瓦格(河名)
Embla　埃姆布拉
Erna　埃尔娜
Erp　埃尔普
Eylime　埃依里米
Eymund　伊蒙德

Fader　法德尔
Favner　法弗尼尔
Fenrer　芬里尔(狼名)
Fimafeng　费玛芬
Fjalar　费雅勒(巨人名和公鸡名)
Fjolsvinn　费厄尔斯维恩
Fjolvar　费奥瓦尔
Fjolgyn　费奥琴
Forsete　福尔采蒂
Folkvang　福克温
Frananger　法兰纳格尔
Frankland　法兰克兰
Frej　弗雷
Freja　弗蕾娅
Freke　弗莱基(狼名)
Frigg　弗丽嘉
Friund　弗里恩德
Frode　弗洛狄
Fulla　芙拉

Gagnråd　贡拉德
Garm　加姆(犬名)
Geirröd　基罗德
Geiter　吉依梯尔
Gere　吉里(狼名)
Gevjon　格欧费茵
Gimle　吉姆莱(大厅名)
Gjuke　吉乌基
Gladsheim　格拉兹海姆
Glaumvor　格劳姆瓦尔
Glitner　格里特尼尔
Gnipa　格尼柏(山洞)
Grane　格朗尼(马名)
Granmar　格伦玛尔
Grimhild　格里姆希尔德
Grimner　格里姆尼尔(奥丁的化名)
Griper　格里泼尔
Gullrond　格尔朗德
Gungner　贡尼尔(长矛名)
Gunnar　贡纳尔

Gunnlodsgård　贡露园
Gymer　吉米尔
Gärd　吉尔德

Habrok　哈布鲁克(鹰名)
Hamder　哈姆迪尔
Hamund　哈姆恩德
Harbard　哈尔巴德(奥丁的化名)
Hate　哈蒂(巨人名和狼名)
Heiddraupner　海德劳普尼尔
Heidrek　海依德雷克
Heimdall　海姆达尔
Heimer　海依米尔
Hel　海尔
Helge　海尔吉
Herkja　赫尔吉娅
Hermod　赫尔默德
Hervor　赫尔伏尔
Hild　希尔德
Hidolv　希尔道尔弗
Himinbjorg　希明堡(城堡名)
Hindarfjället　希恩达尔山峰
Hjalprek　希阿泼莱克
Hjordis　希尔蒂丝
Hjorleiv　约尔莱弗
Hodbrodd　胡德布罗德
Hoddmimer　霍德弥米尔
Hoddrovner　霍尔罗弗尼尔
Hogne　霍格纳
Hugin　尤金
Hunaland　亨纳兰德
Hunding　匈丁
Hymer　希米尔
Hyndla　海恩德拉
Höder　霍德尔
Höner　汉尼尔

Idavallen　伊达平原
Idun　伊敦恩
Innstein　英斯坦恩
Isung　伊苏恩
Ivalde　伊瓦底
Iving　伊芬(河名)

Jarl　雅尔
Jormunrek　伊尔蒙莱克

Karl　卡尔
Kittellunden　吉特尔温泉
Knefröd　克乃弗鲁德
Kolga　科尔嘉
Kostbera　科斯特蓓拉

Ladgunn　拉德古恩
Lebard　里巴德

Ledis 莱蒂斯
Leivtraser 里夫特拉西尔
Lidskjalv 里德斯基阿夫
Liv 里夫
Loddfavner 洛德法弗尼尔
Lodver 路德维尔
Loke 洛基
Lovar 洛法
Lovnheid 洛弗海依德
Lyngheid 吕恩希海依德
Lässö 莱西埃岛

Magne 玛格尼
Meile 梅里
Midgård 米德加尔德
Mim 弥米尔
Mjollner 米奥尔尼尔(托尔的魔锤)
Mode 莫第
Moder 玛德尔
Mogtraser 莫格特拉西尔
Mundelföre 蒙德弗利
Munin 莫宁(神鸦名)
Muspell 穆斯帕尔

Nabbe 纳比
Naglfar 纳格法(船名)
Nare 纳尔里
Narve 纳尔弗
Nidad 尼达
Nidafjällen 尼达山
Nidhogg 尼德霍(毒龙名)
Nidud 尼德乌德
Nikar 尼卡尔(奥丁的化名)
Nivlhel 尼弗海尔
Nivlung 尼芬隆
Njord 尼奥尔德
Noatun 诺阿通
Norve 诺尔弗

Oddrun 奥德隆恩
Oden 奥丁
Oin 厄依恩
Okolner 奥库尼
Olrun 乌尔隆恩
Orkning 乌尔克宁
Oskopner 乌斯库尼尔
Otr 奥托
Ottar 奥塔

Ran 雷恩
Ratatosk 拉达托斯克
Raudung 何劳东
Regin 雷金
Reidmar 雷德玛尔
Ren 莱恩

Rig　里格
Rimfaxe　里姆法克斯
Rimgrimner　林姆格里米尔
Rind　林德
Rotte　罗蒂(剑名)
Rungner　伦格尼尔
Rym　吕姆
Rådsösund　劳德岛港湾
Räsvälg　拉斯威格

Samsö　舍姆塞
Saxe　萨克赛
Sigar　西加尔
Siggeir　西格吉尔
Sigmund　西格蒙德
Sigrdriv　西格德里弗
Sigrun　西格隆恩
Sigtrygg　西格特鲁格
Sigurd　西古尔德
Sigyn　西格恩
Sindre　辛德里
Sinfjotle　辛费厄特里
Siv　西芙
Skade　斯卡娣
Skidbladner　斯基布拉尼尔
Skinfaxe　斯京法克斯
Skirner　斯基尼尔
Skjold　肖尔德
Skoll　斯考尔(狼名)
Skuld　斯古尔特
Slagfinn　斯拉格芬
Sleipner　斯莱泼尼尔(马名)
Slidr　斯利德河
Snävar　斯乃瓦尔
Snör　斯纳尔
Solar　索拉尔
Sorle　苏尔莱
Surt　苏尔特
Suttung　苏东园
Svalin　斯瓦林(盾牌名)
Svarang　斯瓦朗
Svasund　斯瓦索德
Sävarstad　塞瓦斯达第尔
Söckvabäck　索克瓦贝克

Tjalve　蒂阿弗
Tjatse　蒂阿兹
Tjodrek　西奥德雷克
Tor　托尔
Trudgelmer　特鲁格米尔
Trudheim　特鲁德海姆
Trym　特里姆
Trymheim　特里海姆
Trälinna　特莱林娜
Tund　索恩德(河名)
Tyr　提尔

Ulvdalarne　乌尔弗峡谷
Unavåg　乌纳海湾

Valaskjalv　瓦拉斯吉雅弗
Vale　瓦利
Valgrind　瓦尔格林德
Valhall　瓦尔哈拉
Valland　瓦兰德
Valtam　瓦尔坦姆
Vanahem　瓦尼尔海姆
Var　瓦尔
Vavtrudner　瓦弗鲁尼尔
Veor　威奥
Vergelmer　弗格米尔
Verland　威尔兰
Vidar　维达
Vigrid　维格里德(平原)
Vile　维莱
Vindsval　温德斯瓦尔
Vinge　芬基
Volund　伏尔隆德
Vägtam　威格坦姆(奥丁的化名)

Yggdrasil　伊格德拉西尔(梣树)
Ymer　伊米尔
Yngve　英格维

Ägir, Äger　艾吉尔

译后记

经过两年孜孜矻矻笔耕不辍,《埃达》中译本全集终于问世了,真是一桩令人欣慰的快事。这部冰岛中世纪文学巨著迻译艰难,个中滋味恐怕只有译者自知。虽不敢说是宵衣旰食却也起早贪黑,待到一旦完成不禁松了口气,把酸楚苦辣一股脑儿忘却,只剩下收获的喜悦和对周围人们相帮扶的衷心感激。现时的社会里只要肯付出艰辛总归会有收获,不过要办成事情也还不能像春华秋实那样听其自然,大抵仍需要开路搭桥、过关斩将,麻烦多多。幸而我运气不浅,得到不少好心人的热忱帮助,倘若没有他们加以援手,这部《埃达》不会如此畅快顺利出版的。一想到他们,我心里便充满了人心相暖的温馨和感激之情。

要感谢的人不少,首先是译林出版社。眼下严肃文艺尤其是文学,在通俗文艺和电视泡沫剧的夹击下陷入了市场不景气的局面之中。按我的管窥浅见这样的萧条迟早会过去,六、七十年代欧美国家也曾出现过类似情况,如今在这些国家里严肃文学又挺起了腰杆,号召力不减当年,因为人们总不会长久地沉湎在官能的刺激里,他们需要认识社会、回溯历史、借鉴他人来提高自己的素质。话虽如此,当前的市场经济毕竟是需要面对的现实。不少严肃的文学书籍成书艰难,然而译林出版社仍冒了既赔钱又搭吆喝的风险出版这部名闻遐迩却不大可能带来经济效益的中世纪文学瑰宝。更有甚者,他们也不见得拉不到资助和补贴,倘若他们肯分出点精力和时间来搞公关的话,然而他们却一心扑在出好书以飨读者的念头上。这种敬业乐业的精神应该给予什么美誉褒奖,我真是说不上来。在这本书的编译期间,译林出版社总编章祖德和责任编辑施梓云两位先生还有别的同仁们都倾注了关怀和鼓励。这部巨著的翻译出版和他们的工作是分不开的。

冰岛驻中国大使奥拉夫·埃吉尔松(H. E. Amb. OLAFUR EGILSSON)同我在冰岛有过一面之交,有次晚餐聚会,我正好坐在他的身边,我们谈得不少亦十分投缘,他的广博学识和学者风度给我留下很深的印象。后来听说他荣任驻华大使并已来京履新,我很高兴冰岛派来这样一位文学修养深厚的外交代表。身居高位的大使是个古道热肠的好心人,当他听说《埃达》全集中文版尚缺封面和插图时,便马上答应由他设法解决,这么顺当倒使我颇过意不去,因为这类古籍插图有特殊的笔触情调,专门请人画是需要一大笔花销的。奥拉夫·埃吉尔松大使努力筹措到了经费,聘请了有名的冰岛美术家托尔蒂丝·克拉森(THORDIS CLAESSEN)为《埃达》中文版专门绘制了精美插图。冰岛驻华大使馆参赞拉格纳尔·鲍德松先生(Mr. RAGNAR BALDURSSON)一直关心着本书的译介进程,大使秘书张琳女士腿伤未愈就赶来联络安排。对于所有人的热忱帮助我都只能由衷说一声谢谢。

本译文所据的冰岛文原本为芬尼尔·荣松编校,雷克雅未克恩诺出版社1926年第二版。不过要是说完全依据冰岛文原著译成汉语那不是译者能力所及。冰岛语是古挪威语,是欧洲最难的语种之一,而《埃达》所使用的又是古冰岛语,也就是八世纪末盎格鲁·撒克逊史诗《贝奥武甫》所用的那种古斯堪的纳维亚语。因而在翻译过程中译者参照了其他语种译本诸如瑞典文、丹麦文和英文等,还参考了不少诠注参考书,力求保证译文的质量。

这部诗歌巨著格律鲜明、音步清晰、韵律工整,保存了古典诗歌和吟唱艺术特有的音韵节奏,并有大量的使语言形象化的修辞手法(即KENNING),本译文亦力求尽量体现出原文的风格。本书的所有注都是译者所加,原文没有注释。

石琴娥

图书在版编目（CIP）数据

埃达／佚名著；石琴娥，斯文译. —南京：译林出版社，2017.9（2018.7 重印）

（世界英雄史诗译丛）

ISBN 978-7-5447-5988-5

I. ①埃… II. ①佚…②石…③斯… III. ①史诗－冰岛－中世纪 IV. ① I535.23

中国版本图书馆 CIP 数据核字（2017）第 092281 号

埃达 佚 名／著 石琴娥 斯 文／译

责任编辑 施梓云 王 玥
装帧设计 韦 枫
责任印制 颜 亮

出版发行 译林出版社
地 址 南京市湖南路 1 号 A 楼
邮 箱 yilin@yilin.com
网 址 www.yilin.com
市场热线 025-86633278
排 版 南京展望文化发展有限公司
印 刷 江苏凤凰新华印务有限公司
开 本 850 毫米 × 1168 毫米 1/32
印 张 17.5
插 页 4 页
版 次 2017 年 9 月第 1 版 2018 年 7 月第 2 次印刷
书 号 ISBN 978-7-5447-5988-5
定 价 77.00 元